夏日蟬不鳴

作者　兔子說
插畫　Say HANa

Contents
目錄

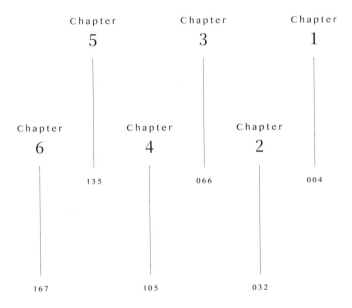

Chapter 1

說實話，陸晨渏並不喜歡這種場合。

「乾杯！」

「柯劭康生日快樂——」

Vulkano Club二樓包廂被一群聖雅各高中的學生獨占，正如外界對於這所貴族學校的印象，他們全身上下皆是名牌衣鞋，手拿最新型手機，一瓶瓶酒水叫得毫不手軟，除此之外，在這裡的大部分人都未滿十八歲。

聽說店家收了不少錢才願意讓他們包場，這是對的，因為就算不幸被臨檢，聖雅各的學生大概率都能全身而退，畢竟他們哪一個不是身價非凡的富二代？

有錢就是任性。這句話是有它的道理。

只不過，聖雅各學生的後台夠硬是一回事，他們可沒說出事了會負責保全這間店。因此，從某方面來說，店家收取的那筆錢裡，其中也包含了預先支付的罰款費用，就看店家有沒有那個運氣一口通吃了。

「喝、喝、喝、喝！」

「哇啊——」

狂歡糜爛的氣氛之中，遺留了一個安靜的小角落。

陸晨漪獨自一人坐在那兒，視線低低落在握著可樂罐的白皙手指上，對於包廂裡發生的一切絲毫沒有興趣。

「陸晨漪！妳怎麼還坐在這裡？妳不去跳舞嗎？」剛從舞池回來的王立晴汗水淋漓，隨手抓起一瓶可樂直接往嘴裡灌。「……本來以為這裡跟ＢＮＭ比起來不怎麼樣，沒想到這裡的ＤＪ接歌接得很不錯，超High的！」

ＢＮＭ是聖雅各學生常去的高級夜店，除了音樂有一定水準以外，那裡的轄區員警和聖雅各的學生早有一定的默契，不管玩得多晚都能夠放心。

但也許人都是這樣的，鮑魚魚翅吃多了，還是會想嘗嘗路邊小吃，甚至想尋點不同的刺激，因此柯劭康他們才會捨棄ＢＮＭ，選這間在網路上很紅的「平民夜店」舉辦生日派對。

「待會跟我一起下去跳？」王立晴和陸晨漪其實不熟，只記得她在學校一直都很低調，家裡在做什麼也不曉得，整體來說有點謎。

不過，出來玩嘛，熟不熟都是其次。

「不了，我不會跳舞。」陸晨漪搖搖頭，她已經想要回家了。

「又不是叫妳下場跳芭蕾，跟著音樂隨便扭一扭就好了啊。」王立晴翻了個白眼，發現某個正走上樓的身影。「喂，梁之界你來得正好！過來！」

梁之界循聲看來，一見到陸晨淯，眼睛亮了起來。

「怎麼了嗎？」

「別說我對你不好，我把晨淯交給你，你負責帶她好好去玩一下。」王立晴眨眨眼，示意梁之界別錯過這個大好機會。

「立晴，我不……」

「陸晨淯，走吧。」梁之界伸手邀約，臉上寫著迫不及待。

陸晨淯並不是個擅於拒絕的人。

她先是看了一旁拚命用眼神鼓吹她的王立晴，又看了看笑容滿面的梁之界，她知道他們都沒有惡意，這也讓她更難說出「不」字。

於是，陸晨淯只是在心底微微嘆息。

「走吧。」她從沙發上起身，沒有回應梁之界伸出的手。

離開二樓包廂下到一樓舞池，音樂震耳欲聾，各色燈光閃爍掃射，腳下地板跟著節奏大力震動，放眼望去到處都是狂歡的人影。

陸晨淯馬上就後悔了。

她忍下摀住耳朵的衝動，站在舞池邊動也不動，與其說是觀望，倒不如說是正在思考到底該怎麼做才能從這裡脫身。

「妳不進去嗎？」梁之界彎腰湊近她的耳邊。

不習慣和人靠得太近，陸晨渏眉心微乎其微地皺了下。

「……我想先去廁所。」她說，但聲音在開口瞬間被音樂淹沒大半。

梁之界自告奮勇。「我陪妳去！」

陸晨渏不想再大喊，只是搖了搖頭，用口型和手勢表示她自己去就可以，她甚至沒等梁之界反應過來便轉身離開。

隔了一道牆而已，音樂聲瞬間小了許多。

女用化妝室毫不意外地大排長龍，陸晨渏立刻放棄加入隊伍的打算，她本來想趁機回家，卻又想到自己的包包忘在包廂裡，現在回去一定會被王立晴或梁之界逮個正著……

陸晨渏當下調轉方向，只想圖個清淨的她膽子忒大，壓根不管自己初來乍到，哪裡人少就往哪裡去，穿過一條昏暗的長廊後，隨便一走就走到Vulkano Club的後院。

相較於舞池的熱火朝天，露天後院顯得十分安靜，零散的桌椅附近放置了幾盞富有氣氛的景觀小燈，一對情侶正在這裡喝酒聊天，見她走來也沒說什麼，看來並不是禁止客人進入的地方。

陸晨渏為此放下心來，找了張最近的椅子就座。

重申一次，她並不喜歡這種場合，和壽星也只是同班同學的普通交情，之所以會來參加，全是因為羅莎吵著說要來，她和范末璇不得不捨命陪君子，可誰想得到造化弄人，一個在出門前被家長發現，另一個臨時有聚餐必須出席，真正到現場的人只有她一個人。

陸晨湙當下本想直接回家，卻又被正好抵達的王立晴硬是拉了進來……說到底，都是她不懂拒絕，能怪誰呢？

暑假在前幾天剛結束，炎熱的夏天仍在繼續，即使待在露天通風的後院，徐徐晚風吹來也不減燥熱，空氣濕度太高，黏在皮膚上的沉悶觸感很不舒服，也難怪這裡沒什麼人。

然而，陸晨湙卻很想念這種感覺。

仰望與路燈差不多大的月亮，陸晨湙想起了存放在她童年記憶裡的夏天：阿嬤房間裡的老嫁妝，嗡嗡打轉的電風扇，曬著被子的小院子，躺在地上睡午覺的小黃狗，還有……

隱藏在暗處的鐵門吱嘎一聲被人推開，驚醒了陸晨湙的回憶。

她循聲看去，門外走進來一個穿著灰色連帽衫的高大身影，身上背著大後背包，看起來熟門熟路，應該是Vulkano Club的相關人士。

只不過大熱天的，那人穿長袖已經夠怪了，他甚至還拉起連帽衫的帽子遮住了大半張臉，昏暗的光影模糊了長相，隱約只露出一張薄唇與乾淨俐落的下巴線條。

出於單純的好奇，陸晨湙多了幾分留意。

她直直看著他，忘了自己所坐的位置正好在出入口旁邊，直到那個人朝著自己的方向愈來愈近，陸晨湙才嚇了一跳，後知後覺地別開目光。

錯身而過的瞬間，一股似曾相識的香味飄入鼻間。

霎時，陸晨湙心念一動。

她倏忽抬起頭，正好與那人對上視線。

「周……」

面對她幾乎就要脫口而出的驚訝，那人就連一點訝異的停頓都沒有，不為所動地移開目光，就這麼走進 Vulkano Club。

……不可能吧？

只是、只是長得很像的人而已吧？

腦海不斷重複方才短短幾秒的對視，陸晨漪的心跳從沒跳得那麼快過，思緒亂成一團，腳底微微發冷，甚至連指尖都在顫抖。

下一秒，陸晨漪突然起身，追著那人的腳步跑了進去。

嘈雜的人聲與音樂聲掠過耳邊，陸晨漪聽不見，她著急地四處張望，像是瘋了似的在 Vulkano Club 裡穿梭，不在乎自己是不是撞到了誰、惹來幾個白眼與罵聲，一心只想找到剛才的那個人——

直到如雷歡呼貫穿耳膜，陸晨漪終於發現了他。

越過數以百計正在狂歡舞動的人群，陸晨漪看著ＤＪ台上的那道身影，此時的他不只拉上兜帽，還戴上了黑色口罩，一閃一暗的強光照出了那一雙她絕不可能錯認的清冷眼睛。

那一刻，陸晨漪彷彿回到去年夏天。

當時的她和現在一樣，相隔千百目光，怔怔望著台上的他。

「老師……」

沉浸在滿室的狂熱亢奮之中，沒人聽見陸晨滈的低聲喃喃。

❖

——一年前，九月一日。

猶記得那天，天氣很熱，蟬鳴嘶噪，大禮堂裡正在舉辦聖雅各高中第三十六屆的新生入學暨開學典禮。

如同入學典禮走的只是一種形式，對於一路從聖雅各幼兒園念上聖雅各高中的學生來說，即便是學長姐，但都是自小打過照面的熟面孔，基本上沒有所謂的「新生」一說。

綜觀而言，聖雅各體系的學生人數在國中後便是只出不進，出的原因有二：一是出國念書，理所當然得離開；二是家道中落，再也付不起一年超過百萬的高額學費。

至於不進的原因也有兩個，第一同樣是學費高昂，想來能來的人早在小學時期就來了；可就算中樂透一夜之間變成暴發戶，手裡捧著大筆錢財說要轉學，校方也有權利拒絕不夠資格的學生入學——至於所謂的資格為何，標準一切成謎——這也就成了聖雅各鮮少有外來生的第二個原因。

陸晨滈便是在這樣的情況下，成為聖雅各高中第三十六屆的五十四個學生裡，唯一一個名義與實質兼具的高一新生。

坐在大禮堂裡整齊排放的其中一張椅子上，陸晨漪覺得自己似乎坐錯了某個不該坐的位置，儘管沒人斥責，也沒人好心提醒，交頭接耳的疑問反而更令人坐立難安。

其他聖雅各的學生看她的眼神，與其說是好奇，不如說是質疑，就像是觀察一個不請自來的入侵者，過於直接的注視幾乎要在她身上燒灼出洞。

她是誰？

憑什麼在這裡？

她夠不夠格和我們平起平坐？

陸晨漪假裝自己不受影響，可她光是逼自己保持呼吸就耗盡了全力，她根本不曉得典禮流程進行到哪，一心只想趕快離開這個不歡迎她的地方，而且從此不再回來。

「……他是誰？」

以為又有人在問自己，陸晨漪不小心瑟縮了一下肩膀。

然而，情況似乎有了改變。

「也太帥了吧。」

「校長剛說什麼？新來的英文老師？」

發現身旁嗡嗡的耳語似乎換了談論對象，陸晨漪慢了好幾拍才抬起低垂的眼眸，半是遲疑地順著眾人的視線看向舞台。

那是陸晨漪第一次見到周誓。

他很好看，無庸置疑，也很年輕，目測不超過二十五歲，挺拔高䠷的身形將一身簡單的襯衫長褲穿出了高價大牌的氣勢，向後梳整的髮型露出一對英氣的墨眉，而他最吸引人的莫過於那雙眼睛，上揚的略長眼型像貓，銳利有神的眸光似狼，簡直比檯面上任何一個明星都要帥氣得多，難怪台下的學生為他群起躁動。

只不過，做為一名初來乍到的新進教師，周誓的態度不太尋常。

他冷著一張臉，不裝作親切，不假裝合群，不帶表情的臉龐甚至連一點點禮貌性的微笑都不願展現，即便校長抓著麥克風滔滔不絕地介紹他傲人的學經歷，周誓從頭到尾都只是漠然地站在一旁。

其他學生們將其解釋為帥氣的表現。

只有陸晨漪不一樣。

他和她一樣，他們同樣不屬於這裡。

陸晨漪從他俯視台下的冷漠目光裡看得出來。

他一點都不在乎。

❖

所以，那個人真的是周誓……嗎？

時隔兩天，那晚的畫面仍在陸晨渏腦海裡徘徊不去。

「……晨渏？晨渏！」

「什麼？」被范末璇一喊，陸晨渏總算回過神來，看見身旁同學紛紛起身離開，這才意識到一節課已經結束。「咦？這麼快……」

「哪裡快啊？剛才的課無聊到我差點昏厥。」范末璇說著，眉間攏起擔心，話鋒跟著一轉。「……陸晨渏，妳老實跟我說，柯劭康的生日派對是不是發生什麼事？妳從那天之後就魂不守舍，我真的覺得不太對勁。」

范末璇觀察她兩天，終於還是忍不住詢問。

雖然陸晨渏本來就不是活潑開朗的性格，相較於她和羅莎老是吵吵鬧鬧，陸晨渏一直以來都像個大姐姐，文靜沉穩，總是笑笑地在旁邊看她們鬥嘴，偶爾插花個幾句，又或是適時出來勸架，只要有她在，便會給人一種莫名的安心感。

但文靜是一回事，不愛吵鬧是一回事，陸晨渏這兩天的話少得可憐，甚至動不動就陷入自己的世界，好像被什麼事困擾著一樣，這讓范末璇很難不把事情往壞處想。

「是不是有人欺負妳了？」

「沒有！妳誤會了，我……」陸晨渏才啟口，卻又馬上止住。

她說不出在夜店遇到周誓的事。

姑且先撇開聖雅各是否有教師不得在外兼職的規定，抑或是為人師表能不能出入娛樂場所的八股想法不談，周誓本人顯然不想被發現，這點從他在大熱天裡還把自己擋得嚴嚴實實就能猜出端倪。

因此，陸晨渏想替他保密。

她不會告訴任何人，包括她的好朋友。

「晨渏？」

「末璇，我只是……」

「陸晨渏救我——」此時，一道帶著哭聲的吶喊橫空出現，一聲接著一聲，隨著距離的接近，音量有著愈來愈大的趨勢。「陸晨渏——」

陸晨渏和范末璇對看一眼，這麼丟臉的事只有一個人做得出來。

果然，幾秒之後，哭喪著一張臉的羅莎便出現在教室門口，拖著可憐兮兮的步伐，跌跌撞撞地奔到陸晨渏面前，戲分之足，只差沒有撲通一下跪倒。

「晨渏救命，歷史報告……」

「不准！陸晨渏不准借她！」

「范末璇妳閉嘴啦！」

「羅笨蛋，妳不要忘了上次是誰要白痴整份心得拿去照抄，害得晨渏跟妳一起拿零分，妳竟然還有臉來跟她借報告？」

「不然怎麼辦？我就來不及啊！」明知自己有錯，羅莎依然大聲得理直氣壯。「反正我現在已經知道訣竅，這次絕對不會再被抓到了啦——晨渏，拜託拜託，借我報告啦……」

「陸晨渏不可以！」

「沒關係啦，末璇。」陸晨渏從書包抽出歷史報告，交到雙眼放光的羅莎手中。「最後一部分是評論分析，妳可以參考我的寫寫看，只要不是一模一樣，老師應該不會刁難。」

「收到！我發誓這次一定不會再給妳惹麻煩！」羅莎才做完童子軍敬禮的手勢，隨即要哭要哭地癟起嘴，整個人撲到陸晨渏身上。「晨渏妳真的是我的守護神，我愛死妳了——」

陸晨渏失笑，輕輕拍撫羅莎的後背。

范末璇看了直翻白眼。「陸晨渏，妳不覺得妳太寵她了嗎？」

或許吧。陸晨渏無法否認。

但誰叫羅莎是她在聖雅各交到的第一個朋友呢？

「算了。晨渏，妳剛才要說……」

「啊，我忘了今天有社團活動，再不去就要遲到了。」陸晨渏知道自己的演技一定很糟糕，因為她才說完就見范末璇變了臉色，但她只能硬著頭皮把戲演完。「……抱歉，末璇，我明天再跟妳們說。」

匆忙抓著書包離開教室，滿肚子心虛的陸晨渏快步走了好一陣子，就怕范末璇會不知放棄地追上來，直到來到連接學校東、西側大樓的長廊，陸晨渏才放慢腳步，鼓起勇氣往背後看了一眼。

……沒有人。陸晨滴呼地鬆口氣，一顆心稍稍放下。

她明天一定得想個好一點的理由才行。

即便沒辦法坦白，至少不要讓她們替她操心。

陸晨滴一邊想著，才抬起頭，原本放下的心瞬間提到嗓子眼。

——是他。

周誓正從長廊的另一端走過來。

午後燦陽覆上淺淺柔光，今天的周誓仍是簡潔的襯衫長褲，襯得他一身修長挺拔，明明是隨處可見的衣著，卻因為他的氣質而多了幾分冷漠難以親近的氣場，愈發引人注目。

現在可不是欣賞他美貌的時候。

陸晨滴慌張地看了看左右，發現這裡根本無處可躲。

……等等，她為什麼要躲？

好，她不躲。

但現在問題又來了，她動不了。

陸晨滴僵硬地定在原地，腦袋一片空白，眼睜睜地看著周誓朝著她的方向走來，與她的距離愈來愈近、愈來愈近……

他們對上視線，陸晨滴睜著大眼，周誓淡淡移開了目光。

而她又一次聞到同樣的香氣。

曾經有學姐信誓旦旦地說，周誓身上的香味是愛馬仕某款經典男香，儘管是未經證實的謠言，可每個喜歡周誓的女生都對此深信不疑，包括羅莎，她是徹徹底底的周誓狂粉。

當時羅莎纏著陸晨渏陪她到愛馬仕櫃上親自試聞，豪氣下手買了三組，說是要在更衣間、臥室和浴室各放一瓶，如此一來便可以天天被周誓的味道包圍，想想都覺得幸福。

陸晨渏倒是空手而回。

原因很簡單，她又不喜歡周誓。

再者，她並不認為那是周誓所使用的香水。

周誓身上的香氣明明就更清爽，就像她記憶裡的……

「陸晨渏？」

略帶磁性的男性嗓音無預警在身後響起，陸晨渏的心跳陡然一停。

她回過身，顧不得自己的姿態像是一隻驚弓之鳥，緊張而唐突，就見周誓站在距離自己幾步之遙的地方，看不出想法的眸光停在她身上，似打量，似試探，又像什麼也不是。

陸晨渏不可能鎮定，她抓緊書包提把，嚥了嚥乾燥的喉嚨。

他……是不是要跟她說 Vulkano Club 的事？

也許周誓正在考慮該怎麼和她開口，就像她不確定當天那個人是不是周誓一樣，他可能也不曉得自己有沒有認錯人，如此貿然開口是很愚蠢的行為，自曝行蹤不說，說不定還會引起不必要的疑竇。

但若是想要化解僵局，總得有人當那個愚蠢的傻瓜，不是嗎？

陸晨漪不介意成為那個傻瓜。

「老師，我……」

「妳的領結歪了。」

「領結……咦？」陸晨漪措手不及，下意識低頭看了一眼。

當她再次抬頭，只看見周誓轉身離去的背影。

❖

挑染成白色的頭髮。

大大敞開的襯衫和垮褲。

只及大腿一半的制服裙配上香奈兒當季新款繫帶鞋。

還有，不遠處打著呵欠走過的那個男生，領帶正鬆鬆垮垮地掛在頸間——放眼望去，聖雅各的學生百人百色，一套學校制服穿出了千百種不同風貌。

『妳的領結歪了。』

坐在半圓形的廣場階梯上，陸晨漪數不清這是第幾次想起周誓和她說話的畫面，正如她也數不清是第幾次低頭查看自己的領結：它很好，角度完美，安安穩穩地待在第一個鈕扣與第二個鈕扣之間。

聖雅各高中並沒有嚴格的服儀規定，自由開放的校風鼓勵學生創造自我風格，自入校以來，陸晨渏看過不少令人為之咋舌的穿著，卻從未看見任何一個老師在走廊上糾正學生的打扮。

更何況是那個連學生打招呼都不會回應的周誓。

……領結？周誓居然會關心她的領結？

陸晨渏的固有認知產生了一絲混亂，心弦微微顫動。

「這裡有人坐嗎？」

兀自沉浸在思緒裡，突如其來的詢問使得陸晨渏嚇了一跳，她匆促抬頭，被上方陽光刺了眼睛，只知道來人沒等她回答便一屁股坐下。

待她看清眼前，就見梁之界正對著她燦爛笑開。

「嗨，陸晨渏。」

陸晨渏有些反應不過來。「……嗨。」

「志工服務社在這裡集合，對吧？」梁之界似乎早就知道答案，他長腿一伸，完全沒要離開的意思。

但身為籃球隊的一員，他現在應該要在體育館才是。

「那個，你不用練球嗎？」

「練啊。」梁之界回得隨性，雙手自在地撐在身體兩邊。「不過我這個學期也加入了志工服務社。陸晨滈，妳不問我為什麼嗎？」

老實說，陸晨滈沒什麼興趣。

不只是對他人的私生活不好奇，也因為聖雅各學生為了日後申請國外大學，同時加入多個社團的情況並不少見，尤其是志工服務社這種，非常適合在履歷自傳上大書特書的慈善項目。

儘管如此，陸晨滈也不好意思讓話題斷送在她手中。

「為了申請學校？」

「不否認有這樣的因素，但除此之外還有另一個原因。」梁之界揚起笑，年輕俊秀的臉龐有著與生俱來的自信。

日光燦燦，陸晨滈沒錯過梁之界眼中的示好。

她不傻也不遲鈍，她一直都知道梁之界對她有好感，旁人的反應也很明顯，除了羅莎和范末璇，其他人動不動就想把她往梁之界身上推。

但那又如何？

她不可能和聖雅各的學生談戀愛。

廣場上的準備正好結束，陸晨滈循聲看去，順勢避開了話題。

麥克風盪出嗡嗡回音，台上幾名社團幹部一字排開，其中一名留著齊肩鮑伯頭的女生站至最前方，充滿朝氣的笑容彷彿天生的聚光燈，一下子吸引了眾人的注意力。

「各位同學好，我是今年新上任的社長，我叫徐黛。謝謝大家在這個學期加入志工服務社，不管你是新同學或是舊社員，我皆在此代表全體社團幹部由衷歡迎你們。」

夾雜歡呼的掌聲響起，陸晨渏跟著拍手。

「看來我們要去當醫院志工了。」梁之界一邊鼓掌，口氣涼涼。

聞言，陸晨渏疑惑地看了過去。

「徐黛家是開醫院的，這不是理所當然的事嗎？」而且是好幾間醫院，堪稱醫界的第一財團。梁之界俊眉一挑。「妳不知道？」

她應該要知道嗎？

聖雅各的學生身家各個大有來頭，梁之界是食品大廠的第三代，羅莎的爸爸是國內最大進口車商，范末璇則是五星級飯店集團的小女兒——在這裡，人人出生都啣著一把金湯匙。

「陸晨渏，妳呢？」

「什麼？」

「妳應該知道，其他人都很好奇妳家是在做什麼的吧？雖然我覺得那不是很重要啦，畢竟妳都能來聖雅各念書了，對吧？但如果妳不介意告訴我，下次再有人跟以前一樣亂說，我就能幫妳和其他人澄清了。」梁之界眼神清澈，大有一股英雄救美的意味。

陸晨渏一下子理解他話裡的涵義。

關於她的家世之謎，高一時曾在學校鬧得沸沸揚揚，而起因也不過就是幾個碎嘴的女生在洗手間說陸晨漪的媽媽是酒店小姐，勾搭上某個花名在外的大老闆。

她們大概也沒想到，原本只是無聊說說的玩笑話，出了一扇門之後，竟變成無風不起浪的謠言，煞有其事地從高一傳到高二，最後傳進正在就讀高三的大老闆女兒耳裡。

正牌女兒誤以為是陸晨漪自己亂放話，氣沖沖地踩著高跟鞋來找她算帳。

當時的情況可說是另類的盛況空前，走廊上到處都是搶位子看好戲的人，面對辯無可辯的可笑傳言，陸晨漪孤身站在那兒，被素未謀面的學姐罵得狗血淋頭，身邊不時傳來事不關己的訕笑。

若不是羅莎的挺身而出，如此地獄一般的對待不知何時才是盡頭。

憶起去年不堪的回憶，陸晨漪沉下眸光，放在裙上的雙手不自覺緊握。

「嗯？陸晨漪，妳有在聽我……」

「陸晨漪！」忽然，一聲清亮從階梯底下傳來，迎著陽光，徐黛燦爛地向她招手。「我有事想問妳，妳可以過來一下嗎？」

儘管不知道徐黛有什麼事非得問她不可，但她恰逢其時的呼喚正好讓陸晨漪鬆了口氣，總算有藉口就此脫身。

顧不得梁之界錯愕的呼喊，陸晨漪三步併作兩步下到廣場。

徐黛笑笑地迎接她，親暱勾上她的手臂。

陸晨渏訝異她的親近，倒也沒反抗。

「……救援成功。」

「咦？」

「梁之界啊，我一看就知道了，他在煩妳吧？」徐黛模樣俏皮，裝出一副莫可奈何的樣子。「真是的，聖雅各的男生各個都以為自己是大情聖，幼稚死了。」

陸晨渏愣了愣，忽然明白徐黛是故意支開她的。

「謝謝妳……」

「不謝，有什麼好謝的。陸晨渏，對吧？我剛才想喊妳名字還有點猶豫，畢竟我們實在沒多少交集，要是喊錯名字就糗了。」徐黛拉著陸晨渏到陰涼處，如陽光般的笑臉依舊。「正式和妳自我介紹，我是徐黛，二年A班。」

「陸晨渏。清晨的晨，渏是奇怪的奇加上水部。二年B班。」陸晨渏微笑和她介紹自己，她一直對這個率直開朗的女孩很有好感。「恭喜妳當上社長。不瞞妳說，這次的社長選舉，我也投了妳一票。」

「真的嗎？謝謝妳！」徐黛笑眼彎彎，舉起飽含壯志的拳頭。「妳儘管放心，我一定好好努力，不會辜負妳的支持。」

陸晨渏被她可愛的舉動逗笑。「嗯。我相信妳。」

「這麼容易就相信我，妳不怕被我騙啊？」徐黛打趣道。

當然不會。

陸晨滈知道徐黛不是那樣的人。

「其實有一件事，我一直想找機會告訴妳。」陸晨滈說著，就見徐黛一臉好奇，令她忍不住微笑。「……小珍珠前陣子送養成功了喔。」

聞言，徐黛不敢相信地睜大眼，驚喜的臉上有著不知所措的慌張。

「真、真的嗎？可是，妳怎麼知道……」

「暑假時，我有再去一次動物之家，是王姐姐告訴我的。」王姐姐是動物之家的長期志工，陸晨滈去年便是在她的小組裡幫忙。「聽說小珍珠的復健療程進行得很順利，看起來過得很幸福，王姐姐請我一定要轉告妳。」

「太好了、太好了……」徐黛感動不已，眼眶充滿了喜悅的淚水。「晨滈，謝謝妳告訴我！」

志工服務社去年在動物之家進行活動時，正好救援了一隻遭遇車禍的小黑狗。當時，小黑狗的情況十分危急，即便完成了緊急手術，卻因長期營養不良導致癒後情況不樂觀，就連醫師都不保證牠能活下來。

那隻小黑狗便是後來的小珍珠。

也許是親眼目睹了救援過程，徐黛一直很擔心小珍珠的狀況，總是在忙完分內工作後，特意撥出時間到醫護室探望牠，和牠說說話，鼓勵小珍珠一定要趕快康復。

而這些，陸晨渏全都看在眼裡。

她之所以會在社長選舉裡投徐黛一票，便是因為她看見了徐黛的善良，認為徐黛是真心參與志工活動，並非只是想在履歷裡填上一筆，是社團裡少數擁有服務熱誠的人。

「哇，好誇張，我居然哭了……」徐黛揩走眼角的淚水，重拾笑容望向陸晨渏。「我以為只有我還記得小珍珠，沒想到晨渏妳居然還去了動物之家，社長應該要讓妳來當才對。」

陸晨渏聽了連忙搖手。「妳千萬別這麼說，我根本不是當社長的料。」

「那就好，我其實一點都不想讓給妳。」

聞言，陸晨渏愣了一下，隨即對上徐黛調皮的眼神。

兩人同時笑開，一股暖意流淌過心頭。

她們彼此都有預感，眼前這個人一定會成為自己非常要好的朋友。

❖

午餐時間，學生餐廳鬧哄哄的。

陸晨渏和羅莎一邊吃飯一邊聊天，兩人聊得正開心，時不時發出咯咯笑聲，范末璇只顧盯著手機，手裡的湯匙已經懸在空中好半晌。

「晨渏！」

同桌三人一齊轉頭，就見徐黛遠遠和陸晨渏打招呼。

陸晨渏笑開，對她揮了揮手。昨天她倆在通訊軟體上聊了一整晚，天南地北什麼都聊，凌晨兩點了都捨不得睡，兩人不只約好要去逛街，也講好有空要一起回動物之家探望。

徐黛和朋友相偕離開後，陸晨渏嘴角的笑容仍沒有放下來。

「……妳跟徐黛什麼時候變那麼好？」

「上次社課……」陸晨渏正想說社課當天發生的事，卻發現羅莎的臉色有些沉悶。「怎麼了嗎？」

「沒啊。」羅莎別過視線。「只是問問，哪有怎麼了。」

范末璇哼了一聲。「最好是。」

「妳不說話沒人當妳是啞巴！」

陸晨渏直覺有異。「到底怎麼了？」

「她啊，小三的時候和徐黛打過一架。」

打架？徐黛和羅莎？

若只是聽見羅莎打架倒也不值得驚訝，畢竟羅莎的個性本就衝動，小時候肯定也是不好惹的小辣椒，對於曾受她幫助的陸晨渏來說，羅莎更像是路見不平拔刀相助的正義使者，她會動手一定有她的道理。

但重點是，與她打架的對象竟然是徐黛。

那個善良的徐黛，怎麼可能？

「妳們當時為什麼打架？」陸晨渏忍不住好奇。

羅莎瞪了多嘴的范末璇一眼，後者只顧著玩手機，壓根沒理會她的不滿。

「羅莎？」

挨不住陸晨渏的追問，羅莎不耐地嘆了口氣。

「就，她偷我的玩具，我氣不過就揍她了啊。」羅莎撇撇嘴，卻見陸晨渏眉頭緊皺，心情一下子不好了。「……幹麼？妳該不會站在徐黛那邊吧？」

「不是，我只是……」陸晨渏只覺哪裡不對勁。「為什麼？」

「那是我爸從國外買回來的娃娃，被人偷了我當然生氣，我不揍她，難道還要跟她說：『謝謝妳，妳的眼光真好』？」

「其中是不是有誤會？」

「妳說的誤會是什麼意思？」羅莎音量拉大，這是她生氣前的徵兆。「陸晨渏，妳不相信我？」

「我不是不相信妳，可是徐黛她……」

「妳想知道徐黛的動機？」一旁的范末璇及時出聲。

沒錯，就是動機。

陸晨渏鬆了口氣，對范末璇投去感謝的眼神。

「我哪知道她幹麼手癢偷我玩具？」羅莎並不記得事件細節，也不懂這有什麼值得討論的。

「不就看我的娃娃可愛嗎？」

「喜歡的話，去買一個不就好了嗎？」陸晨渏遵循的是聖雅各學生的思路——這世界上沒有錢買不到的東西。

而他們有的是錢。

「我說了，那是我爸從國外帶回來的，哪有這麼容易買到？」

「但她真的有必要偷嗎？」

「好啊，沒必要，所以我的娃娃是自己長腳跑到她的置物櫃嗎？」

「說不定徐黛有她的理由……」

「等一下，妳們現在是要為了一件小學三年級發生的往事吵架嗎？」范末璇愈聽愈覺得不對，尤其兩個人在意的完全不在同一個點上。「晨渏，不管妳相不相信，這件事確實發生過，徐黛當初也承認了，家長和老師都知道，就算妳覺得另有隱情好了，妳該問的人也是徐黛，而不是羅莎。」

她的疑問或許沒有惡意，但聽在當事人羅莎耳裡，反而像在質疑她誣賴了徐黛一樣，多少會讓人感到不舒服。

更別說羅莎看起來都快發火了，一向細心的陸晨渏不僅沒發現，還繼續向她步步進逼，要是范末璇再晚一點跳出來，難保之後不會發生怎樣的慘劇。

陸晨渏一頓，終於發現自己越了線。

「羅莎，對不起……」

然而，她的道歉並沒有得到接受。

羅莎別過頭，看都不看她一眼。

餐桌上的氣氛因此變得很糟糕，本來說好下一節自習要一起去影視中心看電影，現在大概也不適合去了。

陸晨渏隨便找了個藉口，說要去圖書館看書。

范末璇也沒留她，只在餐廳門口分開時，使了個眼色要她別擔心。

……都怪她，是她太急了。

走在前往圖書館的路上，陸晨渏深深嘆了口氣。

她其實也沒料到自己會那麼激動。

如同羅莎之於陸晨渏是正義使者一般的存在，徐黛在她的心目中就像是小太陽，溫暖、善良又熱心助人，不管怎麼想都不可能和偷竊扯上邊。

但冷靜想想，那都是小學時候發生的事了，小學三年級的她們才幾歲？就算徐黛真的做了又如何，這個世界上有哪個人從小到大都沒犯過錯，知錯能改才是最重要的吧？

「唉……」陸晨渏又一次為自己的衝動嘆息。

她不打算拿這件事去問徐黛，那不重要。她現在唯一該煩惱的是該怎麼取得羅莎的原諒。

陸晨渏繞進大禮堂後方的小路，這是通往圖書館的近道，平時很少有人經過，尤其現在是上課時間，周遭只有偶而傳來的風吹與她的腳步聲。

「嗯啊……」以及，一陣曖昧的呻吟。

陸晨渏心跳一停，倏地停在原地。

很快地，嬌嫩的呻吟驚混入了破碎的喘息，此起彼伏，逐漸急促，令人不自覺喉嚨發乾。

若是她的方向感沒出問題，她所在的位置正好就在儲物間附近，再往前一步，她便能透過儲物間的窗戶看見裡頭正在發生的事。

陸晨渏才不好奇，當下便想轉身離開。

「啊……老師……」

吟哦入耳，陸晨渏再次停步，一股顫慄由腳底爬升至背脊。

她的腦海倏地閃過某個身影。

思緒彷彿在此時發白，陸晨渏不知道自己是怎麼想的，或者該說，她根本來不及想，等她意識到時，她已經回過了頭，悄悄靠近窗前，就這麼往儲物間看了進去。

背對窗戶的男人激情吻著懷中的女孩，半解的皮帶隨著動作在身側搖晃，女孩白皙的雙腿勾著男人的窄腰，褪下鞋襪的裸足在他的臀部交叉，用力將他往自己拉近。

男人一手撐著牆壁，另一手用力抓紅了女孩的大腿，他低頭埋進她的胸前，引誘出破碎的嬌喊，女孩毫無招架之力的雙臂攀附著男人的背部，弄皺了本該燙得筆挺的白襯衫。

有那麼一瞬，陸晨渏只是愣愣地盯著儲物間裡的男女，腦袋一片空白。

……等等，她在幹麼？

陸晨渏猛然從震驚中回神，一心只想著離開，壓根沒意識到自己的雙腿發軟，整個人向前一倒，她慌張抬起頭，正巧與裡頭的人兒對上了眼。

直到這時，她才看清女孩的長相。

宛如小太陽一般的笑臉不再，齊肩短髮因為激情而紊亂，泛紅的臉龐只剩下被人發現的驚慌失措。

當下，陸晨渏渾身發冷

她掉轉過身，卻在身後看見意想不到的身影。

那人平靜地看著她的慌亂。

「老師……」

陸晨渏好不容易從乾澀的喉嚨擠出聲音，下一秒，周誓已經抓起她的手，二話不說地拉著她離開。

Chapter
2

那天，周誓不得不承認是自己大意了。

山哥早在幾個星期前便告訴他，有一群聖雅各的學生付了一大筆錢包下二樓的場，好心詢問他是否要找人代班，卻被當時的他一口回絕。

原因無他，只因為他太了解聖雅各的學生。他們不過是一群妄自尊大的嬌貴屁孩，只在乎自己，不在乎別人，更別說在幾杯黃湯下肚後，他們不忘記自己的名字就不錯了，根本不可能會注意到台上ＤＪ姓啥名啥。

事實上，周誓的預估也沒錯。

除了眼前這名叫陸晨漪的女生以外，他的確是瞞過了其他人的眼睛。

周誓雙手環胸，斜靠窗檻，清冷的目光在她身上停留。

黑長髮、齊瀏海、白皮膚，素淨而樸素，整個聖雅各大概沒有誰跟她一樣，會好好地將一套制服穿上身而不做任何改變，全身上下整整齊齊，就像個乖乖牌，無趣至極。

思及此，他看了一眼她的領結。

依舊是無可挑剔的完美。

「陸晨渏，妳的興趣是搜集別人的祕密嗎？」

聞言，陸晨渏嚇了一跳。

明明周誓就站在眼前，她仍花了幾秒才定睛在他的臉上。

「我……不……」聽見自己不成句的聲音，陸晨渏懊惱地閉上嘴，重新調整了呼吸才開口。「……我沒有那樣的興趣。」

「是嗎？」周誓尾音微揚。「那妳還真會挑地方出現。」

說是她想太多也好，陸晨渏聽得出他並不單指方才發生的事，除此之外，還有他藏在話裡毫不隱藏的諷刺。

陸晨渏忽然有點委屈。

也許是一下子發生太多事，不管是撞見徐黛與某個男人在儲物間裡親熱也好，或是周誓突然出現也罷，甚至是此時此刻，她正坐在周誓辦公室裡的這個事實，在在都讓陸晨渏感到暈頭轉向。

遇上這些事又不是她願意的，為什麼他好像在怪她一樣呢？

「那，老師你呢？」陸晨渏心裡升起一股難得的倔強，她抬起下巴，好像這麼做就能在他面前顯得不那麼弱勢。「你為什麼會在『那裡』？」

她故意學他，一句話可以解讀成不同的意思。

大禮堂，或是，Vulkano Club。

面對陸晨渏小到不能再小的挑釁，周誓一點都不受影響。

「我去抽菸。」他說，挑了其中一個回答。

如他所料，陸晨渏的關注點一下子便被帶偏。

「你會抽菸？」

「嗯。我通常都走那條路去吸菸區。」見她驚訝，周誓勾起唇角，笑意不達眼底。「怎麼？妳也想把這個寫進妳的祕密小冊子裡？」

「我才沒有那種東西！」陸晨渏急著反駁，她只是從來沒聽任何人提過這點而已。

他是周誓，全校女生每天都在談論他，包括她的好朋友，就算她不刻意打聽，她還是會對他的個人資訊略知一二……

拜託，這種話說出來有誰會信？

陸晨渏並不想解釋，說得再多都只會愈描愈黑。

「所以，妳打算怎麼做？」

「什麼？」

「妳應該有看見裡面的人是誰吧？」周誓說著，就見陸晨渏一怔，臉色愈發不安。「看妳嚇成那樣，他們的身分大概不只是普通的學生，至少其中有一個人不是——我猜對了？」

陸晨渏沒有回答。

她的腦海裡閃過徐黛的臉龐，卻不是充滿朝氣的笑顏，而是……陸晨渏閉了閉眼，企圖忘記那幅令她胃裡翻攪的畫面。

直到現在，她仍無法相信徐黛竟然會在學校做出那種事。

而且，是和一個老師。

陸晨漪從沒一次這麼希望時光倒流，如此一來，她一定不會選擇去圖書館，也就不會走上大禮堂後面的小路，或者，她更不會為了徐黛和羅莎吵架——原來，根本沒有誤會，也沒有所謂的隱情，徐黛就是那樣的人……

陸晨漪心中重重一沉，發現自己無法就此評判。

至少在此刻，她依然想替徐黛保密。

「我、我其實沒有看清楚他們的長相。」陸晨漪不會說謊，她只能強迫自己的聲音保持平穩，雙手卻仍不自覺在裙襬上絞緊。「儲物間裡面很暗，東西又很多，我只是被嚇到……」

「裡面有妳的朋友？」周誓挑眉，一語中的。

「不是！」陸晨漪更急了。「我真的沒看見……」

「那我呢？」

陸晨漪一時沒理解他的意思。

她掩不住慌張，卻見周誓看向她的目光專注，他的姿勢自始至終都是一樣的，倚著窗檻，雙手環胸，帶著不需言喻的防衛。

「我可不是妳的朋友。」周誓語氣平靜，剛才的問題彷彿不再重要，一切都只是為了得到下一個答案。「陸晨湇，妳為什麼替我保密？」

陸晨湇的心跳突地漏了一拍。

「我……」

「妳在Vulkano Club認出我了吧？」

「沒、我不確定……」

「說謊。」他的語調很輕，一下打住陸晨湇的辯解。「別忘了，妳剛才還故意試探我，現在才想裝作不確定，未免也太遲了。」

老實說，周誓根本不在乎誰在學校亂搞。

自從在Vulkano Club遇到她之後，已經超過兩個星期。這陣子，周誓並沒有聽見任何有關他的傳言，他不是在擔心，就算陸晨湇把他在Vulkano Club兼職的事情傳出去，他也無所謂，他只是不相信有人會平白無故替他人保密。

這個世界上沒有純粹的好心。

有的，只是另有所圖。

「陸晨湇，妳喜歡我嗎？」除了這個原因，他想不到別的了。

窗外飄過的雲朵遮住了原本燦爛的陽光，辦公室隨之暗下，望著眼前被陰影籠罩的周誓，昏暗使得他的表情更加晦暗難測，陸晨湇僵坐在椅子上，全然不知所措。

她從沒想過有一天，當有人問她這句話時，語氣非但沒有絲毫的曖昧與浪漫，取而代之的，竟是充滿了不信任的質疑。

……她應該要否認的，對吧？

陸晨渏心跳如鼓，思緒亂成一片。

反正她本來就不喜歡周誓啊，當初替他保密的原因也不是因為喜歡他，她只是、只是覺得他不想被人發現，而她因此做了一個理所當然的選擇，如此而已。

但，為什麼她沒辦法說出口呢？

「老師，我……」

砰地一聲，辦公室的木門被人一把推開。

室內沉重的氣氛瞬間被打破，一道身影風風火火地衝了進來，手上高舉著一個資料夾，啪地甩上周誓的辦公桌。

「周誓，公文下來了，你——幹麼？不是你叫我去拿的嗎？」何子清莫名其妙被周誓瞪了一眼，才發覺氣氛似乎有些不對。

何子清摸不著頭緒，環顧一圈，終於發現辦公室裡還有另一個人。

「咦？這不是小晨渏嗎？妳怎麼會在這裡？」

陸晨渏不曉得該怎麼回答。

但這是她第一次這麼開心見到生物老師。

「東西放下就可以滾了。」周誓冷冷的聲音傳來。

「拜託，難得在你這裡看到活人，我多問幾句不行？」

別怪何子清大驚小怪，除了他以外，他從沒見過其他人出現在周誓的辦公室，就連某位號稱全校最美的數學老師都吃過周誓的閉門羹。

所以，他找陸晨渏幹麼呢？

瞥見桌上的資料夾，何子清靈光一閃地「啊」了一聲。

「你該不會是找小晨渏來問Ｂ班上課情況的吧？真沒想到，會議上明明表現得一副不甘不願的樣子，這不是挺有熱忱嘛！」

周誓眉頭一皺。「何子清，你話很多。」

「你才需要多說點話。」何子清領悟地點點頭，覺得一切都說得通了。「周誓，我跟你說，你找對人了。記得之前那場把我搞得要死要活的生物科展吧？要不是有小晨渏的幫忙，你現在可能已經看不到我了。」

「是嗎？」周誓的目光回到陸晨渏身上。「真可惜。」

陸晨渏不知為何感到心虛。

神經大條的何子清一點都沒發現兩人之間的氣氛詭異。

「所以說啦，你之後接下Ｂ班的英文課也不用擔心，小晨渏一定會好好協助你，對不對……小晨渏，妳怎麼了？身體不舒服嗎？」

陸晨渏睜大眼，懷疑自己聽錯了。「老、老師，你剛才說什麼？」

「我說，妳會好好幫周老師……」

「上一句！」

何子清想了一下。「……接下Ｂ班的英文課也不用擔心？」

「周老師要接我們班的英文課？」

「對啊，妳不知道？」何子清回答得理所當然，不然他們剛才在辦公室裡聊什麼？

她當然不知道！

陸晨渏驚慌地看向周晢，後者只是高深莫測地回望。

「以後麻煩妳多多幫忙了，陸晨渏。」

❖

兩天後，周晢準時在下午第三堂的英文課出現在二年Ｂ班教室，班上立刻陷入瘋狂，有些人歡呼，有些人在哭，有些人又笑又哭，讓人忍不住替他們的精神狀況感到擔憂。

陸晨渏是少數對此沒有表達出任何情緒的人。

畢竟她早就知道了，不可能再驚訝第二次。

「天啊，學校幹麼不早點講啊！」羅莎一邊哀號，一邊往書包裡翻出化妝包。「晨渏，快點，幫我看看我的妝有沒有花掉！」

「不用白費力氣了啦，人家根本不會注意到妳。」座位另一邊的范末璇狂翻白眼，她附近少說有五個女生正忙著補口紅。

「妳又知道了，老師說不定——他看過來了啦！」羅莎兩手一拋，直接抓住前座的陸晨渏當擋箭牌。

陸晨渏來不及閃，不得不與周誓對上眼。

那日的畫面躍上腦海，陸晨渏心跳一停。

『陸晨渏，妳喜歡我嗎？』

不是因為心動，而是緊張。

然而，如同先前的每一次，周誓若無其事地移開目光，就好像他們不曾有過在辦公室的那場對話一樣。

……為什麼呢？

直到現在，陸晨渏仍不明白自己的好意為何會被誤會至此？

就因為她替他保密？

這幾天陸晨渏想破了頭，唯一的解釋是周誓認為她是他的瘋狂粉絲，握有他的祕密是為了有一天能夠威脅他，藉機從他身上換取利益——這裡所謂的利益，不只是學業上的利益、感情上的利益，甚至對某些人來說，就算是肉體上的交換也很划算。

看看班上女生對周誓如此熱烈的追捧，陸晨渏一點都不難想像這類事情的發生……

如果真是如此，她好像可以理解周誓為什麼不信任她了。

「晨渏……陸晨渏！」

背後傳來一陣鈍痛，後座的羅莎不知為何拿筆猛戳她的肩胛骨，陸晨渏一回過頭，卻見羅莎拚命和她使眼色。

「怎麼……」

「陸晨渏，請問妳有聽見我說的話嗎？」

霎時，陸晨渏的後背麻了起來。

她緩緩轉過頭，講台上的周誓正似笑非笑地看著她。

「提醒妳，我們正在討論話劇比賽的事。」

聖雅各高中以活動眾多聞名，其中最出名的莫過於期末舞會，此外還有各種音樂、藝術發表會等等，班級活動則屬高一的啦啦隊比賽、高二的英文話劇比賽為學年重點項目。

只不過，話劇比賽的劇目、角色和工作分配早在學期初便決定好，排練也於上個星期開始，頂著全班同學的目光，陸晨渏不曉得還有什麼事情需要討論。

「老師，對不起，我……」

「若是妳專心一點，現在就不需要『對不起』了。」周誓掛著笑意，回應卻十分冷淡。

「總而言之，話劇統籌的工作就交給妳了，沒問題吧？」

……話劇統籌？那是什麼？

陸晨漪正想發問，周誓卻一點都不給她機會。

「沒問題的話，我們開始上課吧。」

說來有趣，儘管對於周誓擔任英文老師一事，大部分人都是抱持熱烈歡迎的態度，可那僅僅只是基於外表的養眼程度，至於周誓課上得如何，班上同學其實並沒有太大的期待。

正因如此，沒人想得到，外表高冷的周誓上起課來竟然一點都不無聊，甚至可以說是非常有趣，即使全英文授課也不影響他的幽默，讓人不知不覺投入其中，向來覺得漫長的上課時間一眨眼就過去了。

下課鐘聲響起，果然有一群人迫不及待地衝向講台，纏著周誓問東問西。

「好好喔，我也想跟周誓說話……」羅莎委屈巴巴地望著講台，她今天趕著上鋼琴家教，必須馬上趕回家才行。

「來日方長。」范末璇講這句話的時候一點靈魂都沒有，她一手提起書包，另一手抓著念念不忘的羅莎。「晨漪，先走啦，明天見！」

「明天見。」陸晨漪裝作若無其事地和她們道別，像是還有很多事情要忙似的留在座位上，收拾東西，整理桌面，直到附近的談話聲愈來愈少，同學陸續離開教室。

當她再次抬頭，周誓身邊終於沒了人。

陸晨漪起身，背上書包，走近講台。

「有事嗎？」他問，頭也不抬地將資料收進公事包。

「老師，你為什麼選我當話劇統籌？」陸晨漪問道，不枉費她剛才在心裡練習好久，以她的標準來說算是問得很直接了。「我連這個工作在做什麼都不知道，我不認為我有辦法勝任，我……」

「妳在話劇比賽的工作是負責道具，對吧？」

陸晨漪一怔。「……對。」

「何子清說，妳在科展上幫了他很多忙？」

對，但那又怎樣？

陸晨漪不懂這些事有什麼關聯？

「首先，依聖雅各學生的調性，道具通常花錢就能解決，妳的時間想必會比需要排練話劇的人多上許多；第二，雖然我平時不太相信何子清，但他上次的科展沒有失敗也是事實，我不得不信他一次。最後，也是最重要的原因，那就是我沒時間看你們玩扮家家酒，我需要有人處理那些我沒興趣的事——綜合以上，妳是個很適合的人選，不是嗎？」

上一秒，陸晨漪還在考慮自己能不能說出「不是」，下一秒，她才驚覺發現答案早就定好了。

「可、可是……」

「順帶一提，我看過妳的英文成績了。」

陸晨漪瞪大眼。「你看過——什麼？」

「妳的英文很爛。」周誓說，說得毫不留情。

以一個聖雅各高中的學生來說，這很稀奇。撇開其他科目不談，有錢人家的孩子就算再笨，為了將來出國念書，英文至少都有一定程度。

周誓上下打量陸晨渏，好奇她是有多傻？

不過，他的好奇心也就這樣了。

他沒興趣再追究下去。

「如果妳可以幫我把話劇比賽的事情搞定，學期成績的部分，我會替妳想辦法。」

聞言，陸晨渏有些怔愣，沒料到周誓會說出這樣的話。

她以為他討厭這樣的利益交換。

「……我不是因為成績才替你保密的。」

「不然呢？」周誓哼地笑了，皮笑肉不笑那種。「妳想跟我交往？」

「不是！」陸晨渏終於逮到機會，說出了那天沒能說出的話。「我、我才不喜歡你……」

「喔，那最好。」周誓語氣涼涼。「我也不喜歡妳。」

……幼稚。

腦海倏忽閃過這個單詞，陸晨渏目瞪口呆。

「還有問題嗎？」周誓問著，一手提起公事包，作勢離開。

事已至此，陸晨渏不認為這件事有任何挽回的餘地。

她注定要當這個話劇統籌，只是——

「你之所以沒有時間，是因為要去Vulkano Club嗎？」憑著一股衝動，陸晨淯脫口而出。

周誓沉默一下，清冷的眼神飄來。

「是又怎樣？」他說，態度有夠理直氣壯。

……不怎麼樣，她哪敢怎樣？

「我、我會幫你保密……」陸晨淯一慫，吶吶說道。

最後，周誓只是定睛看了她幾秒，什麼也沒說就走了。

空蕩蕩的教室裡，陸晨淯懊惱地嘆了口氣，不知怎地，她忽然想起童年和鄰居玩伴一起玩的撲克牌局。

小時候的她不擅長玩牌，不管拿到幾次黑桃二，最後負責洗牌的人依然是她，如同現在，明明握有祕密的人是她，一直被牽著鼻子走的人也是她。

陸晨淯想不明白，她似乎永遠贏不了。

「晨淯！」

前腳踏出教室，一道熟悉的嗓音出聲喊住她。

只稍一眼，陸晨淯便能看出眼前的女孩有多焦慮。

大大的眼睛盈滿惶恐，笑容不再，小巧的臉蛋整整消瘦了一圈。

「徐黛……」

「我可以跟妳談一談嗎？」她說，微弱的聲音裡有著難以忽視的乞求。

❖

「老師好！」

「老師，你今天也好帥！」

「老師，等下來體育館鬥牛啊！」

這裡打招呼，那方回個禮，身材高瘦，長相斯文，戴著一副細框眼鏡，散發濃濃書生氣質的高家盛一直是聖雅各高中頗受歡迎的老師之一。

——同時，他也是徐黛的男朋友。

前往實驗教室的路上，陸晨渏默默跟在高家盛的後頭，光是這一小段路，她便能充分感受到學生對他的愛戴，而這也讓她更難理解為什麼像高家盛這樣的人竟然會在學校……

夠了，她真的不願再想起那天的畫面。

徐黛告訴她，他們是高一下學期開始交往的。

高家盛是A班的數學老師，數學不好的徐黛時常到高家盛的辦公室請教問題，時間一久，兩人因此日漸相熟，從通訊軟體上的閒聊問候，進展至假日相約，最後相戀、交往。

換作是一般人，這不過是平凡到不能再平凡的愛情故事。

偏偏他們一個是老師，一個是學生，他們的戀情只能是個祕密。

『……是老師救了我。如果失去他，那我也不想活了。』

那天，徐黛哭得梨花帶雨，握著陸晨渏的雙手微微發抖。

和老師談戀愛究竟是對或不對，直到現在，陸晨渏依然沒有答案，可比起探討是非對錯，她更希望自己能夠成為朋友痛苦的時候，願意向她尋求支持的存在。

於是，陸晨渏答應了徐黛的請求，決定守護她與高老師的祕密。

「……其他人呢？」

「柯劭康沒來，王立晴來了又走了。」同在道具組的歐敬華盯著手機，壓根沒看陸晨渏一眼。「既然妳都來了，那我應該可以回去了吧？」

「什麼？等一下……」

陸晨渏沒攔住他，眼睜睜看著歐敬華瀟灑離開。

身為趕鴨子上架的「話劇統籌」，幾分鐘之前，陸晨渏好不容易才用她的破爛英文在B班解決劇本問題，如今呆站在無人的實驗教室，看著桌上一大堆等待組裝的各式板材，終究忍不住嘆了一口大氣。

周誓說得沒錯，道具組的工作用錢就能解決，尤其小組裡又有柯劭康這種熱愛大撒幣的紈褲子弟，簡簡單單的一通電話，廠商使命必達，沒幾天就送來不少背景道具。

只不過，除了少數現成的小型布景，大多數的道具都是拆解後才送來學校，道具組僅存的責任便是將它們組裝完成。

老實說，這已經算是很輕鬆的工作了。

但再怎麼輕鬆，陸晨漪每次來實驗教室，裡頭不是沒人，就是人來了也只是露個臉，沒過多久便消失得不見蹤影，最後往往只剩她一個人孤軍奮戰。

……算了，她早就知道會這樣了。

陸晨漪捲起袖子，認命地搬起道具，獨自忙碌起來。

今年二年B班準備的話劇劇目為《第十四道門》，改編自繪本和同名電影。內容講述一名被父母忽略的小女孩，意外發現了家中的神祕之門，門後隱藏的世界看似幸福美滿，實際上卻是由巫婆所構築，用來引誘孩子靈魂的虛假空間。

為了拯救被抓走的父母與困在其中的幽靈小孩，小女孩與巫婆立下賭注，若是無法完成巫婆給予的任務，小女孩的眼睛必須縫上鈕扣，而她的靈魂也將永遠留在那扇門之後。

老實說，陸晨漪並不喜歡這個故事。

或許是因為它讓她想起了自己。

她就像是誤入神祕之門的小女孩，聖雅各則是那個美好的世界，明知道自己並不屬於這裡，卻不曉得是否擁有離開的機會……

「妳打算自己一個人把這些做完？」

突如其來的人聲使得陸晨漪嚇了一跳，沒注意到桌子與自己的距離，她倉皇地轉身，腰側硬生生撞上桌角，痛得她下意識放開雙手，懷裡的紙板全撲到地上，撞出一陣巨響。

幾秒過後，教室重回寂靜，兩人面面相覷。

「好一個盛大的歡迎儀式。」周晢挑眉，注視地板上的一片混亂。

陸晨渏沒料到老師會突然出現。

儘管話劇比賽準備得如火如荼，班上排練得也算順利，但自從周晢把話劇統籌的頭銜硬冠到她頭上以後，他當真一次排練都沒來看過，就連口頭上的假意關心都沒有。

既然如此，他來這裡幹麼？

陸晨渏不想承認自己其實有些埋怨。

「道具組的人呢？」

「他們……」陸晨渏抿了抿唇。「我不知道。」

周晢居高臨下地盯著她，對她的答案十分不以為然。

「陸晨渏，妳的祕密小冊子是不是收藏到第一百本了？」

「我說過了，我沒有那種東西。」陸晨渏無奈，他能不能別再這麼說了？

經過幾次相處下來，陸晨渏有個很深刻的體悟，那就是隱藏在周晢冷淡外表底下的幽默風趣，只有在上課時才會切換至和平模式，換在其他時候，他的幽默感只會用來損人。

例如現在，例如她。

「那要不要我告訴妳，他們在哪？」沒等陸晨渏回應，周晢逕自說了下去。「柯劭康今天缺席，王立晴在餐廳聊天，歐敬華約好和人在籃球場鬥牛——如何？有沒有什麼想法？」

聞言，陸晨渏並不感到驚訝。

因為她早就知道了啊。

身為沒日沒夜的派對動物，柯劭康沒來學校是常態；王立晴這輩子沒有拿過一次螺絲起子，今天不打算拿，未來也不會；至於來了又走的歐敬華，則是看柯、王兩人都不出席，深怕只有自己做事會顯得掉價，乾脆把事情統統丟給陸晨渏。

對於聖雅各的王子公主，她能有什麼想法？

在他們眼裡，她是統籌，又名冤大頭，多做點事本來就很合理。

陸晨渏一點都不想和他們發生爭執。

……不對，她不只是不想，她也不被允許。

『安分守己，不准惹事。』那個女人曾經這麼告誡過她，打從進入聖雅各的第一天，陸晨渏便一直謹記在心。

「……不想來的人再怎麼逼都是沒用的。」想起了不愉快的回憶，陸晨渏別過視線，又想蹲下來撿拾地上的紙板。「與其花時間在白費力氣的事情上，倒不如我自己來比較快……啊！」

說時遲那時快，周誓冷不防扯住她的手臂，陸晨渏一個踉蹌，直直撞上他的胸膛，屬於男性的香氣竄入鼻間，陸晨渏倒抽口氣，猛然向後退了好幾步。

「老師，你——」

「所以呢，把自己弄受傷，妳就滿意了？」

他怎麼……陸晨淯驚訝地望著周誓。

難不成他早就注意到她受傷了嗎？

「還不是因為老師你突然出現，我才——」

「喔，現在又變成我害的？」周誓語氣頗酸，目光冷冷落在她的身上。「道具組的人跑得一個不剩，這麼多東西又不懂得找人分擔……陸晨淯，妳是腦袋不好，還是人緣差？這可不是我期待的統籌水準。」

那一刻，陸晨淯啞口無言。

明明他才是那個把工作丟到她頭上後就不聞不問的人，現在居然有臉說她做得不夠好？再說，一個從來不曾看過一次排練的人突然出現，她會嚇到也是理所當然的吧？

這陣子的委屈和埋怨湧上心頭，他有必要講得那麼難聽嗎？

「……那你當初就不要把工作丟給我啊。」

「什麼？」周誓沒聽清楚，不耐地皺起眉頭。

她不應該這麼做的。

他是老師，她是學生，她只要說一聲「對不起」就好——

「說來說去，這不就是老師你造成的嗎？」陸晨淯管不了那麼多了，腦袋一熱，藏在心裡的話一口氣宣洩而出。「如果老師你願意盡一點自己的職責，一次就好，參與排練、關心進度，你就會發現其他同學都很認真練習。我之所以不找別人幫忙，就是因為我不想麻煩其他人，道具組的人不來沒關係，因為就算只有我一個人，我也不會拖累到大家的進度！」

『你根本就不懂！她們是我的朋友，我想做什麼不用你管——』

似曾相識的畫面毫無預警地打入周晢的腦海，看著眼前正對自己的衝動感到懊悔的陸晨淯，周晢的思緒一時恍惚，他彷彿在她身上看見了另一道身影。

明明一點都不像，卻又如此神似。

……而且，同樣令他感到惱火。

「好啊，隨便妳。」

陸晨淯一愣。「什、什麼？」

「我就看妳怎麼一個人把這些東西搞定。」周晢離開之前，不忘冷眼瞥向不知所措的陸晨淯。「……到時候就別哭著求我這個不負責任的老師幫忙。」

❖

「……接下來請各位同學跟著小組長行動。切記，這裡是醫院，千萬不能打擾到其他人的隱私，若是不聽從組長的話，身為社長，我是有權力將任何一位不守規定的人踢出社團的喔。」陽光之下，徐黛笑容俏皮，即使講著嚴肅的話語也不讓人反感。

梁之界的猜測果然沒錯。

今年聖雅各志工服務社的服務單位正是徐黛家旗下的日莘醫院，一間國內頗負盛名的私人醫療機構，近年以完善的長期照護中心而受到各界的矚目。

佇立於高級花園一般翠綠繁盛的醫院中庭，以及方才經過的那個媲美五星級飯店的醫院大堂，不難想像日莘醫院的病人受眾都是些什麼樣的人物。

不管在這個世界待了多久，陸晨湇仍然難以習慣這裡的奢華。

「陸晨湇，我們同一組喔。」前往照護中心的路上，梁之界悄悄湊到陸晨湇的身邊，俊俏的臉龐藏不住得意的笑。「待會要是有什麼太累的活動，妳放心，儘管交給我。」

陸晨湇眉頭蹙起，她在分組清單上明明沒見到他的名字啊。

「但我怎麼記得……」

「不准任意調換組別。」下一秒，徐黛從另一側出現，一向笑臉迎人的她難得換上嚴肅的表情。「梁之界，我說過了，請遵守規定。」

「有什麼關係！」梁之界小心翼翼地瞥了眼周遭，刻意壓低聲音。「……我是跟別人交換，又不是自己偷跑，小組人數一致不就好了嗎？妳就不能通融一下？」

「不能。」徐黛才不管他，堅定站穩社長的立場。「每一組的成員都是幹部依照你們之前填的資料適性分配而成，你並不適合晨湇所屬的小組。」

「沒試過怎麼知道？我……」

「你再繼續和我爭執下去，你下次也不用來了。」

梁之界不可置信地瞪眼。「徐黛！」

「你要是敢跟過來，你現在就可以離開，說不準明天你還會收到校長的約談通知。」徐黛撂下狠話，轉頭拉著陸晨渏往右邊的走廊走。「晨渏，我們走。」

不久之後，陸晨渏與徐黛聽完簡單的工作說明，聽從小組長的指示在中心書庫領取了一台載滿書籍的推車，除了將病人事先預約好的書籍配送至病房，她們也可以詢問其他病人或家屬是否有借閱需求。

照護中心的米白大理石基調在日光的照拂之下，看起來一片寧靜溫和，大廳中央放著一架自動彈奏的平台鋼琴，醫護人員穿著簡約的淺色制服來往其中，與醫院部門隱隱繚繞的藥水味不同，照護中心充滿花香，更像是高級度假村。

透明的電梯上升至高樓，氣氛忽然變得尷尬，處在小小的空間裡，陸晨渏與徐黛相對無語。

儘管她們沒有吵架，某方面來說也能稱得上講開了，但就現實面而言，那並不是一件能夠馬上釋懷的事情。

電梯門開了又關，陸晨渏盯著推車上的書本，不知該如何化解這樣的氛圍。

「……晨渏，妳還是不願意原諒我嗎？」

聽見徐黛小小聲的詢問，陸晨漪忽地心頭一顫。

「妳又沒有對我做錯事，說什麼原不原諒……」

「但妳都不回我訊息！」徐黛打斷她，情緒有些激動。

「那是因為——」陸晨漪抬起頭，看見電梯鏡面反射出的徐黛神情沮喪，她心裡跟著難受。「……對不起，徐黛，我最近太忙了，而且我的確需要一點時間消化妳和……老師的事。」

縱使是知情許久的現在，要她說出徐黛和老師談戀愛依然不容易。不回徐黛的訊息也是，她的已讀不回並不全因忙碌，她只是沒辦法像以前一樣面對徐黛，卻也還沒找到新的方式與她相處。

「妳真的沒有生我的氣嗎？」

「沒有！」陸晨漪否認，那是徐黛的私生活，她憑什麼生氣？

「但妳不覺得我很壞嗎？不覺得我……」徐黛嚥了嚥乾澀的喉嚨，艱難地開口問道：「……妳不覺得我很骯髒嗎？」

聞言，陸晨漪愣住了。

莫非這陣子以來，她一直都是這麼想的嗎？

「徐黛，我一次也沒有這麼想過。」陸晨漪認真地看著徐黛說道：「再說，我不是答應會替妳保密了嗎？如果我真的是那樣想，我怎麼可能答應妳呢？」

「我不知道……」徐黛茫然地搖搖頭。

此時，電梯抵達十二樓，陸晨渏示意徐黛先出去，再自己推著推車出電梯。

話題暫時告一段落，志工工作才是首要，兩人打起精神，面帶笑容走進一間間正在等待書籍配送的病房。

日莘照護中心都是單人病房為主，裝潢精巧如飯店不說，每一間病房都有一大扇對外窗，窗外所見皆是一片藍天綠意，對於長期臥床的病人而言，陽光其實是比任何藥物更有效的撫慰。

如果可以選擇的話，這個世界上的每一位病人家屬應該都想讓所愛之人在如此清幽完善的環境裡養病吧？

看著一位位心境平穩的病人，陸晨渏忍不住心想。

身強體健時或許還能視金錢如無物，但人往往到病時才明白，只有擁有愈多的金錢，才能買到愈多的尊嚴。

這就是世界殘酷的法則。

忙碌好一陣子，陸晨渏與徐黛結束工作，坐在其中一層病房的休息區裡，手中握著附設咖啡廳買來的熱飲，暖和的陽光曬在材質柔軟的沙發上，這次她們終於準備好談話。

「徐黛，妳不是很喜歡老師嗎？」甚至喜歡到說出沒有他就不想活的話。陸晨渏對於那日的情景仍歷歷在目。

「我喜歡啊，家盛……」徐黛停頓一下，改口後才說道：「高老師他是全世界最好的人。」

「那妳為什麼會覺得——」

「晨渏，妳懂飛蛾撲火的感覺嗎？明知道自己正在做的事總有一天會毀了一切，卻還是控制不了自己的情感，義無反顧投奔其中？高老師對我而言就是火，我不是那些會在新聞上出現的傻女孩，我一直、一直都知道與老師交往是個錯誤，我不該這麼做，但是……」徐黛閉了閉眼。「我就是沒辦法控制自己不喜歡他。」

咖啡香飄在空中，陸晨渏靜靜聽著徐黛傾訴。

「不只是我，高老師也和我一樣掙扎。他是成年人，他認為自己才是應該克制感情的那一方，他的壓力比我更重，交往以來的每一天，我們無時無刻都在考慮分手，卻總是放不開彼此。」徐黛抬起頭，漂亮的眼睛裡滿是哀戚。「晨渏，妳知道嗎？如果那天發現我的人不是妳，而是其他人，這件事情早就傳遍全校，甚至上遍各大新聞版面，若真是那樣，現在的我根本不可能在這裡和妳說話。」

徐黛告訴陸晨渏，她的爸媽管教非常嚴格，不單單是她的學業成績，乃至於課外的才藝學程、交友狀況都必須在他們的控管之下。

更別說是戀愛了。

就算徐黛畢業了、成年了，她和高老師仍然不可能在一起。

除去師生關係，她依然是日莘集團的千金小姐，談及階級地位，高老師與她簡直是雲泥之別，他們就是兩個世界的人。

「也許我在妳發現的時候，就該和老師提分手吧？」徐黛強忍淚水。「反正我們本來就不可能永遠在一起……」

「那就撐到最後一刻再結束也不遲吧？」

徐黛一愣，驚訝地看向身旁的陸晨滈。

然而，陸晨滈只是微笑，輕輕牽起徐黛無法被咖啡摀暖的手。

她接下來想說的話，其實連她自己都感到詫異。

「徐黛，我沒有談過戀愛，不知道喜歡一個人是什麼感覺，老實說，我也不知道和老師談戀愛是不是正確的，我很擔心妳會不會被騙、會不會受傷，但聽完妳說的話以後，我發現妳跟老師也只是和一般人一樣，既然如此，兩個人相愛又有什麼錯？」

難得遇上喜歡的人，更難得的是對方也喜歡自己，這不應該是一件值得開心的事情嗎？為什麼不能好好談一場只在乎現在，而不擔心未來的戀愛呢？

儘管礙於現實，徐黛與老師勢必得面對更多阻礙，可這也讓陸晨滈萌生想為他們加油的心。

「但要是被發現的話……」

「我會幫妳的！」陸晨滈堅定地對徐黛點頭。

「真的嗎？我……」徐黛並沒想到看似文靜的陸晨渏竟然……該說是叛逆嗎？她不在乎，反正她早就被感動得一蹋糊塗。「晨渏，謝謝妳……我不知道該說什麼才好……」

「說妳會幸福就好，直到最後一刻為止。」陸晨渏淺淺笑開，發自內心說道：「而且，誰知道會不會有奇蹟呢？」

徐黛眼裡泛起淚光，儘管她知道奇蹟之所以被稱為奇蹟，便是因為發生的機率低得近乎不可能。

然而，若是有一個真心支持妳的好朋友陪在身邊，即使結局注定是哭泣，似乎也教人無所畏懼。

「……我會幸福的。」她說，反握陸晨渏牽著自己的手。

兩人相視一笑，原有的默契似乎在此刻回來了。

而且，還比之前更加親近。

就像是想把這陣子沒說到的話一口氣說完似的，兩個正值青春的花季少女坐在沙發上，妳一言我一語，吱吱喳喳地聊到了集合時刻。

趁著電梯尚未抵達，陸晨渏拿著咖啡紙杯到附近的垃圾桶丟棄，宛如畫廊的長廊靜寂，她無意間看到其中一間房門半開的病房。

病房裡的窗戶微敞，米白窗簾隨風飄起，一名清秀美麗的年輕女子半躺在床上，映著柔和的陽光，陸晨渏差點以為自己看見了童話故事裡陷入千年沉睡的睡美人……

「晨渏，電梯來了。」

「好。」陸晨渏沒多想，轉身離去。

❖

「……這樣應該就沒問題了。」二年B班的教室裡，陸晨渏與演員們做完最後一次的劇本檢討，接下來的排練將會轉移至校內劇場，再過不久便是話劇比賽的表演日，大家興致都很高昂。

「晨渏，妳要去哪？」羅莎見陸晨渏正要離開，出聲喊住她：「妳不一起去餐廳吃下午茶嗎？」

陸晨渏搖搖頭。「不了，道具組剩下一些東西沒弄完。」

「道具組還沒結束？要不要我們跟妳一起去？」范末璇提議，周遭同學聽了也沒反對。

「大家一起做比較快啊。」

聞言，周誓的冷臉忽而閃過陸晨渏的腦海。

『我就看妳怎麼一個人把這些東西搞定。』他說，嗓音冷酷。『……到時候就別哭著求我這個不負責任的老師幫忙。』

那天他撂話離去的身影歷歷在目，按捺住心中默默燃燒的火氣，面對班上同學的好心，陸晨渏故作無事地撐起笑容。

「沒關係，我們自己來就可以了。」

雖然從頭到尾都沒有「我們」，只有她一個人而已。

但也正因為她只有一個人，這幾天的陸晨渏就像是瘋了一樣，課餘時間全都奉獻給了實驗教室，一有空閒便在那裡敲敲打打，就連午休也沒有放過，甚至有一次忙得太累不小心睡到放學，司機老陳一連打了好幾通電話才叫醒她。

陸晨渏會這麼努力也不為別椿，她一定要證明給那個不負責任的老師看，她說到做到，就算一個人也沒問題……

頭部忽然一陣暈眩，陸晨渏摀著隱隱作痛的腹部。

呼出一大口氣，陸晨渏強打起精神，推開實驗教室的大門，壓根沒想到道具組的人竟破天荒全員到齊。

「你們、怎麼會……」

「陸晨渏妳來得正好，我們是不是只剩下這些要做啊？」王立晴踩著一雙高跟樂福鞋，叩叩叩地跑到陸晨渏身邊。

「對，可是……」

「陸晨渏妳很不夠意思耶，廠商不能進學校這件事要跟我說啊，妳沒說我怎麼知道原來道具要自己組裝？我柯劭康不是那種會讓女生獨自做粗活的人啦。」坐在桌面上的柯劭康一躍而下，耍帥撥弄前額的瀏海。

「我明明就有跟你……」

「就是說啊，陸晨漪，妳一個人默默做那麼多也不告訴我們一聲，別人要是知道了還以為我們欺負妳，這樣很冤枉耶。」歐敬華跟著附和。

陸晨漪不說話了。

她搞不懂現在是什麼情況？

集體失憶嗎？

他們一個個裝得今天才發現自己是道具組似的，好像班上同學忙著排練的時候，他們能在一旁逍遙自在是因為他們不知道自己也有工作；又或者是當她一個人忙得滿頭大汗，是因為她自己想這麼做，而不是因為他們不知又跑去哪裡玩樂。

在他們的世界觀裡，千錯萬錯都不是他們的錯。

果然很有聖雅各的風格。

「所以，你們現在是要來幫忙的嗎？」陸晨漪並不在乎他們為什麼突然良心發現，只想趕快進入正題。

「當然！」三人紛紛答應。

該說他們來的時機正好？在陸晨漪的努力之下，大部分的道具已經組裝完畢，只剩一些需要修整的小型布景，不用多長時間就能完工——

前提是，如果他們夠專心的話。

一節課的鐘聲尚未響起，柯劭康早就把油漆刷丟到一旁，忙著低頭滑手機；王立晴說要去上廁所，十五分鐘了還沒回來；歐敬華是唯一一個有在做事的人，卻也只是做做樣子，陸晨渏必須把他做完的道具再檢查一次才放心。

……所以說，有人「幫忙」又有什麼用？

某張討人厭的臉龐再次閃過，陸晨渏偷偷在心裡抱怨。

「欸，陸晨渏，妳會參加梁之界的生日派對吧？」柯劭康放下手機，臉上掛著不知從何而來的笑意，讓人怪不舒服的。

「……我沒收到邀請。」

「廢話，他生日在十一月，場地都還沒訂。」柯劭康笑說，別具深意地挑起眉。「我的意思是，如果他邀請妳，妳應該會去吧？」

大概是柯劭康想把她賣掉的神情太過明顯，陸晨渏心底立刻冒出一股強烈的厭惡感。

「到時候再說吧。」她忍住皺眉的衝動，兀自別開視線。

見狀，柯劭康沉默一會兒，接著嗤地冷笑。

「陸晨渏，人要識相。」

陸晨渏一頓。「……我不懂你的意思。」

「梁之界家裡是百年食品大廠，未來沒意外也是由他接班。至於妳，整個聖雅各沒人知道妳的來歷……獎助學生？小三的女兒？反正一定不是值得嚷嚷的背景，才會需要妳藏著掖著。」柯劭康勾唇笑了，眼神有著不符年紀的世故。「所以說啊，別說我沒提醒妳，陸晨淌，不要老是端出一副高嶺之花的樣子，男人看了都掃興。說白一點，你們也不會在一起多久，頂多高中這兩年，趁梁之界現在對妳還有點興趣，妳剛好薅一下他的羊毛過過癮，應該也夠妳以後和人炫耀了吧？」

……炫耀？炫耀什麼？

敢情他的意思是，等她以後回到平民世界、窮困潦倒之時，還能到處和人炫耀她和食品大廠的接班人曾經有過一段嗎？

陸晨淌冷眼看著柯劭康，又是一個價值觀扭曲的富二代。

「怎樣？我說得很有道理吧？」柯劭康笑得自信，絲毫不覺得自己有任何問題。

沒等到她的回答，手機響起振動，恰好打斷他們的話不投機。

「……好，我現在就過去。」陸晨淌應聲，結束通話後，無視柯劭康仍在自己面前，她徑直走出實驗教室，一句交代的話都沒留下。

電話是道具廠商打來的，請她到卸貨區領取最後一組道具。

這項工作本該由柯劭康負責，畢竟訂貨人是他、付錢的人是他，偏偏與廠商鬧失聯的人也是他，儘管剛才他人就在眼前，陸晨淌也沒有打算讓他接手的意思。

她可不期待柯劭康會知道學校的卸貨區在哪。

午後豔陽正炙，秋老虎的威力不容小覷，陸晨渏頂著大太陽在偌大的聖雅各校園前行，不一會兒，她的背部已經汗濕。

奇怪的是，她並不覺得燥熱，反而感到一股渾身不舒服的畏寒。

……是因為生理期嗎？

眼看卸貨區就在前方不遠處，陸晨渏的腳步愈來愈虛浮，她正想告訴自己撐下去，視線忽然一黑，整個人失去了意識。

「……你不覺得陸晨渏很奇怪嗎？」

「小晨渏？哪裡奇怪？」何子清嘴裡的肉桂捲有點卡喉，趕緊喝了一口咖啡潤嗓。「咳，她人滿好的啊，文文靜靜又樂於助人……」

「就是這點很奇怪。」

「什麼？」何子清傻眼，隨後嫌棄地看向好友。「拜託，你最奇怪。」

周誓沒理他。「這裡可是聖雅各。」

「所以呢？」

「除了陸晨渏，你見過哪個學生和她一樣？」周誓眉宇一挑。

……沒有。何子清想了一下。

不是說聖雅各找不到另一個性格文靜的人，也不是說整個學校沒有樂於助人的類型，只是同時滿足兩個條件，並且願意無條件幫忙——何子清不禁想起他充滿血淚的生物科展——除了陸晨渏以外，真的沒有別人了。

「不、可是，話也不能這麼說，這個世界上的人本來就百百種……」何子清的反駁很蒼白，可他總覺得周誓想表達的不只這個意思。「好！就算小晨渏有一點奇怪好了，那又怎樣？真要說的話，我巴不得其他學生跟她一樣奇怪。」

乖巧、溫馴，像一群小羔羊，多好。

當然，他也不是說聖雅各學生個性差勁，大部分的學生其實都還是好孩子，只是每個人都太有個性，優渥的家境培養出各有不同的驕氣，聖雅各的老師總在私底下開玩笑說自己不是教育業，而是服務業，若想要有好日子過，還得順著這些公子小姐的毛摸才行。

「這麼一想，我覺得小晨渏和小蕓挺像的。」何子清忽然說道。

周誓不樂意地皺起眉間。「哪裡像？」

「文靜、善良、樂於助人，天生自帶溫煦的氛圍，講話也都軟軟的……啊，說不上來，反正就是一種感覺啦。」

聽何子清形容，周誓默不吭聲。

說到底，他上次不也在陸晨渏身上看見小蕓的影子嗎？

……就連和他吵架的勁兒都很相似。

「何子清，你這個學期還是家長會招待？」周誓想著，問道。

「是啊？」

「那你可以查查看，陸晨渏的家長是誰嗎？」

聞言，何子清驚訝地張大嘴，愣了好半晌。

「周誓，這是侵犯隱私。」

「你是在工作。」周誓聳聳肩。「而我，只是不小心聽見八卦罷了。」

……敢情道人長短的人還變成他了？

何子清大翻白眼，沒見過哪個人推卸責任推得如此無辜。

說歸說，何子清自己也有點好奇。

借了周誓的電腦，何子清登入系統，找到陸晨滈的名字，進入資料頁面——

「咦？」

「怎麼了？」周誓湊近，向來淡漠的眼睛閃過一絲訝異。

『無法顯示。』

何子清說，他也是第一次遇見這樣的情況。

周誓望著病床上面色蒼白的陸晨滈，不得不困惑她究竟是何許人也？

然而，此時他困惑的不單是陸晨滈充滿謎團的家庭背景，還有他明明都把道具組的人叫回去幫忙了，她為什麼還有辦法把自己累到在半路昏倒，送來健康中心？

他搞不懂，陸晨滈到底有什麼問題？

「嗯……」床上的陸晨滈眉頭緊皺，發出模糊的囈語。

只見她掙扎了一會兒，總算睜開眼睛。

「醒了？」周誓看著她，嗓音微冷。

有那麼一瞬，陸晨渏以為自己還在做夢。

她在哪裡？

老師又為什麼會在這裡？

「妳不久前吊完一瓶點滴，再休息一下，待會就放學了。」看她一臉茫然無助，周誓難得好心解釋。「保健老師說妳是過度疲勞引起的熱暈厥，沒什麼大礙。」

「熱暈……」

「中暑。」他說，簡單易懂。

「……喔。」這麼說不就好了嗎？陸晨渏發現自己真的很討厭在周誓面前出醜。她閉了閉眼，再度開口問道：「是誰……」

「我。」周誓早猜到她要問什麼。「是我送妳來的。」

陸晨渏瞪大眼。「老師你送我過來的？」

「不然還有誰？」

轟地一聲，陸晨渏腦袋一片空白，臉頰倏忽熱了起來。

她一點都不想問他是怎麼送她來健康中心的。

「道具組的人沒去實驗教室嗎？」

「咦？」陸晨渏怔了怔，忽然靈光一閃。「……該不會，他們也是老師你叫來的？」

周誓只是盯著她瞧，答案不言而喻。

陸晨渏這下真的震驚了。

「為什麼？你、你不是叫我不要求你嗎？」

「妳沒求我啊。」

她當然沒求他，她的意思是——

「我只是看不過去而已。」周誓淡淡說道。

陸晨渏頓了一下。「什麼意思？」

「妳前陣子在實驗教室睡著了吧？」周誓才說，毫不意外又看見陸晨渏一臉驚慌。「那個時候，也是我叫妳起來的。」

人類在短時間之內能夠驚訝幾次？

陸晨渏並不曉得。

此時此刻的她滿腦子都在回憶當天的情景——還記得那天，她因為上完體育課又接著去實驗教室工作，疲倦伴著睡意湧上，她本來只打算小憩一會兒，結果不小心一睡就到了天黑。

她一直以為是司機老陳的來電叫醒她的。

如今認真回想起來，她在半夢半醒之間似乎曾聽見一聲類似雷鳴的聲響，但那天天氣晴朗，醒來後也沒再聽見雷聲……莫非那並不是打雷，而是他為了叫醒她而製造出的聲音？

可是，為什麼——

「我不是說了嗎？我只是看不過去而已。」彷彿能看穿陸晨渏內心的想法，周誓又一次猜中她的疑問。「陸晨渏，妳讓我想到一個人。」

……是誰？

陸晨渏一怔，好奇，卻不想問。

不知為何，她忽然很不開心。

說來或許很像被虐狂，但陸晨渏寧願周誓用酸言酸語諷刺她，說他只是一時同情心大爆發，又或說他被雷打到腦袋短路也好，她不想知道周誓之所以對她好，竟是因為另一個人。

平靜的心湖彷彿被人丟了一塊大石頭，拽著陸晨渏重重下沉。

……她不想再待在這裡了。

暈黃的夕陽打入玻璃窗，映出一道道靜悄悄的斜影，學生下課的談笑聲遠遠傳來，陸晨渏不發一語翻身下床，未料又是一陣暈眩。

「妳幹麼？」周誓眼明手快，伸手扶住了她。「不是叫妳好好休息嗎？」

清冷嗓音透著不加掩飾的厭煩，陸晨渏更是委屈。

他為什麼老是這樣？

好像從不覺得她好、認為她很愚笨，擺明不喜歡她，卻又不願放過她，如果他真的討厭她的話，那……

回過神來，陸晨渏已經大力甩開周誓的手。

「不要碰我。」

興許是難得遭人反抗，周誓愣是反應不及，眉頭一皺，就見陸晨渏怒氣沖沖地彎腰穿鞋，看都不看他一眼便起身往門口走去。

「陸晨渏，妳……」

「我不是老師以為的那個人！」陸晨渏冷不防停下，她側過頭，難掩惱怒地瞪著他。

「……我的事不用你管。」

反正，他又不喜歡她。

陸晨渏離開得頭也不回。

終於有一次，周誓成了被留下的那個人。

餘暉之中，健康中心悄聲無息，周誓停在門口的目光深長，平靜的臉龐看不出情緒。

半晌，他悠悠別過頭，瞥見病床邊桌上被主人遺落的橘紅色髮圈。

……其實，放著不管也沒關係，對吧？

「小孩子就是小孩子。」

周誓低聲說道，伸手將髮圈收進了口袋。

❖

聖雅各體育館裡的班際籃球賽比得正烈，哨聲尖銳，吶喊不絕於耳，羅莎激動得想從二樓看台跳下去，范末璇險些抓不住，扭頭呼喊陸晨渏一起幫忙。

後者像是沒聽見似的，呆呆地坐在原位。

……她一定是瘋了。

不對，她早就瘋了，而且還瘋了不只一次。

自從和周誓扯上關係以後，陸晨渏就覺得她愈來愈控制不住自己，接連兩次衝著老師大吼大叫，第一次也就罷了，她還有理說是被周誓的不負責任激怒。

但，這一次呢？

就因為他想起某個人？

陸晨渏沒有臉面對周誓，上英文課時總是低垂著頭，整張臉幾乎都快埋進書裡了也不敢和他對上目光，老實說，光是聽他講課的聲音都讓她愧疚到好想逃出教室。

她不是沒想過要去和周誓道歉，可是……

「想什麼這麼認真啊？」

陸晨渏抬起頭，一張明亮的笑顏映入眼簾。

「徐黛……」

「喏，給妳，這是我昨天做的。」徐黛將一包裝飾可愛的小餅乾送進陸晨渏懷裡，一屁股坐到她身邊的空位。「需要聊聊嗎？」

陸晨渏不由得猶豫了一會兒。

由於過往的經歷與天生個性使然，陸晨渏向來習慣把心事往肚子裡吞，不管是多好的朋友都一樣，她傾向獨自解決、獨自消化，再說，她一直都把和周誓之間發生的事情當成祕密。祕密之所以是祕密，首先就是不能和他人分享。

……但，她不也知道了徐黛的祕密嗎？

陸晨渏望著眼前釋放出善意的徐黛，內心出現一絲絲動搖。

「其實我……」

「這位同學，妳跑錯班級了吧？」

徐黛神色一僵，勉強勾起笑容。「……嗨，羅莎。」

見她故作無事的招呼，羅莎翻了個大白眼。

「誰想跟妳『嗨』啊？」

「我只是在想，我們好像、好像很久沒聊天了……」

「因為我根本不想跟妳聊天！」羅莎打斷徐黛，大大的嫌棄寫在臉上。「姓徐的，我先把話跟妳說清楚，晨渏想和妳交朋友是她的自由，我沒那麼沒品逼妳們絕交，反正她遲早會看清妳的真面目。但是，我討厭妳也是事實，我不打算假裝，所以能請妳不要隨便出現在我面前嗎？」

羅莎直視著徐黛，用口型無聲說出兩個字：

『——小偷。』

徐黛臉色瞬間刷白，整個人從座位彈起。

「徐黛！」一切發生得太快，陸晨渏來不及阻攔，只能看著徐黛倉皇失措的背影遠去。

「羅莎，妳……」

「我怎樣？」羅莎不以為然地回應。「陸晨渏，別忘記我們說過的話。」

陸晨渏一頓，默默閉上嘴巴。

沒錯。

她們已經說好了。

前陣子因為徐黛的事和羅莎發生爭執時，自覺有錯的陸晨渏向羅莎道歉後，在范末璇的調解之下，雙方各退一步，她不強求羅莎盡釋前嫌和徐黛當好朋友，羅莎也不能阻止陸晨渏和徐黛繼續來往。

唯一的條件是，徐黛不可以礙到她的眼。

滿懷愧疚的陸晨渏再次看向徐黛離去的方向，正好看見高老師一臉擔憂地攔住了神色匆匆的徐黛，兩人的距離保持得不遠不近，看在旁人眼裡，也不過就是普通的師生關係。

見狀，陸晨渏的歉意更深。

如今的徐黛不只得談一場祕密戀愛，竟然連友情都得地下化。

她明明就是一個那麼好的人啊……

不久，比賽結束的哨聲響起，二年B班獲勝。

班上氣氛瞬間沸騰，大夥兒興高采烈從二樓看台衝下籃球場，羅莎也不例外，宛如一頭小牛的她栽進狂歡的人群，留下不愛湊熱鬧的范末璇和陸晨渏在不遠處旁觀。

球賽贏了是很開心沒錯，陸晨渏的心思卻仍繫在徐黛身上。

「陸晨渏在哪裡？」

也不知道是誰突然出聲，眾人不明所以，一陣左顧右盼，不一會兒便發現了在場外的她。

怎麼了？

陸晨渏被看得莫名其妙。

「……幹麼？」與她站在一起的范末璇率先出聲，眉頭因為警戒而打結。「你們又在打什麼主意？」

只見柯劭康與梁之界竊竊私語，不知在策劃什麼，隨後，梁之界手裡抱著一顆籃球，穿過讓道的人群，堂堂走到陸晨渏面前。

「陸晨渏，我想跟妳打個賭。」他說，自信的目光炯炯。「如果待會我連進三顆罰球，妳可以成為我生日派對的女伴嗎？」

「什麼？」人群之中的羅莎聽了傻眼。「你們有病啊？」

「又不是在問妳！」柯劭康轉頭狠嗆，接著大聲從後方叫囂：「陸晨渏，怎麼樣？梁之界這麼有心，妳總該給人家一個答案吧？」

對上柯劭康意味深長的笑容，陸晨渏驀地理解他的涵義。

——原來，這就是他所謂的識相。

這並不是一般的派對邀請，在場每一個聖雅各學生都知道，壽星的女伴等同於派對的女主人，梁之界此時的舉動已與告白無異。

霎時，陸晨漪感覺自己又回到了一年級的教室走廊。

儘管這次沒有學姐惡狠狠地指著她的鼻子，大罵她是不知從哪裡冒出來的雜種，但旁人的視線卻再相似不過，同樣充斥著八掛、戲謔，以及不加掩飾的不屑。

他們笑她攀高枝、問她憑什麼、罵她不夠格，高高在上的他們看不起她，她配不上這裡的任何一個人，原因並不是她做了什麼，而是因為她什麼都沒做。

所有的一切，都只因為她不曾解釋自己是誰。

「陸晨漪，妳……」

「我好像聽見有人要打賭。」一道微涼的嗓音橫空插了進來。「你們在做什麼有趣的事嗎？」

「老師！」

「老師，你也來看比賽嗎？」

「我們班贏了喔！」

周誓與何子清相偕出現在場外，一副恰好經過的樣子，差別只在其中一人噙著笑臉，另一個人的表情卻像看到鬼一樣，不敢置信地直盯著好友。

……他發什麼神經？

何子清懷疑周誓一定是中邪了，畢竟他平常才不是會好奇學生在幹麼的老師……不對，更準確地說，周誓還是那種發現學生幹壞事時會假裝沒看見的無良教師。

哪像現在，周誓居然笑笑上前，一副很有興趣的樣子。

「恭喜啊。」他說，環顧四周。「有人可以跟我解釋一下嗎？」

旁邊的好事者立刻和周誓說了當前情況。

「這樣啊，挺有趣的。」

周誓看了一眼梁之界，視線一下落在陸晨渏身上。

陸晨渏不自覺一顫，別過臉迴避他的注視。

「老師，學校應該沒規定不能打賭吧？」眼看好戲被迫中斷，柯劭康忍不住打岔，覺得周誓有夠不長眼。「要是沒問題的話，你能不能借過啊？」

聞言，周誓只是淡淡一哂。

他沒理會柯劭康，轉而看向梁之界。

「不如這樣，我來當你的對手吧？」周誓提議，唇邊的笑意不減。「若是你能從我手中贏得三分，陸晨渏就當你的女伴，如何？」

此話一出，所有人都傻住了。

陸晨渏倏地扭頭，心口狠狠震盪。

「為什麼……」梁之界皺眉，不懂周誓為何非得出來攪局？

「沒有對手，一切就太過容易了，不是嗎？」周誓頭一歪，彷彿只是一時玩心大起。「還是說，你對她的心意也不過如此？」

梁之界到底是血氣方剛的少年，聽不得別人對自己有任何質疑。

「好啊，誰怕誰！」

他好歹也是籃球校隊，還怕輸給一個英文老師？

周誓的號召力果然不容小覷，場邊圍觀的人潮愈來愈多，他們交頭接耳、指指點點，陸晨渏可以感覺到有更多的目光往她身上打量評論，但此刻的她早就沒心思在意。

一身襯衫西褲的周誓繫緊鞋帶，直起身脫下外套，何子清手都伸出去準備接了，沒想到，他卻把外套交給了另外一個人。

「拿好。」

眾目睽睽之下，周誓將外套遞給一旁的陸晨渏。

滿臉怔愣的陸晨渏下意識接過，腦袋裡的聲音後知後覺冒了出來。

等等，他……在幹麼？

為什麼要把外套——

熟悉的氣息倏地靠近，陸晨渏險些倒抽一口氣。

周誓向她傾身，嗓音裡特有的微涼在她耳邊低沉響起。

「……看看口袋，裡面有妳的東西。」

沒等陸晨渏反應過來，周誓轉過身，捲起袖子走上球場。

❖

比賽最終以三比一落幕——周誓三分，梁之界一分——不只如此，當天精彩的賽況一下子傳遍了整個聖雅各。

走在聖雅各的校園裡，幾乎人人都在討論周誓的身手如何矯捷，難以突破的防守、行雲流水的進攻，別說梁之界了，就算再找一個籃球隊員上場都不一定贏得過他。

在這之前，竟然沒人知道周誓有此實力。

追根究柢是八卦的靈魂，經不住好奇的學生不敢從周誓口中挖消息，紛紛跑去詢問周誓的官方好友何子清。

自詡健談的何老師向來管不住嘴，三兩下便抖出周誓在高中、大學時期都是籃球校隊，且和聖雅各頂多算是同好會等級的籃球隊不同，周誓當時就讀的學校可都是籃球聯賽的熟面孔。

「喔！對了。」何老師不嫌事大，對著前來八卦的學生招招手。「……偷偷告訴妳們，以前周老師有空的時候，還會去游泳校隊救火。」

什麼救火？

周誓根本是去放火的吧！

女學生們倒抽一口氣，恨不得那天比的不是籃球，而是百米競泳。

多虧了周誓的出場搶走焦點，以至於沒人記得比賽的起因是一場生日派對的邀約，身為當事人之一的梁之界心情如何不得而知，陸晨渏承認自己著實鬆了口大氣。

只不過……她不懂，周誓是在替她解圍嗎？

陸晨渏盯著手腕上失而復得的橘紅髮圈，怎麼也想不到是周誓替她收了起來。

一如當時，何老師難掩震驚地看著在場上馳騁的周誓，喃喃叨念他肯定是中邪了。

老實說，陸晨渏也這麼想。

老師他……為什麼會這麼做呢？

「晨渏，可以把南瓜……陸晨渏，妳有聽見我說的話嗎？」看著一副大夢初醒的陸晨渏，徐黛忍不住失笑。「妳累了嗎？要不要休息一下？」

「不用！我只是……抱歉。」陸晨渏抱起裝飾用的南瓜，趕緊跟上進度。

為了因應萬聖節的到來，日莘醫院的志工團隊正忙著在各個角落擺放大大小小的裝飾品，南瓜燈必不可少，烘托氣氛的蝙蝠、乾草堆和稻草人一應俱全。

「說起來，話劇比賽那天正好是萬聖節呢。」徐黛一邊黏著蜘蛛網，一邊說道：「幼兒園部的小朋友會來高中部要糖果，可愛死了。」

「就是說啊……」

聽聽，這是什麼漫不經心的語氣？

徐黛回首看去，就見陸晨漪不知何時又發起呆來。

「陸晨漪！」徐黛放下道具，又好氣又好笑。

那方的陸晨漪還傻傻回應：「啊？」

「算了，妳到旁邊休息，剩下的交給我就好。」

「我、這怎麼可以！」陸晨漪急得臉龐漲紅，她也不曉得自己究竟是怎麼回事。「對不起，我這次一定會專心。」

「嗯哼。」徐黛直視著她，精明的大眼睛彷彿加裝了透視人心的超能力。「陸晨漪，妳老實說，妳這麼不專心的理由，該不會是……」

「是、是什麼？」陸晨漪嚥了嚥喉嚨，某道身影在不爭氣的腦海一閃而過，下一秒，啟人疑竇的嫣紅在雙頰漾開。

徐黛嘿嘿一笑，嘴巴一張，正想開口揶揄好友一番，活動組組長好巧不巧突然出現，說是今天活動組的人手不足，想請徐黛到兒童圖書角和小朋友說故事。

「可惡，讓妳逃過一劫。」徐黛滿臉扼腕，趁著把女巫帽交給陸晨漪的時候，偷偷在她耳邊悄聲說道：「……妳可不要以為我會輕易放過妳，等我回來，我們再——」

「啊啊啊，徐黛，小朋友還在等妳呢，拜拜——」

好不容易把柯南上身的徐黛送走，陸晨漪感覺自己頓時老了三歲。

……臭老師。

鬆了一口氣的陸晨淆決定把錯統統推到周誓頭上。

本來嘛，要不是周誓老是做出一些難以理解的行為，她也不會在工作時分心，徐黛也不會好奇，她也不需要隱瞞了呀。

沒錯，千錯萬錯都是周誓的錯。

坐在乾淨晶亮的電梯裡，陸晨淆結束萬聖節的裝飾任務，打算先行回一樓的庫房集合。

電梯樓層的燈號一層層順行向下，一樓大廳即將抵達，陸晨淆手握車把，黃銅色的電梯門向兩旁滑開，門上的自身倒影一分為二，取而代之的是另一道等在門前的身影。

一名大學生年紀的年輕男生站在電梯口，臉卻別向一旁，目光直直望著大廳方向，看起來像是在等人的樣子，完全沒發現電梯已經來了。

「不好意思？」陸晨淆出不去，只得出聲提醒。

「啊！抱歉、抱歉！」男大生嚇了一跳，連忙退到一旁，大概是因為不好意思，見陸晨淆一個人推車，他還順手拉了推車一把，避免輪子卡在電梯與樓層的間隙。

「……謝謝。」陸晨淆心裡有些驚訝。

「不客氣。」他咧開笑意，給人一種天生自帶陽光的氛圍。「妳是志工嗎？哪間學校的？」

陸晨淆只是看了一眼依然大開的電梯門。

「你不進去嗎？」

「我在等人……喔，來了來了，誓哥！電梯來了！」見男大生對著某處熱情揮手，陸晨渏下意識跟著看了過去。

不看還好，一看她整個人都傻了。

「陸晨渏？」

「老師，你怎麼會在這裡？」

「原來妳是聖雅各的學生啊！」

三個人各說各話，語畢，場面一度凝結。

「哈哈，這位同學先說吧？」男大生自動跳出來控場。

陸晨渏瞥了周誓一眼。「……我是來做社團服務的。」

「志工服務社？對吧？不瞞妳說，我讀高中的時候也是志工服務社的。」男大生笑得開朗，順其自然地把話題轉給周誓。「接下來，誓哥，換你了。」

眼看在場兩人的視線集中在自己身上，身為焦點中心的周誓只是雙手環胸，居高臨下地盯著陸晨渏。

「我去哪裡，關妳什麼事？」他說，嗓音是一如既往的淡漠。

男大生瞪大眼，似乎沒料到周誓竟然這麼冷酷。

「誓哥，你幹麼……」

「邱宇禾，你先上去。」周誓對著男大生說道。

「可是……」

「上去。」周誓面不改色，卻有著說不出的威嚴。

邱宇禾這才收口，乖巧地點點頭。「我知道了。」

半晌，電梯運轉上升，送走了邱宇禾，留下一樓的相對無言。

陸晨淆垂著眼，雙手不自覺緊握著推車把手。

「……那我也先走了。」

「等一下，我有說妳可以先走嗎？」周誓攔住她，嗓音涼涼。「不得不說，陸晨淆，我開始懷疑妳真的有祕密小冊子了。」

言下之意，他覺得她是故意出現在這裡的嗎？

難道她在他心底的形象真的就這麼不堪？

「我真的是來做志工服務的！」陸晨淆很難不感到委屈。

「老師你要是不相信的話，可以——」

「我相信啊。」周誓輕巧打斷她的解釋。「我只是覺得很神奇，為什麼不管在哪裡都會遇到妳？」

……什麼？

所以，他不是在懷疑她嗎？

陸晨漪的腦袋一下轉不過來。「可、可是你剛剛……」

「這是什麼？萬聖節裝飾？」周誓拿起推車上的女巫帽把玩。「說起來，話劇比賽好像也在萬聖節呢，你們班都準備好了嗎？」

好怪。真的好怪。

周誓早就表明過他對話劇比賽不屑一顧，他怎麼可能突然在乎起班上的準備狀況……也許，就像他替她所做的一切都不是出自對她的關心，而是因為別人——

那個，周誓在她身上看見的人。

……就連在籃球場上替她解圍都是。

周誓才不在乎她。

連日來的魂不守舍總算有了解答，如今的陸晨漪只覺得自己自作多情到了極點。

她到底在幹麼啊……

「已經都準備好了，謝謝老師關心。」她深吸口氣，努力保持平靜。「如果沒有其他事情，我想先回去集合了。」

「喔，還有一件事。」

陸晨漪忍住情緒。「什麼？」

「梁之界喜歡妳？」周誓問道，平靜的表情看不出喜怒。

因此，陸晨漪不曉得他是出自於什麼心態向她提出這個問題的。

嘲笑？八卦？

或是……

打住內心混亂的想法，陸晨湇知道自己絕對想不出答案。

她根本不懂周誓。

「嗯。大概吧。」陸晨湇只能如實回答。

若是他打算笑她、諷刺她，她也只能認了。

「那妳呢？」未料，周誓卻只是用著同樣平穩的聲線問道：「妳喜歡他嗎？」

陸晨湇一怔。「我才不喜歡他！」

「那就好。」

好……好什麼好？

只見周誓的目光落在自己身上，陸晨湇的心頭不可控制地輕顫。

就像一片小雪花，瞬間融了，化了。

「對了。」周誓輕聲說著，突然將手中的女巫帽戴到陸晨湇的頭上。「我是來探病的。」

探病？探誰的病？

陸晨湇手忙腳亂地拿掉遮住視線的帽子，待她再次抬頭找人，周誓早已搭上不知何時回到一樓的電梯，摁下了關門鈕。

「老師——」

電梯門緩緩關上，周誓的嘴角悄悄揚起。

❖

時間很快來到萬聖節當天。

賽前抽籤抽到一號的C班正在台上演出，忙亂的實驗劇場後台，表演順序二號的B班再過不久就要上場，演員著裝完畢，第一幕的道具準備就緒，一切似乎進行得很順利。

『那就好。』

周誓的嗓音在腦海中反覆響起，陸晨渏偷偷看了一眼手腕上的橘紅髮圈，心跳不自覺加快了一些，心情不知怎地就是有些……

開心？

她可以這麼認為嗎？

「晨渏！妳可以過來一下嗎？」

陸晨渏看見范末璇的表情，立刻明白大事不妙。

尤其是當她推開休息室的門，裡頭的氣氛更證明了她的預感沒錯。

「發生什麼事了？」

「朱里安不見了，我們到處都找不到他。」負責造型的羅莎起身解釋，而她口中的朱里安是戲分吃重的要角之一。「就在剛才，我幫他化完妝之後，他說要去廁所後就不見蹤影，我明明有提醒他一定要馬上回來的。」

怎麼會這樣？

陸晨淯不禁皺眉。「有人在廁所遇到他嗎？」

「我。」一名男同學舉手。「但朱里安那時正好出來，我才要進去，我們兩個擦身而過，我也沒注意他往哪個方向去。」

「他看起來怎麼樣？」陸晨淯發現自己說得不夠清楚，隨即補上幾句：「我的意思是，朱里安的表情、狀態有沒有什麼異樣？」

「呃，他好像滿緊張的。」男同學歪頭回憶。「不過馬上就要上台表演了，緊張是很正常的吧？」

「朱里安該不會臨陣脫逃了吧？」

不曉得是誰說了這麼一句，休息室裡頓時議論紛紛。

「真假？」

「那我們不就不用演了嗎？」

「不可能啦，朱里安的爸媽有來耶。」另一名同學反駁：「朱里安要是落跑，他爸媽面子往哪裡擺啊？」

「晨淯，怎麼辦？」范末璇看了看手機顯示的時間，再拖下去可能來不及上台。「需不需要找老師幫忙？」

老師……周誓嗎？

畢竟在名義上，話劇比賽的負責人還是他。

「我馬上就去找他。」說是這麼說，陸晨漪並不敢抱多大的期望。

臨走之前，以免還有其他人搞失蹤沒被發現，陸晨漪環顧了一圈在場的同學，除了此時正在觀眾席上的攝影組，好像還有誰不在這裡……

「柯劭康在哪？」陸晨漪倏地開口。

「柯劭康？」范末璇摸不著頭緒，依然轉頭問了大家。「有沒有人知道柯劭康在哪？梁之界，你知道嗎？」

安分待在一邊的梁之界怔了怔。「呃，柯劭康他……」

「快說！」范末璇向來沒耐心。

「他、他應該在劇場後面。」梁之界話說得含糊，表情不知為何有些心虛。「等等，妳們為什麼要找柯劭康？朱里安跟他又不熟，他們不可能會在一起的啦。」

身為柯劭康的好友，梁之界的話有他的可信度。

只不過，說是直覺也好，陸晨漪就是覺得哪裡不對勁，嘗試撥打柯劭康的手機，卻是關機狀態。

「末璇，我去劇場後面看看。」陸晨漪決定還是親自跑一趟才安心。「如果朱里安回來了，妳再打給我，嗯？」

「咦？可是……晨湇！」

顧不得范末璇在身後叫喚，陸晨湇趕緊跑出休息室，一路奔出實驗劇場，沿著外牆步道往劇場後方前去。

天色已暗，路燈瑩白，由於演出已經開始，校園裡幾乎看不見半個人影，四周安靜非常，只有劇場的表演聲在空氣中悶悶震盪。

「……沒錯！就是這樣！」

陸晨湇耳尖，聽見某道帶笑的嗓音在轉角處響起，她緩下腳步靠近，伴隨在後的是一陣難受的咳嗽，以及一群人此起彼落的訕笑。

「咳、咳……」

「怎樣？是不是很爽？」柯劭康扯著嘴角，一把摟住咳出眼淚的朱里安，陰影襯得他的笑容猙獰。「就跟你說了相信我，這有什麼好怕的？一管抽下去，包你什麼緊張都沒了。」

朱里安說不出話，閒站在一旁的幾個人繼續吞雲吐霧，火星在他們指間一閃一爍，一股刺鼻的氣味隨風而來，聞起來不太像是平常會聞到的菸味。

……她應該要離開才對。陸晨湇的理智提醒自己。

她不應該露面，應該要悄悄離去，假裝她從來沒有來過這裡。

「朱里安。」

偏偏她就是沒辦法那麼做。

幾個人同時看向陸晨滈，警戒和不善顯而易見。

「陸晨滈？」柯劭康認出了她。「妳來這裡幹麼？」

「要上台了，我來帶朱里安回去。」

「喔——」

「原來是媽媽來接小朋友了。」

「小孬種回家囉！」

無視他人的起鬨調笑，陸晨滈強裝鎮定上前，打算扶起跪在地上的朱里安。

「朱里安，我們走……」

「等一下。」柯劭康按住陸晨滈的肩頭，粗魯地把她往自己的方向一扯，將她推往牆上。

「陸晨滈，妳真的很不識相耶。」

好臭。

柯劭康嘴裡的味道陣陣傳來，陸晨滈忍不住皺起眉頭。

「抽一口？嗯？」柯劭康放軟聲音低哄，他將挾在指間的菸捲湊近陸晨滈唇邊，燃燒的嗆味直接竄進她的口鼻。

「我不要！」陸晨滈厭惡地別過頭，硬是壓下咳嗽反應。

「噯，不要拒絕得這麼快嘛，說不定妳會喜歡啊。」柯劭康不放棄，似乎對現況感到有趣。「不如這樣，妳抽一口，我就讓妳走，妳應該也不想耽誤演出吧？」

柯劭康壓著她的力道逐漸加重，陸晨渏動彈不得，但也因為如此，她才發現柯劭康的瞳孔略略放大，似乎呈現興奮狀態。

那一定不是普通的菸！

見陸晨渏久久不語，柯劭康以為她終於屈服，他咧開大大的笑容，二話不說地掐住陸晨渏的下巴，迫使她不得不張開嘴巴——

「我說了我不要！」

不知哪來的勇氣，陸晨渏用力踹了柯劭康一腳。

沒料到獵物竟會突然反抗，柯劭康吃痛地向後退去。

「陸晨渏！」他很快回過神來，衝著陸晨渏大吼大叫：「妳他媽不要給妳臉還不要臉！現在其他人都在實驗劇場，妳最好乖乖聽話，要不然……」

「不然怎麼樣？」

刺眼的強光襲來，看不清來人長相。

只有陸晨渏一秒聽出了他的聲音。

——是周誓！

就連陸晨渏自己都沒發現，一直處於緊繃狀態的她突然安下心來。

而當周誓關掉手電筒，在場的其他人當然也馬上認出他的身分，他們慌張掐熄菸捲，氣氛頓時一片躁動，甚至感受到他們顯而易見的不安。

「……妳竟敢找老師？」柯劭康咬牙，低聲問道。

她沒有。

陸晨湇沒比他們不訝異，但她不想回答。

「現在滾，我還可以當作沒看見。」周誓的表情比平時冷上許多。「再晚一秒，你們的下場就不好說了。」

幾個人愣了一下，似是不敢相信他的手下留情。

「還不快滾？」周誓冷聲催促。

「欸，走了啦！」

「快點！」

眼看狐群狗友落荒而逃，柯劭康也不可能獨留。

他拔腿要走，卻在最後一刻回首，與陸晨湇直直對上眼。

『妳給我記著。』

陸晨湇似乎讀懂了他那道狠戾的眼神。

柯劭康一行人離開後，氣氛再度回歸寧靜，方才發生的一切就像一場難以置信的幻覺，回過神來，這短短不到幾分鐘的經歷竟令人心跳跳得飛快，連帶呼吸也不怎麼順暢。

「陸晨湇，妳……」

「我沒有。」陸晨湇搶先一步回答：「……我真的沒有祕密小冊子。」

周誓一怔，冷淡的臉龐勾起一絲起伏。

「嗯，我相信妳。」

❖

檢視完朱里安的狀況，確定他沒有大礙後，周誓帶著他們回到實驗劇場，而班上同學見到朱里安回來，激動的歡迎大於責備，準備已久的演出終於順利登台。

隱身在後台布幕，陸晨湇目不轉睛地盯著台上的朱里安，此時的他似乎十分放鬆，很難想像不久之前的他緊張得差點臨陣脫逃。

……莫非，是柯劭康讓他抽的那捲菸產生的效果嗎？

「妳猜得沒錯。」

「咦？」陸晨湇嚇了一跳，發現周誓站在自己身後。

他沒看她，視線盯著台上的朱里安。

「所以，他們剛才抽的是……」陸晨湇說得隱晦，擔心附近有人聽見。

周誓垂眸睇她。「八九不離十。」

「那怎麼辦？我們是不是要通報學校……」

「不要管。」周誓的聲音很輕，卻異常堅決。「陸晨漪，聽我的話，不要插手。」

可是，那是毒品啊！

陸晨漪瞪大雙眼，不明白他的意思。

毒品問題非同小可，在她的認知裡，這件事應該馬上通知學校和家長才對，否則毒品可能會竄流至整個聖雅各，到了那時，事情不就更加難以收拾了嗎？

陸晨漪沒有機會問他為什麼。

眼睜睜看著周誓的背影消失在後台，陸晨漪根本不曉得他的心裡到底在想什麼。

『今天家中有事，無法前往接送。』

在那之後，陸晨漪的心情一直好不起來，即使二年B班獲得了第二名的殊榮，依舊振奮不了她的低落，甚至在賽後看見司機老陳的請假訊息時，她也只是毫無波瀾地放下手機。

……又來了。她想。

獨自站在點亮燈火的大堂，陸晨漪看著一輛輛私人轎車的紅色車尾燈逐漸消失於黑夜之盡，忽然有種不知何去何從的茫然。

此時，一輛銀灰色轎車駛來，恰好停在陸晨漪正前方的車道上。

她下意識看了看左右，附近早就沒了人。

而就像是為了解答她的疑惑似的，轎車的車窗搖下，一張熱情的熟悉臉龐從裡面探了出來。

台灣角川

NOT FOR SALE

台灣角川

NOT FOR SALE

Illustration：Say HANa

「小晨渏！」何子清笑笑地和她打招呼。「妳家的司機呢？怎麼還沒來接妳？」

「他臨時有事，我正準備叫車……」

「叫什麼車啊，危險！」何子清打斷她。「上車，老師載妳回去。」

可、可是……

陸晨渏猶豫地看著坐在副駕駛座上的何子清，他邀請她是一回事，駕駛座上的正牌車主可是一句話都沒說啊。

「愣著幹麼？」周誓清冷的目光掃來。「上車。」

直到車子駛出聖雅各大得出奇的校園後，陸晨渏仍在懷疑自己是不是又不小心睡著了正在做夢——

她竟然坐在周誓的車子裡，怎麼可能？

「小晨渏，妳家司機常常臨時請假嗎？」何子清好奇問道。

「啊，沒有。沒有很常。」平均兩個星期一次。陸晨渏心想，應該也不算很常吧？

雖然羅莎曾說，換作是她家司機敢這樣做，老早就被開除了，更別說他總是臨時一封訊息就搞消失，不僅沒有職業道德，更是不尊重老闆的表現。

或許，這就是箇中原因。

在司機眼中，羅莎與其他聖雅各的學生是老闆。

而她，陸晨渏，並不值得尊重。

多虧何老師滔滔不絕的話匣子，一路上的氣氛並不沉悶，雖然周誓幾乎不開口，偶爾說話就是要何子清閉嘴，但何子清也不以為意，似乎非常習慣這種相處模式。

不久，轎車再次停靠於路邊，前座車門同時開啟。

「拜拜，小晨漪，明天見。」

見何子清下車，陸晨漪慢了半拍才反應過來。

「咦？老師……」她以為他們會先送她回家啊！

「綠燈了。」周誓完全沒打算讓他們道別的意思，一見綠燈就駛走車子，留下在路邊氣得跳腳的何子清。

……少了一個人竟然會變得這麼安靜嗎？

沒有廣播、沒有音樂，也沒有何子清整路不停的絮絮叨叨，坐在後座的陸晨漪突然不知所措，目光放哪都覺得不對。

「肚子會餓嗎？」

「什、什麼？」陸晨漪猛然回神，沒聽清楚。

「我問妳餓了嗎？」周誓看了一眼後照鏡，就見陸晨漪一臉搞不清楚狀況的傻樣。

「喔，不餓，我吃飽了。」B班比賽之前點了外送權充晚餐，陸晨漪食量不大，到現在還沒消化完。

「那好。」周誓說，方向盤打向左方迴轉。「我餓了。」

幾分鐘的時間，熱騰騰的速食餐點到手，整台車子充斥著現炸薯條的香氣。

……事情好像變得更加奇幻了。

「要吃嗎？」周晢往後座遞薯條盒。

「老師你……」陸晨渏看了一眼車外的停車場。「你打算在這裡吃完？」

「嗯。冷掉就不好吃了。」

好個理所當然的答案。

看著坐在前座自在用餐的周晢，陸晨渏漸漸也沒那麼緊張了，她望著窗外，沒事可做，腦海不禁回放晚上發生的事。

「老師，為什麼……」陸晨渏深吸口氣，決定趁機發問：「你明明知道柯劭康他們在吸毒，這是很嚴重的事情，為什麼你不通報學校？」

周晢並沒有馬上回答。

起初，他就像是沒聽見似的，慢條斯理地吃完手中的漢堡，喝了幾口可樂，最後才在後照鏡裡與陸晨渏對上視線。

「我問妳，妳覺得學校知道了會怎麼做？」

報警？通知家長？

……然後呢？

陸晨渏往下細想，忽然沒了個底。

「至少，應該會糾正他們吧？」她只能弱弱地答道。

聞言，周誓不禁笑了。

「陸晨渏，妳真的是聖雅各的學生嗎？」

「什、什麼意思？」

「首先，報警是不可能的。原因很簡單，因為實在太丟臉了。家長花了那麼多錢把孩子送來一個頂級溫室，什麼不學好，竟然學會了吸毒，難道不夠丟臉嗎？」

「那也該通知家長……」

「不好意思，比起學校，最怕丟臉的大概就是那些家長了。」周誓又說，笑容越顯嘲諷。「有羞恥心的或許還會意思意思教訓一下，但也就這樣而已，懲戒？轉學？不可能的。難不成妳以為他們會乖乖陪孩子去上輔導講座？那些人擔心別人知道自己孩子吸毒，忙著掩蓋臭事都來不及了，哪有那種閒暇功夫？」

「怎麼會……」

「怎麼不會？反正一場戲演到最後，一切都會像什麼事都沒發生過一樣。」周誓笑意不減。「這就是你們有錢人幹的勾當。」

『你們有錢人。』

陸晨渏沒錯聽周誓話裡隱藏的鄙夷。

來不及細想，周誓接著說了下去。

「至於我為什麼要妳不要管，則是因為妳得留一手才能壓制柯劭康。」見陸晨渏正想開口反駁，周誓先她一步搶白。「妳不會天真以為妳只要什麼都不做，柯劭康就會乖乖不找妳麻煩吧？」

思及此，柯劭康狠戾的眼神立刻閃過陸晨渏的腦海。

「但是……」陸晨渏不解地皺起眉心。「如果校方和家長都不會有所作為，那我留這一手又有什麼用？」

「因為他不知道啊。柯劭康只知道自己做錯事，卻不曉得自己其實會沒事。因此，妳要做的便是操縱他的恐懼，妳只要表現出一副妳隨時都有可能去告密的樣子，他就不敢動妳了。」周誓扭緊紙袋，語帶隨性地說道：「記住，掌握一個人的祕密，等於控制了一個人。」

事情真的會像他說的那麼簡單嗎？

陸晨渏一點都不敢肯定。

「還有問題嗎？」周誓問道，一手已經搭在方向盤上。

「……有。」陸晨渏再次深吸口氣，

「什麼問題？」

「那我呢？」陸晨渏盯著後照鏡裡的周誓。「老師，為什麼你不怕我把你的祕密說出去？」

有那麼一瞬，陸晨渏以為他不會回答了。

她萬萬沒想到，周誓會在下一刻轉過身，就著半晦不明的光線，優越的五官在光影的描繪之下更加立體，而當他毫不閃避地迎上她的雙眼時，陸晨渏的心跳登時一停。

「那妳告訴我，我應該擔心嗎？」

——這是犯規！

陸晨渏過了好一陣子才在心裡大叫。

車子再度駛上道路，這次確實是通往陸晨渏家的方向，也許是因為在停車場聊了些話，剩下的車程雖然安靜依舊，卻也不再令人坐立難安。

「……說不定我會說出去。」陸晨渏小小聲地在後座發出不甘心的威脅。

周誓好整以暇。「好啊。」

「我真的會說喔。」

「說啊。」

……不好玩！一點都不好玩！

此時的陸晨渏並不知道，她懊惱的神情全被周誓透過後照鏡看得一清二楚，不只是皺巴巴的眉間，還有氣得又癟又嘟的嘴巴。

反之，就連自己也沒發現，周誓的唇角跟著勾起。

再遠的路途都有抵達終點的一刻，停靠在家附近的路口，陸晨渏抓起書包，不知怎地竟然有些不想下車。

「謝謝老師載我一程。」

「嗯。」

「那……」陸晨渏想不到話可聊。「再見。」

「嗯。」駕駛座上的周誓連頭都沒回。

沒辦法耗在車上太久，陸晨渏只能委屈巴巴地下車。

只不過，她沒有馬上就走。

不知為何，車子也沒有駛離。

就像是看誰先放棄似的，他們一人一車竟在街邊暗自較勁起來。

「怎麼？妳還有問題？」最後，竟是周誓先搖下了車窗。

有。

她還有一個問題。

「老師，那個人是誰？」陸晨渏鼓起勇氣，決心解開纏繞在她心上許久的疑惑。「……那個，我讓你想到的那個人。」

興許是沒想到她會問這個問題，周誓一怔，笑了。

「妹妹。妳讓我想起我的妹妹。」

……妹妹啊。

搭乘電梯上樓的途中，陸晨渏反覆咀嚼那兩個字。

說不清自己的心情是不是輕鬆了一些，抑或是複雜了一些，兩相加減抵銷，她只記得周誓離去前揚起的笑容。

電梯抵達三十六樓，解開指紋安全鎖，陸晨漪推開家門，玄關燈光自動亮起，一如往常地踏入安靜無聲的家中。

「回家了？」

倏地，一道平緩清冷的女聲響起。

只見起居室的落地窗簾全開，偌大的落地窗外盡是燈火輝煌的繁城夜景，坐在沙發上的女子點了根涼菸，靜靜看著呆站在原地不動的陸晨漪。

Chapter 4

夫人。

陸晨漪總是這麼喊嚴丹蔓。

在外人眼裡，嚴丹蔓是精明幹練、專注積極的女強人，果敢大膽的決策力促使她成為在商場上叱吒風雲的佼佼者。

江湖上人人都知道，儘管光阜集團的董事長寫著她丈夫的名字，但讓光阜集團營收屢創新高，穩坐業界龍頭寶座的幕後推手是她，嚴丹蔓，而不是那個扶不起的阿斗，余勝手。

陸晨漪永遠記得第一次見到嚴丹蔓那天，她穿著一身俐落黑色褲裝，腳踩紅色高跟鞋，長髮束成一絲不苟的馬尾，冷豔妝容凸顯了她大氣的五官，交疊雙腿坐在單人沙發上，視線向著自己掃來的巨大壓迫感。

那並不是一個元配看見丈夫的私生女時產生的憤怒，而是嚴丹蔓與生俱來的氣場，教她即使是看著堪稱自己婚姻汙點的孩子活生生站在自己面前，嚴丹蔓依然能夠面不改色。

直到現在，陸晨漪依然想不明白，為什麼這樣的女人願意接納丈夫的私生女，讓她住進私有的高級公寓、為她雇用保母與司機，甚至安排她進到學費高昂的貴族學校，提供她最好的教育資源？

一切的一切都發生得太過突然，就像是掉入了故事裡的第十四道門。

她不屬於這裡，卻已經無法逃離。

❖

「老師，我能跟你談談嗎？」英文課下課後，陸晨渏撇下羅莎她們的邀約，兀自走到講台前。

「在妳問我這句話的時候，妳就已經可以把問題說完了。」周誓一邊收拾東西，一邊用餘光瞥見陸晨渏小臉一沉，這才嘴角微揚地補上一句。「可以。有何貴幹？」

陸晨渏悄悄看了看四周，確定沒人正在看她們。

「我希望可以私下談。」她壓低聲音。

這倒有趣。周誓挑眉，確認手錶上的時間。

「到我辦公室，妳有十分鐘。」

繼上次撞見徐黛的祕密後，陸晨渏便沒再去過周誓的辦公室。聖雅各的教師都有專屬於個人的辦公室，算是職員福利的一環，與此同時，教師也能自由管理是否接受學生們的拜訪。

想當然耳，周誓的辦公室永遠掛著「請勿打擾」的牌子。

「說吧，什麼事？」

四下無人，私人空間，代表現在的談話沒有人會知道……

「我需要你幫我修改英文成績。」陸晨滳深吸口氣，閉著眼睛一口氣把話說了出來。

接下來好幾秒，整個空間一片寂靜。

「……你不願意？」陸晨滳抬起頭，怔怔看著不發一語的周誓，分不清是憤怒、丟臉──或許丟臉居多──還有其他雜七雜八的情緒，全在此時一股腦兒地湧了上來，擾得陸晨滳整張臉都紅了。「明明是你說要幫我的！」

明明就是他說，如果她可以把話劇比賽的事情搞定的話，他就會幫她的學期成績想辦法的！

他怎麼可以說話不算話！

「我又沒說不幫妳。」周誓涼涼的嗓音傳來。

陸晨滳高漲的情緒尚未冷靜。「那你為什麼不說話！」

「我只是在想，依妳爛到極點的英文成績，我該怎麼修改才不會讓校方發現，誤以為妳是大器晚成的英語天才，進而把妳送到某個機構研究大腦，從此以後人類再也不需要翻譯蒟蒻。」周誓開口就是一段垃圾話，習慣了他的酸言酸語，就會發現重點往往都在最後一句。

「陸晨滳，妳為什麼想這麼做？」

換作是以前，他才不會考慮那麼多。

改就改吧。

被抓到就算了。

反正又不關他的事。

周誓應該是這樣子的人才對。

偏偏他現在已經沒辦法這麼做了。

看著眼前傻愣傻愣的陸晨湇，周誓不禁想起小時候，年紀小小的周蕓也老是抱著暑假作業，哭著嚷嚷要他幫忙的畫面。

「……我畢業之後，可能會去國外念書。」陸晨湇小小聲道。

那天，夫人來家裡就是來跟她說這件事。

陸晨湇不明白嚴丹蔓到底在想什麼？

出國念書？就憑她，一個沒名沒分的私生女？

難道嚴丹蔓打算栽培她日後進集團工作？

不可能。陸晨湇的存在是祕密，也是嚴丹蔓心頭上的一根刺，更是光阜集團無人知曉的汙點，她的身分不可能公諸於眾，以前不會，現在不會，未來更是不用想。

唯一合理的解釋是嚴丹蔓打算藉著送她出國，讓陸晨湇從此滾出她的視線。

……只要出了國，她就再也不可能回來了吧？

「喔，是嗎？」

見周誓反應平淡，陸晨淯不知為何有點受傷。

「……你不驚訝？」

「這不是很正常的事嗎？」周誓淡淡一哂，覺得她現在才在乎自己英文爛比較奇怪。「哪個聖雅各的學生畢業後不是出國念書？你們這些人現在之所以那麼有恃無恐，不就是看準了這裡終將成為你們的過去，而非未來落腳的地方嗎？」

不是每個人都那麼幸運，擁有父母打造的金翅膀，賦予他們飛離島嶼的能力，有些人，例如他，也許從出生就注定了只能囚禁於此。

思及此，周誓冷眸閃過一絲晦暗。

「所以，你可以幫我嗎？」陸晨淯小心翼翼地問道，她沒辦法和周誓解釋自己也是前幾天才知道自己有可能要出國，那太奇怪了。

「也沒什麼不行，畢竟是我先答應妳的。」

「真的嗎？那……」陸晨淯驚喜不到一秒，立刻被周誓打斷。

「放學後，記得來我辦公室報到。」

陸晨淯愣住。「啊？」

「我來教妳英文。」周誓打開手機裡的行事曆。「日期就訂每週一、三、五，每次兩個小時，教材不用買新的，我往家裡找找應該還有我以前用過的，妳不介意吧？」

「不、不介意……」

「那就這麼說定了。」周誓提起公事包。「再見——喔不，明天星期三，明天見。」

等等，事情怎麼跟她想得不一樣？

眼看周誓真的要走，陸晨渏慌了，趕緊拉住他。

「老師！等一下！」

「怎麼了？」

「你不是、不是只要……」陸晨渏指了指周誓背包裡的筆電，她這人一旦慌起來，講話就容易缺言少字。「只要在裡面改改成績就好了嗎？你沒有必要特地留下來教我……」

「妳的意思是我雞婆？」

「不是！」她哪敢！她又不是找死！陸晨渏難掩焦急。「我的意思是，你不是很忙嗎？你不是要去、去……」

「Vulkano Club九點才開，我通常十點才到。」事到如今，周誓說起話來一點都不避諱。

聖雅各放學時間是下午四點，距離晚上九點的確還有一段時間。陸晨渏一張嘴開了又閉，閉了又開，找不到理由拒絕。

重點是，她心裡其實也不想拒絕。

「不要？」

陸晨渏瞪大眼，大力搖頭。

「那好，明天見。」丟下話，周誓真的就那麼走了。

……現在是什麼情況？

事情發展得太過順利，獨自留在周誓的辦公室裡，陸晨渏忽然雙腿一軟。

她，真的能活過明天嗎？

❖

事實證明，陸晨渏的確活過了明天，看見後天早晨的太陽。

——因為周誓放她鴿子！

走在照護中心的走廊上，陸晨渏一邊推著圖書推車，一邊聽徐黛講述她和高老師假日去牧場遊玩發生的趣事。

「……我本來只是想叫他跟牛群拍照，誰知道彬彬一站過去，突然有一隻牛『哇』地站起來，兩隻腳喔！嚇得彬彬也『哇』了一聲直接衝回來，表情有夠好笑的！」徐黛講著又想笑了，肩膀抖個不停。

彬彬是她們最近替高老師取的代號，取自老師的外表看起來「文質彬彬」的意思。平時只要提到高老師，她們就會用這個代號來喊他，避免聊天的時候被其他人聽見。

「聽起來好好玩喔。」陸晨渏被徐黛的開心感染，不自覺也跟著她笑。

「嗯，而且那裡人不多，不用擔心遇到認識的人。」徐黛吐了吐舌頭。「雖然我也不覺得聖雅各的學生會去牧場就是了。」

「真好，我也想去。」聽說那裡還有水豚耶，陸晨渏最喜歡那種看起來傻乎乎的小動物。

「晨渏妳也可以去啊，約某個人去啊。」徐黛的大眼睛溜溜轉了轉，故作玄虛。

陸晨渏還沒聽懂。「誰啊？」

羅莎？范末璇？

她們會有興趣嗎？

「那還用說，當然是……」徐黛曖昧地湊近她的耳邊。「周、誓。」

心跳漏了一拍，陸晨渏臉龐瞬間炸紅。

「妳、為什麼……」

「嘿嘿。」徐黛倒是一副「被我說中了吧！」的機靈表情。「果然，妳跟他有鬼齁？」

「才沒有！」陸晨渏著急否認。「妳不要亂講，要是被別人聽見怎麼辦？」

「我哪有亂講。」徐黛學她壓低音量。「別人可能忘記了，但我可沒有，上次籃球比賽的情況我都看見了，周誓不是把外套交給妳嗎？等等，妳先別說話！最重要的是，周誓看妳的眼神……嘖嘖，不一般。」

對，不一般。

但不是她想的那種不一般。

「那是因為他把我當妹妹。」陸晨渏無奈解釋，但不知怎地，她忽然發現自己竟有些不是滋味。

為什麼？

當周誓的妹妹，不好嗎？

「周誓有妹妹？」徐黛從沒聽人說過。「該不會是乾妹妹吧？」

陸晨渏心裡一驚。「應該不是吧……」

「哼，晨渏妳要小心，不是每個老師都跟彬彬一樣善良。周誓外表看起來雖然高冷，但私底下是什麼樣子也沒人知道，妳可得多注意一點。」

「是是是，妳的彬彬最好……啊！」

說時遲那時快，一道冒失身影突然衝出走廊轉角，直接撞上堆滿書籍的推車，衝擊的力道之大，陸晨渏下意識想要阻止傾倒的推車，但憑她一己之力根本不可能，反而被重量拽到地上。

轟然巨響在寧靜空間響起，轉眼之間，兩造齊齊跌坐在地。

「你們沒事吧？」徐黛嚇傻，急忙上前查看。「晨渏，妳有沒有怎麼樣？」

「我沒事……」陸晨渏抬起頭，注意到那個撞上推車的人正摀著腹部，看起來很痛苦的樣子。

「那個，你還好嗎？你有沒有怎麼樣？」

只見那人搖了搖頭，低垂的臉龐跟著抬起。

「……是你？」看清他的臉，陸晨渏不免驚訝。

「晨渏，你認識他？」

他就是那個上次和周晢來醫院的男大生！

邱宇禾同樣認出了陸晨渏。

然而，他這次並沒有露出笑容。

「抱歉。」方才的碰撞肯定傷得不輕，邱宇禾卻急著起身，頭也不回地拔腿奔向某處，獨獨留下滿地的混亂。

「那個人是誰啊？怎麼這麼沒禮貌？」經過好一番折騰，好不容易才和病人家屬一一道歉完畢，徐黛忍不住開口抱怨：「丟下一句話就走，撞倒別人也沒問需不需要幫忙，就連問妳一句有沒有事都沒有，真是……」

「別說了，他可能有急事吧？」陸晨渏倒是沒生氣，反而輕聲阻止徐黛繼續說下去。

畢竟，這裡是照護中心啊。

選擇來這裡入住的患者，絕大部分都需要長期治療和看護，其中不乏已經走到安寧階段的病人，儘管裝潢氛圍再如何寧靜優美，依然掩蓋不了這裡其實是離死亡最近的所在。

回頭看向邱宇禾離去的方向，陸晨渏暗自在心裡祈禱一切平安。

❖

志工服務結束後，聖雅各的學生通常都由自家司機接送回家，陸晨漪和徐黛約好一起晚餐，但得先等徐黛開完社團例會後再出發。

趁著這段時間，陸晨漪在日莘醫院的中庭閒逛。

季節不知不覺進入深秋，原本綠意盎然的景色轉深，黃與紅的暖色交織，落葉隨風飄落，配合傍晚的夕陽餘暉，別有一番風情。

正當陸晨漪沉浸於美景之中，眼角餘光忽然瞥見一抹熟悉的身影，定睛一看，粱之界不知為何又跑了回來。

……該不會是來找她的吧？

不管是或不是，陸晨漪直覺想躲。

她繞過樹叢，沿著粱之界方才出現的反方向前進。

陸晨漪一邊走，一邊注意後方，腳步不自覺愈來愈快，著急趕在他還沒發現自己之前，悄聲無息地跑回醫院內部。

「——哇！」

沒看路的後果來得特別快，忘了自己今天才發生衝撞意外，下一秒，陸晨漪再度撞上一堵人牆。

而且，還是同一個人。

「妳還好嗎？」邱宇禾穩住陸晨漪的肩膀，人高馬大的他這次一點事兒都沒有。

陸晨渏摀著撞疼的鼻子，正想開口說話，後方好巧不巧傳來另一道聲音。

「陸晨渏！」見有陌生男生，梁之界快步跑了過來，一步站定在陸晨渏身邊，警戒心全開，滿臉不爽地瞪著邱宇禾。「喂，你是誰啊？」

「我是……」

「他是我的朋友！」陸晨渏搶白，換上平時冷靜的表情。「梁之界，你找我有事嗎？」

「我聽說妳還沒回去，想約妳一起吃晚餐……」

「我已經跟朋友約好了。」陸晨渏沒說謊，卻突然靈機一動，指向一旁的邱宇禾。「就是他，我跟他約好了。」

聞言，邱宇禾眉宇微挑，默不作聲。

大概是覺得沒面子，自從上次那場失敗的籃球比賽後，梁之界有好一陣子沒和陸晨渏說話，如今他好不容易鼓起勇氣再次找上陸晨渏，她的身邊竟又多了一個從未見過的男生朋友，要說不挫敗是不可能的。

他不明白，自己究竟哪裡不好？

「沒關係，那我們改約下次。」梁之界打起精神，勉強撐起風度。「我很期待在生日派對上見到妳。」

「啊？嗯……」陸晨渏禮貌地微笑。「我會跟羅莎她們一起去。」

由於無話可說的氛圍太過明顯，梁之界沒待多久便告辭離去，眼看中庭的天色暗了一些，邱宇禾和陸晨渏跟著移進室內。

「不好意思，讓你陪我說謊。」

「沒事。」邱宇禾聳聳肩，無所謂地笑了笑。「不瞞妳說，我本來就是來找妳的，沒想到還能湊巧幫到妳。」

「你特地來找我？」

「嗯。」邱宇禾指著照護中心大樓的方向。「我在病房看見妳之後就下來了。」

陸晨渏難掩驚訝。「為什麼？」

「當然是跟妳道歉啊。」邱宇禾不好意思地摸了摸頭。「對不起，我下午太急了，都還沒時間關心妳有沒有受傷。」

「我沒事啦。」陸晨渏連忙擺擺手，沒想到他會如此多禮。「倒是你那麼大力撞到推車，一定很痛吧？」

「人長得大隻的好處就是比別人耐撞一點，我不要緊，沒什麼大礙。」

「那太好了。」

「對了，我朋友也沒事。」

「朋友……」陸晨渏本來還有點疑惑，當她迎向邱宇禾的目光，一下子懂了他口中的朋友，就是那個他趕著去探視的人。

陸晨渏放下心來，不自覺揚起微笑。

「太好了，沒事就好。」

「嗯。」邱宇禾看起來也鬆了一口氣。「昨天我人在外地，聽說她突然發高燒，雖然接到誓哥通知的時候，她的燒已經退了，但我沒親眼見到她就是不太放心。」

「周老師通知你？」

「對啊，誓哥上次沒跟妳說嗎？」邱宇禾沒多想，似乎以為周誓早就跟她說過了，而且也不認為這是什麼需要隱瞞的事。

他重新指了一次剛才的方向，也就是照護中心的某一層樓。

「在這裡住院的人，就是他的妹妹啊。」

❖

『在這裡住院的人，就是他的妹妹啊。』

「陸晨渏，我臉上有長東西是不是？」

聽見周誓飽含警告意味的話語，坐在小桌前的陸晨渏嚇得一抖。

……是她看得太明顯了嗎？

周誓明明看都沒看她一眼，他怎麼會知道她——

「因為妳看得太久了。」周誓再次開口。

陸晨渏瞪大眼，這下子她不震驚都不行。

「……老師，你有讀心術？」

周誓只是略帶嘲諷地挑眉，對她的想像力不予置評。

再說，他其實知道陸晨渏盯著他看的原因。

「妳昨天在醫院遇到邱宇禾了吧？」

「邱……」陸晨渏倏忽想起昨天，邱宇禾發現她根本一無所知，周誓其實什麼都沒跟她說的當下，臉色變得之快，驚慌兩個字突然降臨在他的身上，邱宇禾連句再見都沒來得及好好說，急忙掉頭跑了離開。

「他、他不是故意跟我說的！」陸晨渏著急替邱宇禾辯護。「他以為你都告訴我了，所以才會——」

「說都說了，還能怎麼樣呢？」

「咦？」

「我妹妹是在那裡住院沒錯。」無視陸晨渏的訝異，周誓似乎真的不介意她得知這件事。

「所以，妳還有什麼想知道的嗎？」

陸晨渏無法克制地一愣。

如果她的理解沒出錯，周誓並不是要她閉嘴別問的意思。

不得不承認，自從知道周誓的妹妹是日莘照護中心的病患後，陸晨渏的腦海時不時便會跳出許多疑問，但那不是出於好奇或是八卦，而是……

她只是想關心他。

關心周誓，關心他的家人，如此而已。

如今周誓這麼問她，是不是代表他允許她的關心呢？

「……前天你說臨時有事，不能留下來幫我補習，是不是因為你得去照顧你妹妹？」陸晨湇問得小心，偷偷觀察周誓的表情，不想碰觸他不願提及的部分。

幸好，周誓看起來很平靜。

「嗯。她發燒，我一定得去看看。」

「她還好嗎？」

「燒退了就沒事，日莘的醫師和護理師很用心。」周誓一哂，原本平淡無波的臉龐又出現了一絲慣有的嘲諷。「住院費那麼貴，至少花得有點道理。」

「你的妹妹她……」

陸晨湇沒問完，似是忽覺自己的逾越，表情有些慌張。

觀察細微如周誓，怎能看不出她的小心思？

「我妹妹在高三那年發生車禍，昏迷了將近五年，直到現在都還沒醒來。」周誓淡淡說道，說明了她不敢問完的問題。

對他而言，有些事情並不是想要隱瞞，而是找不到說出口的時機、沒有遇見能夠說出口的人。

但，姑且不論時機，陸晨漪是正確的人選嗎？

一個聖雅各的高中生？

老實說，就連周誓自己也搞不明白。

「怎麼會……」陸晨漪擔憂追問：「醫生沒說原因嗎？」

「不知道。」周誓撇撇嘴，原本的怨懟已被時間磨去稜角。「當時車禍造成的身體損傷已經復原，腦部檢查都很正常，醫生找遍了所有可能的因素，始終找不出她無法清醒的關鍵。」

「你之所以會去Vulkano Club兼職，也是因為……」

周誓看了陸晨漪一眼，答案不言而喻。

儘管聖雅各給出的教師薪資在業界實屬高薪，但光是日莘醫院一月一次的帳單便足以全數抵銷，而這還不包括周誓本身的生活所需。

這幾年以來，難道都是周誓一人承擔嗎？

「老師，你的家人呢？」陸晨漪脫口而出，嘴巴比大腦快一步。

話音未落，周誓的表情明明沒變，陸晨漪卻有種說錯話的感覺。

方才的小心翼翼，全敗在一時的得意忘形。

「你、你不想回答沒關係，我……」

「除了我妹，我沒有其他家人。」

「……沒有家人？」

「沒爸沒媽，孤兒，從小在育幼院長大。」見陸晨漪愈來愈不自在的神情，周誓反而揚唇笑了。「怎麼？是不是覺得我打破了妳對童話故事的幻想？」

周誓早就習慣別人在得知他的身世後的反應。

先是難以置信，再是同情，看他不爽的人則會喊他雜種、沒家教的狗東西，因此他在小學、國中時期沒少打過架，制服襯衫永遠有著洗不乾淨的泥土和血漬。

陸晨漪當然沒那個膽。周誓心想，她大概只會支支吾吾說不出話，以為自己踩到地雷，一心想著該怎麼和他道歉，再不然就是像某些母愛氾濫的女生，自以為是地為他落淚——

「童話故事本來就不是美好的啊。」

然而，千猜萬想，他並沒有料到陸晨漪會這麼說。

周誓斂起笑，眼神微微一沉。

「什麼意思？」

「老師，你知道早期的童話故事其實不是講給小孩子聽的嗎？事實上，真正的童話故事裡充滿了殘酷，沒有夢想，一點都不美好。」垂著眼，陸晨漪若有所思，只有嘴角泛起微微的笑意。

無法顯示的資料頁面又一次閃進腦海，周誓不自覺皺起眉宇。

有那麼一瞬，他拋開了對聖雅各學生的偏見，忘了自己明明對人一點興趣也沒有，他忽然很想知道是什麼讓她說出這樣的話？

「陸晨漪妳……」

「老師，你的妹妹一定會醒來的！」不知有意或無意，陸晨漪打斷他未完的疑問，表情重回少女應有的天真爛漫。「雖然童話故事不一定美好，但我始終相信好人一定會有好報，對吧？」

面對陸晨漪的燦爛期許，周誓沉默了好一會兒。

「……妳覺得我是好人？」

在他故意把工作推給她之後？

還是，私下以成績做為交易籌碼？

又或是，對於學生持有毒品一事知情不報？

「才不是！」他還真有臉說。陸晨漪難得翻了個白眼。「我說的是你妹妹，我相信她一定會醒來的。老師，你知道嗎？我之前聽說有人……」

後來她說了什麼，周誓一句也沒有聽進去。

那一刻，周誓又在陸晨漪身上看見了記憶裡的周蕓。

曾經的周蕓也和現在的陸晨漪一樣，在外人面前總是一副文靜的乖乖牌模樣，私底下其實很愛生氣，老是翻他白眼，動不動就端出小管家婆的架子對他碎碎念。

對於親自將兄妹倆送進育幼院的父母，周誓早就忘了他們的長相，打從有意識的記事以來，周蕓就是他唯一的家人，就像隨處可見的普通兄妹，他們成天吵吵鬧鬧，偶爾氣起來還會衝著對方大吼大叫。

……就連那天也是。

他沒想過那晚的爭吵會成為兄妹倆最後一次的談話。

從此，周蕓再也沒回家。

而他的世界也就此陷入黑暗。

「老師，你有在聽我說話嗎？」

「……嗯。她是個好人。」周誓回過神來，也不管話題說到哪，逕自看著一臉迷糊的陸晨淯，向來淡漠的表情勾起一抹溫暖的笑意。「……跟妳很像。」

心口像是被人用力擰了一下，陸晨淯一時之間說不出話來。

那是她第一次見到這樣的周誓。

他明明是笑著的，眉眼卻是從未見過的哀戚。

……好痛。

忍住陣陣泛起的酸意，陸晨淯尚不明白此時的心痛從何而來。

❖

認真說來，陸晨渏的英文其實不到病入膏肓的程度。

至少在周誓替她做過能力測試後，發現陸晨渏只是基礎不夠穩，以至於課程銜接有所困難，但這也不能怪她，畢竟她不像其他人一路就讀聖雅各體系，打從幼兒園開始都是雙語教學，半途加入等於越級打怪，被按在地上碾壓實屬正常。

周誓替她擬定的搶救計畫說難不難，說簡單也沒那麼容易，不過短短兩個星期的時間，陸晨渏就覺得自己快要崩潰了。

……她真的好想找個人訴苦。

羅莎不行，她藏不住祕密，更別說她還是周誓狂粉，告訴她的後果不堪設想；范末璇也不行，雖然她嘴巴夠牢，卻唯獨無法對羅莎說謊。

徐黛理所當然成了陸晨渏最可靠的樹洞。

「啊啊啊，我就知道、我就知道！」

「徐黛！妳小聲一點啦！」陸晨渏差點沒嚇死，趕緊拉住過於興奮的徐黛。「我警告妳，妳不要亂想，我只是為了學英文才……」

「哼，我當初也是為了學數學啊。」徐黛開心非常，曖昧地用手肘撞了撞陸晨渏。「所以，我們現在是不是要幫周誓取個代號啊？」

什麼代號！

陸晨渏臉一紅，甩手就走。「妳再亂說，我不理妳了！」

「晨渏，等等我啦——」

接下來的時間，徐黛一直處於亢奮狀態，時不時開她玩笑，弄得陸晨渏根本沒辦法好好做事，還得分神擔心隔牆有耳。

「徐黛，這是我最後一次拜託妳，麻煩妳克制一點。」陸晨渏難得板起臉來，鄭重和徐黛聲明。「請妳不要害我後悔，以後再也不跟妳說任何事了。」

「……對不起嘛。」見狀，徐黛終於冷靜下來，不好意思地戳戳陸晨渏的手臂。「我就是太開心了嘛。」

陸晨渏無奈。「開心什麼？」

「開心有人跟我一樣喜歡老師啊！」發現自己又不小心太大聲，徐黛乖巧地壓低音量。「……而且還是我的好朋友。想到以後可以分享更多和戀愛有關的事情，我怎麼可能不開心？啊，我不是說現在不好喔，只不過，老是一直講我的事，我多少會不好意思嘛，身為好朋友，我也想聽聽晨渏妳的故事啊。」

「我的故事？」

徐黛大力點頭。「妳沒發現妳其實不太說自己的事嗎？」

陸晨渏不由得一愣。

關於這點，她自然是清楚的，她只是沒料到徐黛會察覺。

「我什麼都不說，讓妳很難過嗎？」

「難過是不會。」徐黛說著，用食指和拇指比出一小段距離。「只是有一點點小失落，偶爾會想是不是我哪裡不好，讓妳不願意相信我？」

「我沒有那個意思！」陸晨渏連忙澄清，她不曉得自己的習慣與個性竟然會造成這樣的誤解。「……我只是不習慣。」

聖雅各和她以往的生活是天差地別的兩個世界，嚴丹蔓要她安分守己，她自覺該要守好自己和光阜集團的關係，既然如此，她只能選擇閉上嘴，一句話都不要說。

但，她是不是把自己逼得太緊了呢？

「不習慣就要學啊。」徐黛撒嬌地勾住陸晨渏的手臂。「不管妳想說什麼，我都會聽的，就像妳對我做的這樣，嗯？」

陸晨渏無奈地瞥向她。「……我知道了。」

徐黛大喜。「妳是說——」

「我的意思是，我試著學會和妳分享自己的故事。」陸晨渏才說完，趕緊補上一句。「不過，我才不是喜歡周晢，完全不是！」

……真的，不是嗎？

陸晨渏心裡冒出一個小聲音，她愣了一下，來不及想透。

「好好好，不是就不是。」徐黛只顧開心，沒注意到身旁好友的恍神。

志工服務結束後，徐黛與陸晨渏有說有笑地走過照護中心的空中廊道，不遠處，一道高大的身影正好從走廊的另一端走來。

陸晨渏很快認清來人。「宇禾哥！」

「晨渏？」這一回，邱宇禾臉上有著原本的陽光笑容，他上前向她們走來，見到一旁的徐黛，也不忘為了上次的意外道歉。「同學，抱歉，之前給妳添麻煩了。」

「沒關係啦，我早就忘記了。」徐黛大方回應。「對了，我叫徐黛。」

「我是邱宇禾，是你們周老師的朋友。」

「周老師的朋友？」徐黛說著，敏銳地察覺到其中貓膩。

「應該說，我是他妹妹的同班同學。」

周晢的妹妹？

這下子，徐黛實在忍不了了。

她轉過頭，果不其然逮到一臉心虛的某人。

「陸晨渏，妳的祕密還真多啊……」

「嗯？什麼意思？」邱宇禾不明所以，只知道氣氛似乎有一絲不對。

「沒有，沒事，我還有事先走，你們慢慢聊。」徐黛不打算在一無所知的情況下加入對話，她轉過頭，湊近不敢正視自己的陸晨渏的耳邊低語。「……我們之後有得談了。」

陸晨渏無奈接收，只怪自己真的有太多事藏在心裡。

「宇禾哥，你來探病嗎？」目送徐黛離開後，陸晨渏接著問邱宇禾。

聞言，邱宇禾笑著搖搖頭，一手提起精緻的蛋糕盒。

「我是來慶生的。」

慶生？

陸晨渏靈光一閃，立刻聯想到答案。

「啊，生日快——」陸晨渏摀住嘴，這話不是應該對壽星本人說才是嗎？她猶豫了一下。「……宇禾哥，我也可以跟你一起去嗎？」

「當然，生日就是愈多人愈開心啊！」邱宇禾倒是爽快答應。

跟在邱宇禾的身後，陸晨渏來到六〇五號房。

一腳踏進暖白色的病房，大扇窗外的秋色首先映入眼簾，微風輕輕吹動白色窗簾，空氣裡瀰漫著新鮮花香，而當陸晨渏看見沐浴在陽光之下，半躺在柔軟病床上的年輕女子時，難以克制內心的驚訝。

原來，她上次無意間見到的睡美人，竟然就是周誓的妹妹。

「……好漂亮。」陸晨渏望著女子的平靜睡顏，絲毫沒有長期臥床產生的浮腫與病氣，彷彿下一刻便會悠悠轉醒。

「她叫周蕓，跟我同齡，今年二十一歲。」

「周蕓……」陸晨渏覆誦她的名字，抬頭看向邱宇禾。「我可以叫她蕓姐姐嗎？」

邱宇禾笑著點頭。「她一定會很開心。」

老實說，自從知道周蕓的病況後，陸晨渏心裡一直存著探病的念頭，只是遲遲不敢對周誓提出要求。

儘管她所知的一切都是周誓親口告訴她的，但他們後來也沒再聊過類似的話題，她不敢確定自己是否有資格再往前一步，真正踏進周誓的私領域。

畢竟，她只是他的學生。

僅此而已。

「對了，誓哥等一下也會來喔。」邱宇禾看向牆上時鐘。「應該快要到了吧？晨渏，妳要不要留下來一起吃蛋糕？」

「不、不用了，我只是來看一下蕓姐姐，我……」

「你們沒等我就自己開慶生會了？」

「誓哥！」

聽見熟悉的清冷嗓音，陸晨渏背脊一涼，嚇得不敢回頭。

她本來打算在周誓出現之前離開的。

周誓抱著一束鮮花走來，目光落在侷促的陸晨渏身上。

「去哪？」

「我……」陸晨渏慌得不行，滿腦子只擔心他會不會怪她擅自跑來？

「既然來了就留下來吧。」周誓說道，表情看不出不悅。「我妹喜歡熱鬧。」

「就是說啊，周蕓不會在意的。」邱宇禾跟著在一旁幫腔。

儘管有所顧慮，陸晨渏依然留了下來。

由於壽星本人睡得香甜，不像一般慶生會的吵鬧歡騰，周蕓的生日派對顯得格外寧靜平和，絕大部分的時間都是邱宇禾和陸晨渏聊天，說些他與周蕓在國、高中時期發生的趣事。

……宇禾哥應該是喜歡蕓姐姐的吧？

陸晨渏從邱宇禾的身上感覺得出來，比起同班同學、青梅竹馬，他對周蕓有著更深一層的感情。

至於周晢，他只是靜靜坐在一旁，鮮少發言。

偶爾，陸晨渏會在聊天途中偷偷看向他，好奇此時的周晢正在想什麼？

回溯五年之前，周蕓發生意外的那一年，周晢也才只是一名大學生，唯一的家人遭逢劇變，又沒有可以支持的人陪在身邊，她不敢想像當時的周晢是怎麼撐過來的？

一定……很痛苦吧？

似曾相識的疼痛又一次擰住心口，周晢的視線正好轉了過來，對上彼此目光的那一秒，一顆淚珠毫無預警地從陸晨渏的眼眶落下。

「啊，蛋糕！聊到都差點忘了！」邱宇禾一聲大喊，湊巧轉移了注意力。「晢哥，按照慣例，由你來代替周蕓許願、吹蠟燭吧！」

周晢沒有異議，上前點燃蛋糕上的蠟燭。

……他應該沒有注意到吧？

陸晨渏趕緊抹去眼淚，暗自希望周誓沒有看見。

落日夕陽斜照進房，邱宇禾帶頭唱起生日快樂歌，陸晨渏輕輕拍手唱和，周誓手捧著小蛋糕，熒熒燭光照亮兄妹倆十分相似的臉龐。

一曲唱畢，周誓閉上眼，許下無人知曉的願望。

火光熄滅的瞬間，邱宇禾的歡呼響起，周誓看向妹妹的笑意是如此溫柔，以至於沒人發現他藏在眼裡的疲憊。

陸晨渏站在一旁，悄悄將這一幕收進心底。

後來，她一直待到司機老陳捎來訊息才離開慶生會。

等待電梯向下的途中，陸晨渏呆呆盯著晶亮的電梯門，千頭萬緒在心上盤繞，就連身旁何時來了人都沒注意。

「……陸晨渏。」

陸晨渏心下一震，赫然驚覺周誓的身影正倒映在電梯門上。

她扭過頭，卻因為驚訝而說不出話。

為什麼……

「為什麼哭了？」周誓低頭望著她，開門見山問道。

陸晨渏愣了愣。「……什麼？」

「剛才，妳不是哭了嗎？」他又問了一次，嗓音是低沉的溫柔。「為什麼？」

他果然看見了。

但是，陸晨渏沒想到周誓會好奇她流淚的原因，更沒想到他會因為她哭了而出來找她。

他明明不是這樣的人，不是嗎？

「我……我只是想起了一些事。」

「例如？」

不知為何，陸晨渏沒有回答。

周誓靜靜等待她的沉默，清楚看見一抹憂傷在她臉上閃過。

此時，燈號閃爍，只見電梯門向兩旁滑開，陸晨渏頓時有些倉皇，她並不是不想告訴他，她只是不知該從何說起——

「其實我……」

「算了，不想說就別說了。」

什麼意思？

陸晨渏來不及分辨他話裡的情緒，卻見周誓忽而笑了。

而且，是很溫柔、很溫柔的那種笑。

「明天見。」他說，伸手揉亂她的頭髮。

直到電梯門緩緩關上，陸晨渏慢了好久才鼓起勇氣，輕輕撫上被他碰觸過的地方，看見鏡中的自己紅透了臉，從未體驗過的怦然在心上盛放。

……不會吧？

陸晨渏虛脫地閉上眼，她好像又有祕密可以告訴徐黛了。

Chapter 5

早在最初，陸晨渏並不是喜歡周誓。

高一開學典禮上的初見，他那一雙過於自我的眼神令她印象深刻。現在想想，或許只是一種單純的好奇與傾慕，有點……像是偶像一樣的感覺？

不像其他聖雅各學生對他瘋狂的追捧，陸晨渏只是默默待在自己的小角落，羨慕他明明不屬於這個虛幻的華美世界，卻一點也不屑融入的態度。

她從未想過自己有一天會看見周誓的另一面。

那一天，陸晨渏無意間遇見在Vulkano Club舞台上的他，越過上百名在舞池裡狂歡的身影，她仍認得出那雙眼神，即使在燈光絢爛的投射之下，依然冷漠無波。

陸晨渏自以為守護了他的祕密，萬萬沒想到，自己的好意看在周誓眼中竟是別有目的，就像是為了懲罰她一樣，明明陸晨渏才是那個握有祕密的人，被耍得團團轉的人竟然也是她。

當她終於忍不住發了脾氣，捉摸不定的周誓卻又一改先前的態度，只因為她讓他想起了某個人——他的妹妹，那名因為意外而沉睡的女孩。

那天，周誓親口訴說他的過去，語氣明明平靜又帶著一絲嘲諷，彷彿這個人生就是一場笑話；而當許願的燭光映著周誓的臉龐，希望與絕望同時存在，她清楚看見他藏在眼神中的疲憊。

原來，他的冷漠不是無所謂，他只是學會不再抱有期盼，在這個教人失望的人生裡，唯一的願望僅僅是妹妹有一天能夠醒過來。

面對這樣的他，她無法否認自己的心一再被他觸動。

是心疼沒錯。

是心動沒錯。

是喜歡沒錯。

陸晨渏終究必須承認，她是真的喜歡上周誓了。

❖

穿過連接學校東、西側的長拱廊，陸晨渏一行人正準備去上體育課，范末璇與羅莎一如往常又在鬥嘴，不曉得聊到什麼話題，范末璇斬釘截鐵地說羅莎絕對沒辦法在無人島活超過三天。

「拜託，我可是女童軍！」羅莎瞪大眼，不忘三指敬禮。「野外求生哪一招我不會的？我還會鑽木取火耶，妳不是也知道嗎？」

「知道個屁。」范末璇冷冷打槍。「當初明明是妳用布丁跟小胖交換，要她把生好的火讓給妳，妳才可以通過升級考試，妳該不會全忘記了吧？」

消失的記憶使得羅莎愣了一下。「我怎麼不記得有這件事？」

「因為妳的大腦記憶體容量不足。」

「妳現在是說我笨？」

「我可沒說那麼明。」

「但妳就是那個意思嘛！」

「懂了不要說出來，丟臉。」

「范末璇——」羅莎氣得大叫，連忙抓住一旁的陸晨渏討救兵。「晨渏，妳看！范末璇都欺負我！」

「好了啦，末璇。」陸晨渏一邊說，一邊安撫炸毛的羅莎。「她又說不過妳，妳偶爾也讓讓她嘛。」

早知道她會站在羅莎那一邊。

「陸晨渏，妳就寵她吧。」范末璇無奈。

羅莎扮了個鬼臉，忽然發現前方的頎長身影。

「欸欸，是周誓耶！」

午前陽光自斜方打落出拉長的影子，只見周誓一手抱著書本，另一手提著深藍色的筆電包，向著她們的方向快步走來。

無視范末璇受不了的白眼，羅莎早在發現周誓的第一時間就移不開目光，她緊緊摟著陸晨渏，又緊張又期待地等待周誓與自己的距離愈來愈近。

「老師好！」擦身而過的同時，羅莎放聲大喊。

周誓只是淡淡地掃她們一眼。

就那麼一眼。

卻與陸晨渏直直對上目光。

「嗨。」

霎時，陸晨渏的耳朵彷彿被什麼燙了一下。

「……噯噯，妳們有聽到嗎？」周誓走遠以後，羅莎難掩雀躍地跳上跳下。「周誓剛才回應我了！」

「對，他剛才回應『我們』了。」范末璇不耐煩地糾正羅莎的自作多情。「拜託，妳叫那麼大聲，他不回應顯得他耳聾一樣。」

羅莎早就習慣范末璇的冷水攻擊，完全不當一回事。「我問妳們喔，妳們覺得像周誓那樣的人，私底下會不會偷偷和學生談戀愛？」

「周誓就周誓，像周誓那樣的人是什麼意思？」

「就是那種外表很冰山，不管是誰示好都不為所動的人……啊，簡單來說就是禁慾系啦，像他們那種人私底下是不是有可能完全不一樣？」

「就像妳外表很正常，內在很智障？」

「范末璇！」

「不管周誓會不會跟學生談戀愛，那都不關妳的事。」范末璇不懂好友的腦袋到底裝了多少粉紅廢料。「先不說周誓看不看得上妳，重點是他要敢這麼做，妳爸可能會先砍了他的腳筋。晨渏妳說，我說的對不對……嚇，妳的臉怎麼這麼紅？」

陸晨渏嚇了一跳，下意識摸上自己的臉龐。

果然，燙得嚇人。

「天、天氣太熱了啦。」她隨口亂說。

初冬的涼風徐徐，范末璇瞥一眼陸晨渏身上的針織外套。

「可是……」

「我們趕快走吧，上課要遲到了。」不等范末璇把話說完，陸晨渏急忙拖著她們趕去運動場。

今天體育課練習的是網球，名列聖雅各學生的主要體育項目之一，除了常見的籃球、桌球之外，聖雅各還有高爾夫球、馬術等等外校生較難接觸到的課程項目。

想當然耳，陸晨渏並不擅長，幸好體育不算在聖雅各的成績單裡，否則她得私下拜託的老師又多了一名。

思及此，方才的情景躍上心頭，心裡又是一陣悸動。

……周誓應該是在跟她打招呼吧？

陸晨湇偷偷想著，不小心笑了出來。

「在想什麼，笑得這麼開心？」

「……沒什麼。」看著不知何時站在自己身前的梁之界，陸晨湇稍稍收起笑容，禮貌性地反問：「你不去打球嗎？」

「我們那組多一個人，輪到我休息。」梁之界示意她看向某個球場，柯劭康和另一個男生正在打球，球飛向界外，柯劭康的視線往他們這裡瞟來。

陸晨湇鎮定回視，柯劭康很快別過頭。

這陣子她一直依照周誓所言，絕不在柯劭康面前顯出分毫的猶豫與恐懼，說真的，這麼做並不容易，但時間一久，她便能感覺到自己的確占了上風。

截至目前為止，柯劭康都沒敢對她做出任何出格的舉動。

「我看妳們這組也是，既然如此，妳要不要跟我一起打？」梁之界掛著討好的笑意。「不會的話，我可以教妳。」

「沒關係，我想休息一下。」

「妳身體不舒服嗎？」梁之界一聽更不得了。「我帶妳去健康中心？」

明知梁之界沒有惡意，陸晨湇依然忍不住焦躁。

「……你應該帶柯劭康去吧？」

「妳……」梁之界登時怔愣。「妳說什麼？」

糟了。

陸晨渏慢了半拍才發現自己說錯話。

「沒什麼，你當我沒說。」

梁之界不打算當沒聽見。

他甚至聽懂了陸晨渏的意思。

「陸晨渏，妳聽我說，我沒有……」梁之界壓低聲音，急於和陸晨渏解釋。「那是柯劭康和他朋友……我沒跟他一起做過，妳相信我。」

她才不相信。

越過梁之界擋在身前的高大身軀，陸晨渏無意間瞥向後方，不遠處的教學大樓走過一對正在拉扯的男女，她不確定男人是誰，但她一眼就認出了後方的短髮女孩是徐黛，而且她看起來好像……

她在哭嗎？

「陸晨渏，我敢發誓……」

「我不需要你發誓！」陸晨渏打斷梁之界，第一次以冷漠迎上他錯愕的眼神。「不管你有沒有做，都不關我的事。」

因為，她一點都不在乎。

丟下愣在原地的梁之界，陸晨湇急急往徐黛消失的方向奔去。

❖

激烈的爭執從建築死角傳出，陸晨湇不敢靠得太近，偶爾聽見徐黛失控的哭喊，相較之下，男子的聲音一直很細碎，情緒顯然相對平穩。

隨著時間過去，爭執似乎逐漸平息。

正當陸晨湇猶豫是否該離開的當下，腳步聲忽然靠近，她趕緊閃身躲進一旁的空教室，藏身於門邊的陰暗處，她看著高家盛快步走過窗邊，他摘下眼鏡，看似煩躁地揉了揉緊皺的眉間，不一會兒便消失在視線盡頭。

陸晨湇在教室裡多等了一陣子，確定高家盛不再回頭，她這才跑出教室，繞過建築轉角，聽見細碎的哭聲隱隱傳來。

只見徐黛蹲在牆邊，哭得不能自已。

「徐黛？」陸晨湇放輕步伐，小心翼翼地靠近。「是我。」

聞聲，徐黛整個人一抖，花費好一段時間才聽出她的聲音。

「晨湇……」

抬起梨花帶雨的臉龐，徐黛整個人彷彿就要哭碎了。

在那之後，陸晨漪從徐黛口中得知爭執的起因，竟是她在高家盛的手機裡發現與其他女學生聊天的訊息，雖然聊天內容仍算日常，但徐黛說她能看出雙方言談之間隱含的曖昧。

因為她當初和高老師就是這樣在一起的啊。

徐黛不是拐彎抹角的個性，她很快和高老師攤牌，其實她要的不多，一個解釋，一句道歉，一個不會再犯的承諾，而她萬萬沒想到，她得到的是男方提出分手的要求——

那並不是她的本意！

徐黛後悔了，她不想要道歉，也不要承諾了。

什麼都不要。

她只想要他們和好如初……

於是，陸晨漪撞見的便是徐黛哭著挽留高老師的場景。

「……為什麼呢？」

「哪裡不懂？」

「啊？」陸晨漪恍惚回神，忽然見到傾身靠近的周誓，嚇得整個人往後退。「老、老師，你……怎麼了嗎？」

「是我要問妳怎麼了吧？」周誓無語，曲指敲敲她複習到一半的文章。「妳剛才不是問『為什麼』？說吧，哪裡不懂？」

陸晨渏啞口，一時扯不出謊言。

「喔……原來妳在恍神？」三兩下看穿她的小表情，周誓扯唇笑了。「看來是我讓妳太閒了，有時間恍神，不如多交一篇小論文，主題就選之前討論過的《新能源發展困境》——」

「不要！」陸晨渏大喊，驚慌制止。

那晚的對話練習險些把她送入地獄，她不想再經歷一次了。

周誓十分滿意她的反應，心情瞬間被拉抬了起來。

「所以，妳剛才在想什麼？」

……她該怎麼說才好？

實話？

謊話？

「我剛、剛才只是在想，如果……」陸晨渏猶豫了一會兒才開口：「如果有一天，自己被喜歡的人背叛了，應該怎麼辦才好？」

「妳被誰背叛了？」

「不是我！」她著急否認。「是我的朋友。」

看樣子，陸晨渏一定沒聽過「先承認你就是你朋友」的網路梗。周誓饒富興味地睨著一臉既期待又怕受傷害的陸晨渏。

哎，難得他今天心情好，不逗她了。

「哪種背叛法？」周誓好心問道。儘管他對少女的煩惱不帶半毛錢興趣。

「背著你和別人曖昧之類的。」

「分手。」

「對吧！」陸晨漪瞪大眼，彷彿獲得了極大的共鳴和認同。「所以，我不懂為什麼有人選擇挽回，明明……」

「因為愛吧？」

愛？

不曉得是答案本身令人費解，或是從周誓口中聽見這樣的答案令人感到違和，當下，陸晨漪足足愣了好幾秒。

「可是，他都背叛你了……」

「不愛了是其中一方的事，相對的，愛也是。」周誓說得輕巧，語氣聽來像是在談論明天的天氣。「妳很難因為對方做了錯事而馬上不愛對方，不管妳信不信，很多人因為愛，什麼蠢事都做得出來。」

也就是說，徐黛是因為太愛高老師了，所以才放不開手嗎？

為了挽回一個可能不再愛自己的人，拋棄尊嚴也無所謂，是這樣嗎？

陸晨漪不能理解，思緒在腦海裡不斷翻湧。

不只徐黛的事，還有很多、很多、很多……

補習結束前的半個小時，周誓起身來到陸晨渏的桌前，準備進行對話練習。這也是周誓為了她安排的例行課程之一，練習內容主要是針對一篇新聞報導進行一來一往的觀點對談。

「老師，今天的主題可以由我來訂嗎？」

周誓抬起頭，這才注意到陸晨渏無比認真地盯著他。

『如果妳堅持的話。』他聳肩說道，以一口完美的英國腔。

得到許可，陸晨渏深深吸了口氣。

『今天，我想和你談談……』她很緊張，平時要她開口說英文已經很不容易了，如今的她更是比任何時候都要緊張。『不同於一般形式的戀愛。』

『什麼意思？』發現又是戀愛話題，周誓顯然有些興趣缺缺。『妳可以舉例嗎？』

『例如，老師和學生？』陸晨渏不曉得「師生戀」在英文裡有沒有專用名詞，她只能用最直接的言語表達。

周誓眉宇一挑，下意識想到了不久前的問題。

『又是你朋友？』

『呃。』陸晨渏的眼神游移一秒，『大概吧。』

『對我來說，那是非常不明智的選擇。』

『ill-ad……什麼？』陸晨渏沒聽懂。

『ill-advised類似於unwise，或更簡單一點是stupid。』周誓輕鬆地解釋單字意義，當然，全用英文，這就是對話練習的目的。

『stupid？為、為什麼？』

『妳想聽官方一點的說法，還是我的真心話？』

『兩個都想聽！』

看著難得好學的陸晨渏，周晢不禁有點想笑。

『若是妳平常學英文有這麼認真，我保證妳可以在期末考得到一個令人訝異的成績。』他小小消遣她一句，話鋒隨之一轉。『官方說法嘛，當然是學生心智尚未成熟，再加上青春期易感，喜歡比自己年紀大的人實屬正常，正因如此，為人師長更該恪守職責本分，絕不容許逾越道德界線——明白嗎？』

周晢的英式腔調十分適合他天生的清冷聲線與嘲諷屬性，抑揚頓挫的發音清晰，他並沒有刻意挑選簡單的單字，而是放慢了速度，讓陸晨渏能夠從前言後語判斷他的意思。

『……你現在聽起來真像一個老師。』陸晨渏聽懂了大部分，忍不住發出嘟噥。

『我本來就是老師。』周晢理所當然地說，臉皮超厚，也不管自己做了多少一點都不像老師的行為。

『那，你的真心話呢？』

『老實說，官方說法也是我的真心話。』周晢聳聳肩，表明自己的立場。『姑且先不論師生之間存在的上下關係，身為一個成年人，真的有必要和未成年人談戀愛？我覺得很蠢，就是很蠢。』

這次他用的是stupid，而且還一口氣說了兩次。

『可、可是，喜歡就是喜歡啊，對象是誰又有什麼關係？』

『如果真的喜歡彼此，何不等到脫離了師生身分之後再談？選在不適當的時機談戀愛，圖的難道不是一時刺激？說好聽一點是戀愛的關係，但最後受傷的往往都是學生。』勾起嘲諷的嘴角，周誓把話說得坦白。『說穿了，會和學生談戀愛的老師，有幾個是好東西？』

其實，陸晨漪不是不懂周誓的意思。

她早先得知徐黛與高老師的戀情時，她也是這麼想的。

但，凡事總有例外，不是嗎？

『……如果是我呢？』

周誓眉頭一皺。『什麼？』

『如果我喜歡上了老師，我該怎麼做？』陸晨漪問道，垂在身側的手不自覺緊握。

只有兩人的辦公室倏地變得很安靜，一個人等著回答，另一個人保持沉默，冬天的夜晚似乎在此時變得更涼，風聲從窗邊傳來呼嘯，就連燈管的滋滋電流都格外明顯。

他們不發一語地注視對方，就像是在等誰先放棄。

『我的建議是……』而這一次，依然是周誓先開了口：『離他遠一點。』

『如果是你呢？』陸晨漪脫口而出，迎上周誓宛如深潭的眼神，沒來由的衝動使得她不管不顧。『我的意思是，如果你喜歡上了你的學生，那……』

你會怎麼做？

陸晨淯沒把話說完，更正確地說，她沒辦法說完。

當她發現周誓的眼神變得冷漠，她忽然一點都不想知道答案了——

『在我身上，不會有如果。』

周誓的嗓音清冷，如同窗外的寒夜。

❖

「咦？小晨淯不在？」週五晚上，何子清逕自推開周誓的辦公室，意外沒見到陸晨淯的身影。「真可惜，我買了甜點想和她一起吃的說。」

好東西要和懂的人分享，例如他和陸晨淯最近組成了甜點小分隊，兩人偶爾會在這裡一起吃甜點，順便排擠周誓什麼的，好不快樂。

對了，周誓替陸晨淯課後補習的事，何子清是知情的。

雖然他之所以會知道，並不是周誓主動告訴他，也不是陸晨淯跟他說的，而是某一天他又想蹭周誓的順風車回家，沒問一聲闖進辦公室時發現的。

老實說，何子清當時不只震驚，還有一點點傷心。

他以為他們是好朋友！

如果他沒撞見，不曉得這兩個人會瞞他到什麼時候？

「她請假。」工作告一段落，周晢闔上筆電。

「啊，對了，今天是梁之界的生日吧？」

周晢一怔，皺眉看向何子清。「……你到底有什麼不知道？」

「嘿嘿，誰叫我人緣好。」何子清把檸檬塔分裝到小盤子，沒辦法了，今天只能勉為其難和周晢分享。「聽說梁之界爸媽租了一棟別墅給他辦派對，所有聖雅各的學生應該都去了吧？」

「喔，挺好的啊。」

哎喲，這是什麼鬧彆扭的反應？何子清偷偷瞥向故作無事的周晢，儼然就是一個老父親擔心出門在外的小女兒嘛。

「兄弟，我之前就一直很想問。」何子清吃了一口檸檬塔，酸得他表情一皺。「你和小晨渏是不是吵架了啊？」

吵架？

他跟一個高中女生是要吵什麼架？

「哪有？」周晢下意識反駁，完全沒發現自己的口氣跟高中男生一模一樣。

「不然前天這裡的氣氛跟冷凍庫一樣是我的錯覺？」

「是你神經失調。」突然一股莫名的心煩，周誓見何子清被罵還一臉想笑，心底更加來氣。「這麼小的東西是要吃多久？吃完還不快滾？」

「好好好，是我神經失調、是我亂說話，你們才沒有吵架。」

本來就是！

他跟陸晨漪本來就沒吵架。

只不過，自從那天陸晨漪問完「她朋友」的問題以後，他們之間的氣氛就變得很奇怪……該怎麼說呢，尷尬？陌生？疏遠？

對，就是疏遠。

陸晨漪似乎刻意疏遠他。雖然她本來就不是吵鬧的性格，但近幾次的補習時間，她不只話更少了，就連眼神都不會與他對視。

這樣也好。

周誓斂下眸光，心裡某個角落冒出了一個小聲音這麼說道。

反正，他本來就討厭聖雅各的學生。

討厭這些貪得無厭的有錢人。

「但說真的，你對小晨漪不是普通特別。當初發現你竟然會替學生補習的時候，我差點沒嚇死，以為你被外星人綁架。」何子清一邊吃檸檬塔，一邊不怕死地捋虎鬚，反正他早知道周誓只是外表冷漠，內心其實軟得可以。「為什麼？就因為她很像小蕓？」

聞言，周誓只是沉默不語。

既不承認，也不否認。

陸晨渏和周蕓相像的地方太多了，除了外表給人的感覺，還有個性、反應等等，他常常看著陸晨渏就想起周蕓，尤其是高中時期的她。

周蕓發生意外那年，正好與現在的陸晨渏同年。

從那以後，她的時間便停在十七歲。

他對她的記憶也是。

「我是不反對你把小晨渏當妹妹看待啦，只不過，她們終究是兩個不同的個體，你懂我的意思吧？小晨渏不是你的親妹妹，你又長著這張臉，對不對？她們這個年紀的小女生本來就很容易喜歡上一個人……」

『如果喜歡上了老師，我該怎麼辦？』

「不會有那種事發生。」那日的畫面閃過心頭，周誓煩躁地皺眉。

「話不要說得那麼果斷。」何子清說得上頭，完全沒注意到好友的不耐。

「雖然小晨渏看起來很乖巧、道德感特強的樣子，但人心無法克制，你對待她跟其他人不同，說不定有一天，她——」

「那我離開就好了吧。」

「什麼？」

「如果她喜歡上我，我馬上辭職不幹。」周晢冷眼看向傻住的何子清。「這個答案，你滿意嗎？」

「不、不是，我又不是這個意思。」他幹麼突然生氣啊？何子清被周晢的反應震驚。「我只是提醒你注意一點，小心不要讓這件事發生……」

「喜歡一個人是注意了就可以不要喜歡上的嗎？」

奇怪，他到底兇屁兇？

何子清懶得跟他一番見識。「好好好，我知道你魅力非凡，就算萬事小心也很難不喜歡上你，但我的意思是……」

「你剛才說梁之界的生日派對辦在哪裡？」

何子清愣了愣。「……望山區的別墅。」

「好。」

好什麼好啦？

見周晢一把抓起車鑰匙，何子清整個人都傻了。

……他該不會想要闖入學生的生日派對吧？

❖

經過四十分鐘左右的車程，羅莎家的私人轎車駛進別墅車道，率先映入眼簾的是一望無際的翠綠草坪，再遠一點，只見一幢華美的白色別墅外牆正投射著五顏六色的燈光。

陸晨漪努力不要表現出驚訝，因為身旁的羅莎和范末璇似乎不以為意，在她們的世界裡，這樣的派對規模很正常，不過是一幢別墅而已，上次有學姐包下一座度假島嶼玩了整整一個星期，那才值得她們說出一句 respect。

下車以後，音樂與賓客的喧譁從別墅內部傳來，一旁的侍者為她們三人遞上三副面具——沒錯，生日派對的主題是面具舞會。

聽說這是柯劭康的主意，梁之界什麼都聽他的。

戴上面具，走進迎賓大堂，巨型水晶吊燈高掛，雲白色的大理石地板閃閃發光，富麗堂皇的空間彷彿電影才會出現的場景。

再推開一扇華美的玻璃大門，宛如巨浪一般的音樂傾巢而出，聽覺與視覺瞬間遭到掠奪，台上ＤＪ賣力刷碟，舞池裡少說擠滿了近百名戴著面具的男男女女。

……這裡應該不只有聖雅各的學生吧？

陸晨漪只覺眼花撩亂，來不及消化眼前的畫面。

「來來來，先喝、先喝。」服務生端著冒著氣泡的飲料來回走動，羅莎替她們各拿了一杯。「乾杯——」

見好友仰頭喝下，陸晨漪沒多想便跟上。

「這是……」不熟悉的酸味竄上喉頭，陸晨漪皺起眉心，舉著空空如也的杯子看向羅莎。

「酒啊！」半臉面具遮不住羅莎大大的笑容。「來派對當然就是要喝酒囉！」

原來，這也是她們熟悉的玩法嗎？

一旁的范末璇同樣習以為常，陸晨漪再次感覺到自己與她們的差異。

「走吧，我們去跳舞！」羅莎早已按捺不住。

三人手牽手擠進舞池，閃爍的燈光一瞬間蒙上她們的雙眼，派對氣氛正嗨，幾杯烈酒下肚，音樂與燈光的加持，再加上面具擋住了羞恥與矜持，狂歡的浪潮更甚以往。

羅莎沒有絲毫顧慮地放肆熱舞，引起周遭人們的熱烈響應。

陸晨漪看得目瞪口呆，只能跟著群眾一起鼓譟。

半晌，舞池裡的人似乎有愈來愈多的趨勢，吸吐之間全是人與人之間的氣息，再加上不停歇的音樂轟炸，派對經驗甚少的陸晨漪逐漸有些不適。

「……我出去外面休息一下！」陸晨漪往范末璇的耳邊喊了一聲。

「注意安全！隨時手機聯絡！」范末璇大聲叮囑，她的責任向來是顧好那匹脫韁野馬，陸晨漪個性穩重，應該不至於出什麼大事。

陸晨漪點點頭，表示明白。

費了好一番力氣，好不容易從人群之中逃脫，陸晨漪在舞池邊緣抬高脖子，環顧四周，決定前往別墅室外的長廊。

「……呼。」陸晨滴摘下面具，終於鬆了口氣。

戶外冷風一下降熄室內燃燒的火熱，庭院光線灑落白色長廊，放眼望去是一片很美的花園草坪，以及一座池底打著燈光的巨大泳池——若非現在是冬天，想必一定有很多人願意當場脫掉身上的禮服下水遊玩。

光是想像那樣的場景，陸晨滴的掌心就止不住冒汗。

……沒辦法，她大概永遠習慣不了這個世界。

儘管來到聖雅各已經是第二年，陸晨滴參加過的社交活動依然屈指可數，畢竟距今不過一年以前，那時，初來乍到的她活像一縷穿梭在聖雅各的幽魂，人人都在背地裡討論她的來歷，卻沒有一個人願意跟她來往。

直到羅莎和她變成朋友後，她才在這所學校終於有了存在感。

但，人類大概就是種不知足的動物吧？

有時候，她其實很懷念被當成透明人的那段時光。

例如現在。

不想回舞池的陸晨滴沿著無人的長廊漫步，音樂裡的重低音撞得牆壁悶悶作響，僅僅一牆之隔的寧靜與嘈雜，讓她感受到一股抽離的自由。

或許是因為如此，她不小心走得太遠，遠到能看見長廊的盡頭，一道深色木門向外開啟，遠遠看去，裡頭似乎有著滿牆的書架。

……大概是書房吧？

陸晨淯激起了好奇，打算去那兒消磨時間。

事實上，那裡的確是書房沒錯。

然而，裡面的氣氛卻與她想像得截然不同——濃重刺鼻的菸臭味迎面而來，裝飾古典華美的書房，數對男女在各處裸露交纏，地毯、窗邊、書桌前，激烈的喘息與呻吟不絕於耳，整個房間充滿淫靡氣息。

陸晨淯被眼前景象震懾，只見其中一名男生雙臂大敞坐在雙人沙發上，表情既痛苦又歡愉，與此同時，一名長髮女子跪在他的腿間，頭部不停上下律動。

她一下子便認出那個男生是誰。

梁之界睜開眼，發現站在門邊的陸晨淯，享受的表情全僵在臉上。

下一秒，他大力推開腿間的女子，不顧女子不滿的大叫，他急忙扯上半褪的長褲，目光不自覺往下方的茶几看了一眼——

散落一桌的白色粉末，數根針筒凌亂，不用想也知道那是什麼。

她不想摻和進這樁混亂。

無視梁之界連句話都說不出來的驚慌，陸晨淯總算找回理智，她正想掉頭離開，突如其來的一道推力卻將她猛然按在牆上。

砰地一聲，她不由自主發出痛呼。

「……陸晨渏，又是妳。」

就著昏暗的視線，柯劭康醜惡的笑容大大咧開。

「本來還想著要去找妳呢，沒想到妳自己送上門來了啊。」

聞言，陸晨渏寒毛直豎。

她不敢想像他找她的目的是什麼，尤其是她正在他手裡的當下。

「……柯劭康，放開我。」陸晨渏試圖保持冷靜。

「好笑，我為什麼要放開？」柯劭康的瞳孔不正常放大，就像上次一樣，整個人呈現一股令人害怕的躁動。「妳就是我要送給梁之界的生日禮物，我怎麼可以讓禮物跑了呢？」

不遠處的梁之界一聽，整個人都傻了。

「柯劭康你在說什麼啊？我沒——」

「你閉嘴！」柯劭康大喝一聲，雙目爆突，更加用力把陸晨渏壓在牆上。「還不是因為你這個沒用的孬種，竟敢為了這女的跟我大小聲？怎樣，說我害你是不是？既然如此，那我就把她送給你啊！你現在就把桌上的藥拿來！」

……藥？

陸晨渏瞪大眼，他該不會是想……

「我不要！柯劭康你放開她！」

「就叫你拿過來——靠！」

下一秒，梁之界陡然衝來，高大的他一把扯開柯劭康，沒想到好友會對自己動手，柯劭康也火了，兩人當場扭打成一團。

就是現在！

趁著柯、梁起爭執的空檔，陸晨漪頭也不回地衝了出去，腳下的高跟鞋成了阻礙，她毫不留戀地甩掉，即使打著赤腳也不在乎，一心直想奔回人潮聚集的舞池。

……只要跑到有人的地方就安全了。

霎時，前方出現一道戴著面具的人影，陸晨漪止不住步伐，心跳頓失一拍。

有那麼一瞬，她以為是柯劭康又出現了。

但，怎麼可能呢？

「陸晨漪！」

這個聲音是——

那人扯下面具的瞬間，陸晨漪的腦袋倏忽空白。

……為什麼？

他為什麼會在這裡？

周誓朝她奔來，陸晨漪直直撞進他的懷裡。

一時之間，思緒與呼吸全處於混亂，陸晨漪只能看見周誓低下頭，似乎在查看她的狀況，

她很想說她沒事，卻發現自己竟然連一個字都發不出來。

「先走再說。」周晢警覺說道，隨即帶著陸晨滳離開。

與陸晨滳來時不同，他們離開的別墅側門是工作人員的出入口，周晢方才就是從這兒進來派對會場，而他之所以進得來，則是因為今晚的派對音樂正好是由 Vulkano Club 負責。

記得山哥接到工作委託的那天，還故意問他要不要接這一攤。

周晢當然拒絕了。

但他沒想到自己竟然還是來了。

開往山下的路上，周晢抽空看一眼身旁的陸晨滳。

「好一點了嗎？」

「……嗯。」她點點頭。

「妳還在發抖。」周晢不悅地皺眉，同時伸手調升空調。「很冷嗎？」

「我不是……」陸晨滳試著解釋，卻連聲音都在顫抖。「不是因為冷……」

直到脫離險境後，她才發現自己有多害怕。

散落一地的毒品。

正在性交的男女。

如果她沒有逃出來的話，下場會是如何？

陸晨滳不敢往下想，呼吸一促，身子因為恐懼而不由自主地縮起——忽地，一道厚實且溫暖的溫度，緊緊握住她發冷的手心。

……她是在做夢嗎？

不知過了多久，陸晨滈恍惚的視線沿著強而有力的手臂緩緩上移，不敢相信地看著駕駛座上的周誓。

他什麼也沒說，目光仍專注望著前方。

也許，直到這時，陸晨滈才感覺自己真正的安全了。

回到市區後，周誓本來想帶陸晨滈到餐館吃點東西，儘管吃不了多少，但至少能夠暖暖身子，情緒和精神也會穩定一些。

「……我沒有鞋子。」未料，陸晨滈小小聲拒絕了提議，她的高跟鞋早在逃跑時不見。

「而且，我也不想穿這樣子下車。」

周誓後知後覺注意到她身上的小禮服。

他想了下，調轉方向盤。

不得不承認，Comfort food的存在是有其道理的。

他們又一次來到速食店的停車場，安心坐在副駕駛座上，陸晨滈咬了口漢堡，本以為不餓的肚子感覺到食物的美味，食慾一湧而上，不知不覺把整份餐點一掃而空。

「現在可以告訴我發生什麼事了？」

「其實……」

小心覷著駕駛座上的周誓，陸晨滈把方才的情況大致說了一遍。

聽完她的陳述，周誓面不改色。

「老師，我真的不用通報學校嗎？」見狀，陸晨渏擔心地追問。

「不需要。」

「可是——」

「交給我處理。」眸光閃過一瞬冷冽，周誓心裡有了盤算。「我知道有誰比學校更想知道這件事。」

陸晨渏沒有追問。

不知為何，她覺得自己很快就會知道答案。

接下來好一陣子，他們沒有說話。

默默坐在隔音良好的車內，聽不見外界的聲音，氣氛安靜非常，藉著車窗的反射，陸晨渏偷偷看向另一邊的周誓，他同樣望著窗外，似乎不打算送她回家。

……剛好，她也不想回家。

陸晨渏沒忘記她在辦公室問周誓的那些問題。

老實說，她很後悔。

後悔自己為什麼要問，也後悔她幹麼拿自己與他當做舉例。

就算知道周誓只是說出他的想法，陸晨渏依然控制不了自己的失落，只要一走進周誓的辦公室，她就會忍不住渾身僵硬，自動避開與他的對視，如非必要，她甚至一句話都不會開口。

她明明沒有告白，卻像是被甩了一樣。

更慘的是，對於她的反常，周誓說不定根本一無所覺……

「陸晨湇，妳不問我為什麼會出現在那裡嗎？」

「啊？」陸晨湇還沒回神，只是怔怔複述：「老師，你為什麼……」

「我去找妳。因為我想跟妳把話說清楚。」

說清楚……什麼？

陸晨湇瞪大眼，忽然有種不好的預感，心跳頓時慌亂。

「還記得之前妳問我的問題嗎？」不顧眼前人的驚慌，周誓天生清冷的嗓音聽不出情緒。

「我後來想想，那時候我講英文，妳可能沒聽懂。」

「不是，我有聽懂——」

「我說，我覺得師生戀很愚蠢。」

「我知道！」陸晨湇著急大喊，不敢相信他大老遠跑來就是要跟自己說這些。

然而，周誓卻像是沒聽見她的抗議似的，自顧自說了下去。

「學生的年紀太小，根本分不清楚喜歡與仰慕。」

「你上次說過了，我……」

「身為老師，本來就該遵守界線。」

「老師，你……」

「而且，會和學生交往的老師，通常不是什麼好東西。」

「我真的有聽懂……」陸晨渏垂下頭，她已經快放棄了。

「最後一點，我不會和學生談戀愛。」

……夠了。

告白未遂被狠拒還不夠，如今還要被拒絕第二次？而且，不曉得是不是錯覺，比起一知半解的英文，中文聽起來更叫人難受……

「還有一年半。」

一年……什麼？

陸晨渏茫然地眨了眨眼，緩緩轉頭看向駕駛座上的周誓。

而他也正看著她。

只有她。

「我給妳一年半的時間好好思考這個問題。如果一年半以後，妳的想法依然和現在一樣。」車外路燈冷白的光線映著周誓的臉龐，清晰深刻，如同他現在所說的每一個字。「到了那時，我也會給妳一個答案。」

陸晨渏幾乎不敢相信自己的耳朵。

……原來，他不是來拒絕她的？

一年半。

正好是她高三畢業的那年。

「陸晨漪，妳聽懂了嗎？」

「我……」陸晨漪恍惚地點點頭。「嗯，好像，聽懂了……」

真的懂了嗎？

周誓略帶懷疑地挑眉，觀察她的表情從不敢置信，逐漸染上紅暈……嗯，大概真的聽懂了吧？

如周誓先前所言，與學生談戀愛、交往的選項從來就不存在於他的人生，真要說的話，他也不相信陸晨漪目前對於自己的感情能稱得上喜歡。

崇拜。

迷戀。

追求刺激。

十七歲的小女生說什麼喜歡，全是假象。

然而，如果周誓真是這麼想的，他又何必留下一年半的承諾，給予她無謂的希望？

原因或許連周誓都不明白。

他只知道，他不喜歡被她疏遠的感覺。

也許是陸晨漪經常讓他聯想到周蕓，他不喜歡被妹妹討厭的感覺；又或是他劣根性作祟，向來只有他疏遠別人，別人不能疏遠他——總之，談及喜歡，言之過早。

不管是她，或他，都是。

因此這一年半不單單是留給陸晨淯，也是周誓留給自己的時間，足夠他們釐清自己的感情，一年半以後，不管他們的想法分別為何，一切都會有更好的結局。

坐在駕駛座上，周誓又一次瞥向身旁的陸晨淯，直到現在，她還是一副活在夢裡的恍惚神情，只差沒有伸手捏捏臉頰確認是真是假。

……啊，她捏了。

就連自己也沒發現，周誓煩躁好幾天的心情終於好了起來。

Chapter 6

派對過後的第一個上學日，柯劭康沒有來學校。

『泰隆集團迸發醜聞，董事長高中生么子染毒，吸食影片網路瘋傳。』

當天，各大新聞台輪番報導，泰隆集團股價下跌，不只公司大門擠滿媒體，身為教育者的聖雅各高中也無法置身事外，大批記者聞風而至，全遭校方的強勢請回，畢竟在這裡就讀的學生，可不是只有泰隆集團么子，隱私安全不可輕忽。

然而記者也不是省油的燈，不讓採訪沒關係，他們改在聖雅各的辦學背景大做文章，舉凡高額學費、師資設備，以及歷年來就讀的校友全都挖上檯面討論一番，瞬間引起社會對於富人的輿論撻伐。

大人的世界腥風血雨，聖雅各校內同樣八卦滿天飛。

「欸欸欸，妳們快點來看，這也太猛了吧？」成天抓著手機不放的羅莎收到最新影片，迫不及待與眾人分享。「……居然連這種影片都有，到底是誰拍的啊？」

陸晨漪從手機螢幕抬頭，正好與經過走廊的周晢對上眼。

『是你做的吧？』她忍不住用眼神詢問。

後者只是微乎其微地挑眉，彷彿一切與他無關。

新聞爆發後幾日，風頭逐漸消弭，美其名在家反省，實際上只是睡了好幾天的柯劭康重回學校，一回來便恬不知恥地宣揚自己的「豐功偉業」，甚至嚷嚷要辦派對慶祝回歸。

但令柯劭康沒想到的是，當天校方竟以「無法忽視的醜聞」為由，宣布停辦今年的聖誕舞會，藉此向社會大眾表達檢討改進的決心。

消息一出，整個聖雅各都亂了套。

要知道，聖雅各學生才不管你私下玩得多大、多超過，既然有膽玩就要有本事承擔，聖誕舞會向來是聖雅各最受期待的盛大活動，卻為了一個人的過錯而要全校學生陪他一起受罰，這在他們的世界觀裡根本無法接受。

就這樣，柯劭康一夕之間成為全民公敵。

不只梁之界與他劃清界線，那些曾與他稱兄道弟的狐朋狗友也礙於同儕壓力、家裡長輩的施壓而不願和他來往，以前總是大搖大擺走在聖雅各走廊的他，如今就連坐在教室裡都不發一語。

『掌握一個人的祕密，等於控制了一個人。』

看著柯劭康的境遇，陸晨滈不禁想起周晢之前說過的話——原來，手握祕密不是重點，何時出手、如何出手，抑或是出手後引發的效應才是關鍵。

……難怪周晢一點都不怕她。

她就算洩露了周誓的祕密，大概也只是淪為校園裡隨風而逝的無聊八卦，更甚者，說不定還會替本來就很受歡迎的周誓增添一筆神祕色彩，吸引更多人的愛慕。

但，周誓又是如何學到這些的呢？

若說他天生腹黑，腦袋隨時想著如何算計別人好了，可是，操作輿論需要的人脈也不是說有就有的啊……

陸晨渏沒想太多，一下就把這個念頭拋之腦後。

❖

沒了聖誕舞會，日子還是要過。

時序不知不覺來到一月，聖雅各即將迎來本學期最後一場大事，而且是沒人期待的大事——期末考，又名，放寒假前的最後一哩路。

聖雅各學生面對考試的較真程度與愛玩程度呈現高度正比，大型考試臨近的幾週前，圖書館的燈光二十四小時都不會熄滅。

從外人的眼光看來，含著金湯匙的人生看似容易，可坐擁愈多金山，必須成為人中龍鳳的壓力也隨之而來，想想，這或許也是他們熱愛派對狂歡的原因之一吧。

期末考前一週，二年B班前些日子繳交的英文小論文已經批改完成，周誓站在台前一一唱名發放，羅莎一看見成績，臉色立刻臭得跟什麼一樣，大力坐回位置上。

來不及安慰好友，陸晨漪很快聽見自己的名字。

她走上台前，從周誓手中接過將近半公分厚度的文件。

「……寫得不錯。」

咦？

聽見周誓幾不可聞的低語，陸晨漪愣了愣，慢了半拍才看見論文封面上的成績。

她驚喜抬頭，後者只是若無其事地喊出下一個人的名字。

但，這已經讓陸晨漪很高興了。

「晨漪，妳拿幾分？」見陸晨漪難掩喜色地回座，羅莎一把抽過她手中的小論文。「……A？我才拿C欸！憑什麼妳可以拿A？」

「喂，羅笨蛋，注意妳的用詞。」

「不是啊，晨漪英文那麼爛，怎麼可能拿A……」羅莎學業樣樣不強，只有英文是她唯一能勝過陸晨漪的科目，如今竟然連英文都輸得不知不覺，羅莎一時無法接受。

「晨漪，妳老實說，妳是不是賄賂老師？」

陸晨漪大驚失色。「我沒有！」

「羅莎！話不要亂講！」

「本來就是嘛，不然她的英文怎麼可能一下子進步那麼多？」

「妳覺得晨渏是那種人嗎？」范末璇快被好友的邏輯搞瘋。「還有，別的老師就算了，但妳有沒有想過，我們的英文老師是周誓耶，他連學生的巧克力都不收，這種人會接受賄賂嗎？」

「那就是周誓好心幫她——」

「周誓跟晨渏又沒什麼關係，幹麼無緣無故幫她啊？」范末璇翻了個白眼，轉頭看向陸晨渏。「晨渏，我說得沒錯吧？」

沒什麼關係嗎？

對，她跟周誓是沒什麼關係。

可是……

他們也不是完全沒有關係啊。

低頭凝視著小論文封面上大大的紅色Ａ字，原本的雀躍消失殆盡，取而代之的是懷疑的漣漪。

她……真的是憑自己的努力得到這個分數的嗎？

「所以，妳的意思是，我竄改成績？」

當天放學後，站在只有他們兩人的辦公室裡，陸晨渏雙頰發燙，鼓起全部的勇氣提出疑問；另一方面，坐在辦公桌後的周誓聽見這個問題後，不發一語，兀自思考了好一陣子。

「為什麼？」半晌，他發現自己想不出答案。

陸晨渏一愣。「什麼為……」

「我為什麼要幫妳改成績？」

「因為……」因為他們之前曾說過，不是嗎？

老師他說不定選在這次——

「因為妳喜歡我嗎？」

聽見周誓宛如蜻蜓點水一般的問句，陸晨渏的心裡掀起一陣滔天駭浪。

「不是！我只是在想之前——」

「喔，妳不喜歡我？」

陸晨渏啞口，他一定要這麼故意嗎？

她、她又不能說不是……

「反正，我的意思是——」

「文章切合主題，論述清晰，文筆通順，單字片語運用得當，文法亦少錯誤。根據評分規則，我認為A是很合理的分數。」不顧陸晨渏尚未反應過來，周誓逕自細數陸晨渏論文的優點。「如果有人質疑妳的成績，我建議妳大可直接把小論文交給對方評斷，問他能不能寫出和妳一樣的文章。」

說著，周誓的嘴角微微揚起。

「陸晨渏，妳做得很好。」

……他為什麼老是這樣？

呆了至少三秒有餘，陸晨滈終於聽清他的誇獎。

心頭忽然泛起一股酸意，想起將近三個月的課後補習，她是真的下苦心複習過了，儘管她一點都不喜歡英文，但不論是留在辦公室裡的時間，抑或沒有補習的日子，她都很認真努力，沒有一天懈怠。

所以，她其實很生氣。

不是氣周誓拐彎抹角的誇獎，也不是氣羅莎懷疑她賄賂老師，她氣的是那個明知自己努力過了，卻還是不相信自己的陸晨滈。

她，是不是可以更有自信一點呢？

思及此，陸晨滈抿了抿唇，直直回望近在咫尺的周誓。

「老師，我……」

❖

『如果我能在期末考得到A，你可以答應我一個願望嗎？』

他答應她了。

而且是在不知陸晨滈的願望為何的情況之下。

周誓對於這樣的自己感到陌生，然而，他卻不怎麼在乎。

看見陸晨渏露出喜出望外的笑容，他的心情不知不覺也跟著變好，再說，一個小女生能有什麼難以達成的願望？

更別說是陸晨渏了。

抱著懷中含苞待放的花束，周誓一腳踏入六〇五號房，只見周蕓一如既往睡得香甜，他放下心來，順而走向另一側的座位區，打算替換花瓶裡已然有些凋萎的鮮花。

此時，周誓忽然停下了動作。

「誓哥，你、你來了啊……」邱宇禾的聲音在他身後響起，聽來很是心虛。

是啊，他是該心虛。

「剛才有誰來過嗎？」周誓沒回頭，輕聲低問。

「誓哥，你聽我說，這些不是那個人送來的，是他的——」

周誓根本聽不下去。

猛然抓起椅上的數件禮物，不顧邱宇禾擋在前方的震驚攔阻，周誓大步走向病房門口，奮力將東西全部丟了出去。

物品落地激起的回音在走廊大聲響起。

接著，回歸於平靜。

「誓哥……」

「我說過了，不准他們來探望周蕓。」周誓冷聲低語，下頷因為憤怒而抽緊，暗藏怒火的眼眸瞪著散落四方的禮物盒。

「可是——」

砰地一聲，周誓握緊的拳頭打上牆面，發出一聲巨響。

「沒有可是！只要跟那個人有關的所有東西，全都不准靠近她！」就像完全感覺不到痛似的，他轉身看向呆站在後方的邱宇禾。「……聽見沒有？下次你再敢讓他們進來一步，你也休想再見到周蕓一面。」

迎上周誓勢在必行的憤恨目光，邱宇禾知道他說的是真的。

「……我知道了。」邱宇禾閉了閉眼。「誓哥，對不起。」

周誓沒有回應。

他冷臉越過邱宇禾，徑直走回病房。

❖

中午，鬧哄哄的學生餐廳，陸晨渏抬頭就見周誓與何子清相偕走來。一如往常，不管何老師聊得有多起勁，他身邊的周老師永遠一臉清冷。

他們各自拿起餐盤，跟上取餐的隊伍。

……等等，他手上的傷是怎麼回事？

盯著纏繞在周晢手上的繃帶，陸晨渏忍不住皺起眉頭。

「幸好，明天考完就結束了。」范末璇啃著蘋果坐回位上，這是她吃完午餐後拿的第二顆蘋果了，整天的考試讓她的肚子咕嚕嚕叫個不停。「再這麼吃下去，我不胖個三公斤才有鬼……怎麼？羅笨蛋呢？」

「羅莎她去廁所……」

「打起來了！」

不曉得是誰發出高喊，餐廳頓時鬧騰。

陸晨渏與范末璇對看一眼，沒多想便順著眾人的視線看了過去。

不看還好，一看才發現那兩名揪著彼此頭髮不放的女學生，竟然是羅莎和徐黛。

「羅莎！」

「徐黛！」

當下，她們立刻推開椅子跑了過去。

「臭婊子放開我！」羅莎大聲尖叫，因為徐黛的拉扯而表情痛苦，踩著小皮鞋的腳不停在地上猛跺。

然而，另一邊的徐黛卻與她完全相反。

一向整齊俐落的短髮如今散亂不堪，領帶與幾顆鈕扣都不在該有的位置上，羅莎反抗的雙手緊抓不放，徐黛卻彷彿一無所覺，她只是激動地瞪大雙眼，無視羅莎的叫喊，五指死命掐進頭皮拉扯。

「我早就警告過妳了，注意妳的臭嘴……我說過了沒有？為什麼妳不聽？為什麼妳就是不放過我？我到底惹到妳什麼了？為什麼——」

「好痛——」儘管痛得大喊，羅莎不改拗性，依然對著徐黛叫囂：「我哪裡說錯了！哪裡！妳就是小偷！髒手髒腳的小偷！小時候偷別人的玩具還不夠，現在又想偷別人的朋友，啊——」

陸晨漪與范末璇試著分開她們，無奈徐黛早已喪失理智，力氣大得出奇，憑她們兩人的力量根本動不了一分一毫。

「夠了！」

何子清衝了進來，周誓緊跟在後，此時的情況已經變成羅莎單方面被徐黛壓制，周誓向陸晨漪使了個眼色，示意徐黛這裡由他接手，讓她和范末璇一起去扶住羅莎。

兩名老師一人擋在雙方之間，一人由後方嵌抱住徐黛，費了好大一番力氣，才終於讓徐黛放開手，雙雙退到安全距離之外。

爭執暫時中止，氣氛頓時陷入詭異的平靜。

「妳這個瘋子——」

「好了！冷靜！」何子清擋住羅莎不甘示弱的大吼，眼看圍觀人群有增加的趨勢，應該盡快將雙方帶離才是上策。「妳們兩個跟我走……喂，徐黛妳要去哪？徐黛！」

徐黛充耳不聞，直直往餐廳外面走去。

陸晨渏著急看著她離開的方向，內心煎熬全寫在臉上。

「……去吧。」清冷嗓音忽而在身旁低聲響起。

聞聲，陸晨渏登時回頭。

「她不是妳的朋友嗎？」周誓理所當然地說道。

身為B班英文老師，周誓看得出陸晨渏與羅莎的關係十分要好，與此同時，他也見過她和徐黛在日莘醫院有說有笑的畫面，心細如周誓，他怎麼可能不曉得陸晨渏身處如何尷尬的處境？

但他還是推了她一把。

同樣都是朋友，她都在乎、都關心，本就不該選邊。

拋開內心的猶豫，陸晨渏拔腿跑出餐廳，很快追上徐黛的腳步。

「徐黛！」

不曉得是不是沒聽見，徐黛腳步未停。

「徐黛！」陸晨渏伸手想拉住她，卻正好錯過時機。

興許是錯覺，但她似乎看見徐黛的手閃了一下。

……難道她是故意不理她的嗎？

「徐黛，等一下！」

這一次，陸晨湇終於拉住了她的步伐。

「放開我！」徐黛大力掙扎，用力甩開陸晨湇的手。「妳不是不想跟我扯上關係嗎？」

「我沒——」

「別說妳沒有！」徐黛忿忿大喊，眼淚撲簌簌掉落。「我早就知道了，妳和羅莎是朋友，妳和她說好不要在她面前跟我說話，不是嗎？」

陸晨湇沒料到徐黛會這麼說。

但，這本來就是她的錯。

她不想找藉口逃避。

「徐黛，對不起，我……」

「……為什麼？為什麼你們都要拋棄我？」然而，崩潰的徐黛早已聽不進任何話語。「我就那麼讓人丟臉嗎？為什麼沒有人要我、沒有人愛我——」

徐黛聲嘶力竭的哭喊如刀，一句句刺進陸晨湇的心。

此時，陸晨湇才忽然明白，傷害徐黛的不只是她無法捍衛友情的懦弱，其中還有更多她所不知道的事，也許是羅莎、也許是高老師……還有呢？

她根本不了解眼前的女孩身上有著多少傷痕。

「徐黛，對不起。」緊緊擁抱住哭泣的徐黛，陸晨湇一次又一次輕輕地說著：「對不起、對不起……」

如此，反覆。

直到女孩得到一絲微不足道的安慰為止。

❖

午休，結束上半天的喧鬧，校園進入休生養息的寧靜。

淺淺的冬陽溫暖和煦，彷彿一件輕巧溫暖的羊毛毯，無比溫柔地覆蓋著大地，與陸晨渏並肩坐在樹下的長椅，徐黛早先激動的情緒已經平復許多。

「羅莎跟妳說過吧？我偷過她的玩具的事。」

「嗯。但是……」

「那件事是真的喔。」徐黛說道，語氣輕飄。「沒有誤會，沒有栽贓，我的確偷過她的玩具。」

陸晨渏沉默一會兒。「為什麼？」

「因為我很喜歡，喜歡到好想搶過來。」徐黛抬起頭，陽光讓她微微瞇起了眼睛。「那陣子，羅莎每天都會帶著那個娃娃來學校，那個娃娃真的好可愛，大家都想跟羅莎借來玩，但是她都不答應。她說，那是她爸爸送給她很珍貴、很珍貴的寶物。」

到此，與羅莎所述是一樣的。

「但我還是好想要抱抱那個娃娃。所以，我在體育課的時候一個人溜回教室，偷偷玩一下之後又放回原位，一次、兩次……直到有一天，羅莎好像對娃娃失去了興趣，她不再像以前一樣抱著娃娃不放，而是把娃娃丟在置物櫃裡不聞不問。」

一陣微風吹過，迷濛了徐黛的雙眼。

「……如果她不要了，那我是不是可以擁有它呢？」她輕輕說道，宛如耳邊的私語。「那時候，我的心裡出現了這個聲音。」

「就是那時候……」

「當時，我並沒有那麼做。」徐黛搖頭否認。

沒有？

陸晨淯一時困惑，又聽徐黛繼續往下說道：「我記得那天是星期五，學校通知週末全校要進行消毒，希望我們把置物櫃裡重要物品帶回家，而我看見羅莎的娃娃還在置物櫃裡，好心提醒她忘記拿了……結果，妳知道她跟我說什麼嗎？她說，她早就不想要那個娃娃了，她已經玩膩了，隨便一個人把它拿走都好，就算被偷走也沒關係。」

說到這裡，徐黛眸光閃過晦暗。

「我聽了以後真的好生氣。她不是說，那是她最珍貴的寶物嗎？那不是她爸爸特地買來送她的嗎？為什麼可以說丟就丟、說不要就不要？那是多麼寶貴的禮物，別人想要都得不到，她怎麼可以不好好珍惜！」

「徐黛……」

別開陸晨淆正欲安撫她的手，徐黛深吸了口氣。

「星期一回到學校，娃娃還在。」她說著，語氣平板。「但在我眼裡，那個娃娃已經死了。」

陸晨淆登時心顫。

不知為何，她似乎能猜到後續的發展。

「趁著大家不在教室的時候，我偷偷把娃娃放到我的置物櫃裡。我打算把死去的娃娃埋到學校的某棵樹下，它的主人不要它沒關係，至少還有我，我可以替它舉行葬禮。」話說至此，徐黛突然發出一聲冷笑。「沒想到，羅莎回來以後，不知哪根筋不對，突然翻箱倒櫃地找起那個被她玩膩的娃娃，她大哭大鬧，吵得老師都受不了，決定檢查大家的置物櫃。」

在那之後發生的事情，就是羅莎記憶裡的那樣了。

就結果而言，徐黛的確是偷了羅莎的娃娃沒錯，而她也為此道歉、接受了當時老師的懲處，但……

陸晨淆總覺得這段回憶似乎遺失了一塊拼圖。

不是回憶本身，而是隱藏在背後的原因。

「徐黛，為什麼妳會對那個娃娃那麼執著？」陸晨淆輕聲提出疑問：「若只是因為可愛，妳應該也可以買到其他娃娃替代，不是嗎？」

聞言，徐黛沉默半晌。

「……我想，我是嫉妒吧？」她再次開口說道，情緒不再激動。「嫉妒羅莎被爸爸寵愛，即使出國工作仍惦記著她，精心挑選禮物只為了換取她的開心一笑，明明有一個這麼好的爸爸，她卻——」

晶瑩淚珠落下，中止了話語，徐黛忍不住低頭哭泣。

爸爸。

發現反覆出現的關鍵字，陸晨滈頓時有了眉目。

第一次知曉徐黛家中的管教嚴格，是因為她與高老師的戀愛。至於嚴格到什麼程度，陸晨滈從未想過探究，但直到現在，陸晨滈才發現或許早在很久以前，徐黛的家庭環境便已經對她造成了傷害。

羅莎的娃娃在徐黛眼中是父愛的象徵，她羨慕羅莎備受寵愛，也氣她的不加珍惜，種種情緒堆疊，小小年紀的她擅自拿走了被拋棄的娃娃，原因也不是因為想要獨占，而是想要好好埋葬不被重視的感情。

這樣的她，善良得令人不忍苛責。

下午的考試再過不久便要開始，與徐黛分開後，陸晨滈懷著沉重的心情，獨自走在回教室的路上。

而就在不遠處，只見一道頎長身影倚著牆柱，像是在等待著誰一樣。

興許聽見了腳步聲，周誓循聲看來。

對上視線的瞬間，陸晨渏心跳漏了一拍。

……他等的人，該不會是她吧？

在周誓的注視之下，陸晨渏感覺自己連走路都不太會走了。

「老師。」

「她就是那個朋友吧？」周誓開頭就問。

陸晨渏反應不及。「什麼朋友？」

「那個被背叛的朋友。」周誓隨口一說。「還有，和老師談戀愛的朋友。」

「你怎麼……」

「猜的。」周誓說罷，就見陸晨渏小臉一沉，嘴巴微微努起——這是她不開心的徵兆——那令他忍不住嘴角上揚，好心替她解釋。「情緒行為失控，很符合妳們這個年紀失戀的樣子。」

……什麼嘛，什麼叫「妳們這個年紀」。

難道她們這個年紀在他眼中就這麼容易看透嗎？

「對象是誰？」周誓玩心正起。「我猜，高家盛？」

「你怎麼知道？」陸晨渏不自覺驚叫出聲。

「分了也好。」

陸晨渏一怔。「什麼意思？」

「都分手了，說這些也沒意思。」更何況，他本來就不喜歡插手別人的閒事。忽略陸晨渏睜大雙眼的好奇，周晢話鋒無情一轉。「倒是妳，妳的願望想好了嗎？」

願、願望？

憶起自己的衝動，陸晨渏雙頰燙了起來。「……早就想好了。」

「嗯哼，看來有人很有自信呢。」

那當然。

她可是熬了好幾天的夜，只為了在期末考考出好成績，然後……陸晨渏看見周晢手上的繃帶，整個人為之抖擻。

「老師，你的手怎麼了？」

周晢表情一僵，下意識便想收手至背後。

「沒什——」

話沒說完，他的手便被陸晨渏一把抓住。

潔白的繃帶透著藥水的顏色，傷口集中在關節處，雖然看似沒有大礙，但右手是周晢的慣用手，活動起來肯定很不方便。

忘了這裡是學校，而且是隨時都會有人經過的走廊，陸晨渏認真檢視周晢的手，心想這並不是跌倒或是一般生活容易受傷的位置，真要說的話，這種傷口更像是……

「你該不會跟人打架吧？」

「我能跟誰打架？」周誓抽回手，滿是嘲諷地笑了。「何子清？」

當然不可能是何老師。

陸晨湇心念一閃。「你在Vulkano Club和人起衝突了？」

周誓心裡升起一股難以忍受的不耐。

他不是故意的。

但只要一談起這件事，他就會想起那個人，周誓原本平靜的情緒便會失控沸騰，不管是誰在他面前都會遭到波及。

「老師？」

當下，一股怒氣湧上，周誓正想發難，卻在看見陸晨湇臉上毫不掩飾的擔心後，一切彷彿魔法般隨之靜止。

……這個女孩對他做了什麼？

「我真的沒跟人打架。」他說，情緒逐漸平穩。

「但這個傷……」

「我撿沙發底下的東西不小心被劃傷的。」周誓面不改色扯了個謊。「因為很丟臉，所以我才不想說——如何？妳滿意了吧？」

周誓趴在地上的畫面閃過腦海，陸晨渏差點笑了出來。

「真的？」她又問，儘管她已經相信他了。

周誓點頭。「真的。」

「以後我可以幫你撿。」陸晨渏欣喜提議，說完才覺得自己太主動，紅暈在臉上炸開。

「我、我的意思是，你那麼高大，撿東西一定很不方便，如果有需要我的地方……」

愈描愈黑，她不說了啦！

看著眼前懊惱不已的陸晨渏，周誓冰冷的心劃過一道暖流。

他笑了，發自內心地笑了。

「比起幫我撿東西，這位同學，妳的下一場考試在三分鐘後開始。」周誓一邊說，一邊享受她非常具有觀賞性的表情變化。

……她怎麼能令他這麼開心呢？

「陸晨渏，考試加油。」周誓說道，絲毫不曉得自己在少女心中點燃了花火的引信。「我很期待能實現妳的願望。」

說完，他瀟灑轉身離開。

留下一名不知該先跑回教室考試，還是在原地爆炸的幸福少女。

❖

期末考結束，寒假開始，陸晨渏已經在家三天了。

整整三天，陸晨渏覺得自己什麼都沒辦法做。

聖雅各通常會在一週內寄出成績公布的簡訊通知家長和學生，屆時便可以上網確認期末考與學期成績。

羅莎前幾天和家人前往日本度假，范末璇也依慣例出國拜訪加拿大的親戚朋友，這段時間裡，只有徐黛傳訊息給她，說她與高老師復合了。

『分了也好。』

當時，陸晨渏第一時間想起了周誓涼涼的語氣。

她不曉得周誓這麼說的原因，依周誓的個性，他說不定只是覺得師生戀本來就該早點結束而已，壓根沒有其他意思。

看著手機裡一則則的文字訊息，陸晨渏完全可以感受到徐黛有多開心，正因如此，她並不想因為不太確定的消息又一次造成徐黛和高老師的阻礙。

「太好了！開學後見，到時候再跟我說你們的事！」

想來想去，陸晨渏最後抓起手機這麼回應。

半晌，徐黛回傳一張可愛的貼圖。

陸晨渏為此放下心來。

❖

怔怔望著庭院裡的自動灑水系統，陸晨渏拘謹地坐在真皮沙發上，動也不敢動。

挑高一層樓半的寬敞空間，充滿光澤的石材地板，兩扇落地大窗座落於客廳兩側，牆上掛著的風景靜物是在藝術課本上見過的名家畫作——

這幢豪宅別院不是他方，正是嚴丹蔓與佘勝丰的住處。

而她之所以會在這裡，則是因為半小時之前，嚴丹蔓忽然派人到她的住處，說是要邀她共進午餐。

至於邀請她的原因為何，陸晨渏一點概念也沒有。

「來了？」宛如冬風的嗓音清冷，嚴丹蔓穿著一身珍珠白及膝套裝，從容自若地走下樓。

「抱歉，會議有點延遲了。」

「沒、沒關係……」陸晨渏下意識從沙發跳起，手足無措地站在原地。「呃，夫人，那個……」

嚴丹蔓的眼神掃過客廳。「妳爸還沒回來？」

「什麼？」誰？佘勝丰嗎？陸晨渏愣了愣，她其實一點都不習慣自己有個爸爸的事實，更不習慣從嚴丹蔓口中如此自然地聽見。「我、我不知道，這裡只有我一個人……」

話音未落，就見嚴丹蔓不悅地皺起眉頭，陸晨渏心頭隨之一慌，擔心自己是不是說錯了話。

「算了。」嚴丹蔓撇嘴，轉頭對著某個方向揚聲喊道：「李嫂？」

聽聞叫喚，一名婦人快步走來，態度恭敬地等候嚴丹蔓發落。

「晚餐準備好了嗎？」她問，見李嫂點頭稱是，嚴丹蔓沒多想便下了決定。「那好，我們先吃。待會先生回來以後，妳再……」

說來也巧，此時的玄關正好傳來開門聲響，只見余勝手踩著漫不經心的步伐出現，嘴上本還悠閒哼歌的他，察覺氣氛不對，不明所以地與在場目光一一對視。

接著，他發現了陸晨渏的存在。

「妳怎麼會……」余勝手保養良好的英俊臉龐閃過顯而易見的倉皇。

陸晨渏不禁想起他們初次相見的那天。

那日的天氣與今天恰恰相反，炎熱濕悶，雨水積在天上下不來，距離媽媽去世正好過了一個星期，十五歲的她獨自待在空蕩蕩的房間，內心空洞茫然，正想著未來該何去何從，突兀的門鈴聲響徹了陰暗的租屋處。

隔著鐵門一道道的欄柵，她看見一名西裝筆挺的中年男子站在家門口，面色潮紅，斗大汗珠浸濕衣領，侷促的模樣與身上的光鮮形成巨大反差，而在兩人目光相視的瞬間，他的眼神竟然出現了一抹想要逃離的衝動。

——那副表情，就和現在一模一樣。

「你忘了我說今天要一起吃飯嗎？」嚴丹蔓眉頭緊鎖，紅唇吐出不耐。「你到底能記得住什麼事？」

「我……」余勝手似乎這才想起，討好地對著嚴丹蔓合起雙手。「抱歉、抱歉，我的錯、我的錯，好不好？哎呀，不就是吃飯嗎？李嫂，菜準備好了沒有？開飯啦！」

余勝手本想摟過妻子，卻被嚴丹蔓一把揮開。

興許習慣了妻子的脾氣，他倒也不惱，只是尷尬地乾笑幾聲，涎著笑臉，略顯狼狽地跟在高傲的妻子屁股後頭，像極了皇太后身邊的小太監。

陸晨渏默默看在眼底，心裡並沒有太大起伏。

打從國三那年被接回余家後，陸晨渏很快發現余勝手對嚴丹蔓幾乎是言聽計從，與其說這是他寵妻、愛妻的表現，倒不如說余勝手在家中本來就沒有實權。

畢竟熟悉商事的人都曉得，余勝手空有光阜集團董事長的頭銜，實際上只是一名靠著妻子娘家庇蔭的人肉傀儡。

「不好吃嗎？」

慢了半拍才意識到嚴丹蔓正在和自己說話，不小心吃到發呆的陸晨渏猛地抬頭，迎上她冷冰冰的視線，手裡的瓷碗差點嚇掉。

「不、不是，很好吃！」

「是嗎？」嚴丹蔓淡淡移回視線。「好吃就多吃一點。」

陸晨渏訥訥應聲，低頭多扒了幾口飯。

……所以，嚴丹蔓究竟為什麼找她來吃飯呢？

雖說李嫂手藝了得，西式餐桌擺滿色香味俱全的各式料理，但再怎麼好吃的菜色，也挽回不了席間冷清無比的氣氛。

好一段時間，他們三人各自夾菜用餐，沒人開口說話。

「我要你做的那件事，你去了嗎？」不知過了多久，嚴丹蔓再次打破沉默。

這次她說話的對象不是陸晨渏，而是余勝手。

「喔，我找人去過了。」他答道，滿不在乎的語氣。

「我不是要你親自去嗎？」

「不是啊，聽張特助說，他離開以後，禮物都被丟出來了，那換作我親自去，被丟出來的可能是我耶？」余勝手說著，掃了一眼默默坐在一旁的陸晨渏。「……蔓蔓，妳非得現在說這個不可？」

陸晨渏並不曉得他們在說什麼。

然而，余勝手的表情清楚寫著，他不想在「外人」面前提起這件事——而她，陸晨渏，儘管擁有與余勝手的親子鑑定結果百分之九十九點九的吻合率，在他心中，她就是個外人。

……這很正常，不是嗎？

他們擁有的只是相同的血緣，若談感情深淺，根本是零。

陸晨渏以為自己早就認清了事實，卻在此時發現自己竟然仍會為了「父親」的一個眼神而感到受傷。

或許吧，人類的情感或許就是這麼奇怪。

雖然余勝手給她的第一印象並不好，對於這個突然出現的父親，陸晨渏也曾抱有孺慕之情，無比天真地幻想過未來的日子能夠與他一起找回父女倆人不曾擁有過的回憶。

無奈，現實狠狠打醒了她的美夢。

余勝手不僅不曾探望過陸晨渏，就連一通關心她過得好不好的電話都沒打來，有時候，陸晨渏甚至覺得他早就忘了她的存在。

兩年的日子就這麼過去了。

如今，陸晨渏十分明確地知道幾件事：

一、余勝手並不在乎她。

二、嚴丹蔓才是家中的主人。

三、她必須好好聽嚴丹蔓的話。

無言的飯局終於接近尾聲，披在椅背上的外套口袋響起一陣靜悄悄的振動，陸晨渏本想忽略，但不知是哪來的預感，想要立刻查看的衝動完全按捺不住。

顧不得嚴丹蔓就坐在對面，陸晨渏小心翼翼地掏出手機，用最小、最小的動作在桌面底下悄悄滑開……

待她看清螢幕上顯示的文字，陸晨渏差點尖叫出聲。

那一刻，她開心得什麼也不在乎了。

Chapter 7

數不清是第幾次整理針織外套下襬，陸晨漪專注對著商店的玻璃反光由上到下，仔仔細細地確認自己的模樣。

髮型，ＯＫ。

貝蕾帽，ＯＫ。

妝容，ＯＫ。

襯衫、短裙，ＯＫ。

啊，對了，還有領結……

『陸晨漪，妳的領結歪了。』

彷彿能聽見那道清冷的嗓音又一次出現，敏感的耳廓情不自禁地發燙，全身上下的汗毛微微聳立，晨光曬滿的街道上，陸晨漪一個人自顧自害羞起來。

前幾天在與嚴丹蔓的飯局上，等了好幾天的成績通知終於傳到了她的手機，看見結果的當下，她幾乎藏不住笑，就連嚴丹蔓都發現了她的異狀，問她是不是發生了什麼事？

得知陸晨漪的好成績，嚴丹蔓秀眉一挑，直接問她想要什麼禮物？

陸晨渏連忙拒絕，什麼也沒要，而整頓飯上沒跟她說上幾句話的余勝手，倒是在這時候訕笑開口，說她浪費了一個大好機會。

……或許是吧。

換作是其他人，聽見嚴丹蔓這麼說，應該都不會拒絕吧？就算是討要一個名牌包也好，那些小東西在嚴丹蔓眼中不過就是九牛一毛，眼也不眨便能買上好幾個。

但，陸晨渏一點都不覺得可惜啊。

短促鳴笛突地響起，驚動路樹上的麻雀與不小心發起呆來的陸晨渏，她匆匆抬頭，就見一輛銀灰色轎車不知何時已停在街邊，車窗搖下，那道熟悉卻又陌生的身影正坐在駕駛座上。

「不上車嗎？」他問，嗓音如清晨的涼意。

……啊，是墨鏡，他戴了墨鏡。

陸晨渏跑過去的時候，忽然意識到周誓今天哪裡不一樣。

「安全帶。」

「喔。」陸晨渏還沒坐穩，便是一陣手忙腳亂，偏偏身上的側背小包不知怎地擋住了安全帶。「奇怪，怎麼扣不上？」

「連這點小事都做不好。」

「不是，是這個……」

話還沒說完，下一秒，陸晨渏連呼吸都停了。

周誓從駕駛座上越了過來，半個身子橫擋在她的身前，陸晨渏驚得一動也不動，她的視線所及全是周誓，包括他的背部、肩膀、脖子……

以及，他身上傳來的清爽香氣。

「好了。」周誓重新回到位置上，光是看他輕揚的嘴角，就知道墨鏡底下的眼睛一定帶著若有似無的揶揄。「……笨手笨腳。」

「你才——」

呆頭呆腦！

一點都不了解女孩子的心思！

陸晨渏咬唇，心跳飛快。

「坐好了？」單手搭在方向盤上，周誓瞥了她一眼。「出發之前，我再問妳一次，真的只要去那裡就好？」

「嗯！」陸晨渏光是想到待會的目的地就很開心。

見狀，周誓嘆了一口無奈的長氣。

「真搞不懂一個到處都是羊大便的地方有什麼值得去的……」碎念歸碎念，他仍踩下油門，安穩地將車子駛進了車道。

『我想和老師一起去牧場！』

收到成績通知的晚上，陸晨渏迫不及待地和周誓許願。

身為一名妥妥的夜行動物兼宅家愛好者，周誓的假日通常都在無止盡的回籠覺中度過，早起是不可能的任務，要他出外踏青更是天方夜譚。而現在，他卻為了實現一個女孩的願望，在假日的早晨，驅車前往一個他此生都不曾想過要去的場所。

「徐黛說那裡很好玩哦。」看著窗外的景色迅速向後移動，陸晨渏眼神閃閃發光。「而且不用擔心會在那裡遇到學校裡的人。」

「除了妳，我也想不出哪個聖雅各的學生會想去那種地方。」周誓目視前方，鼻子輕哼了聲。

「隨便你怎麼說。」陸晨渏學他發出哼地一聲。

習慣了周誓的講話方式，她的心情非但不受影響，有時候想到還會忍不住想笑，又因為偷笑得不夠小心，還招惹來一記來自駕駛座的白眼。

「再笑就把妳丟在路邊。」周誓涼涼說道，聽不出半分威脅。

由於出發得早，再加上平日出遊，來牧場遊玩的遊客並不算太多，儘管如此，陸晨渏下車後仍不免注意了一下四周。

但也就一下子而已。

蔚藍無邊的藍天，層層疊疊的青山綠地，陸晨渏的注意力很快被美景吸引，冬天的涼爽快意竄入鼻間，每一次的呼吸都能感受到一種城市裡沒有的清新，真要說的話，那大概就是大自然的味道。

此時，一道不知從何而來的陰影落下，擋住了東邊的陽光。

陸晨渏疑惑地側頭看去，才發現周誓不知何時來到她的身邊。

……他真的好高。她不禁心想。

但，又不只是高而已。

該怎麼說呢？好像有股……安全感？

她可以這麼說嗎？

「不走嗎？還在這裡等什麼？」周誓低下頭，不偏不倚迎上了陸晨渏出神的目光。「剛才不是很想趕快進去？」

「啊？」陸晨渏一陣倉皇，連忙往入口移動。「走、走啊，當然要走。」

……可惡。

再這樣下去，她的心跳真的會加速個沒完。

話說回來，這好像是他們第一次並肩走在一起。在這之前，即使是走在放學後無人的長廊上，她總是有意無意地走在他的後方，偶爾從窗戶的倒影注視他時而冷峻、時而微笑的側臉。

這麼做並不是害怕被人誤會，只是在陸晨渏的心裡，他們之間相差的那一步就像是他與她之間的距離，她不曉得是否真有一天可以光明正大走在他的身邊，更沒想過那一天竟然來得如此迅速……

陸晨渏抬起頭，看了周誓一眼。

「怎麼了？」

「沒有啊，哪有怎麼了？」陸晨渏燦爛笑開，無視周誓的挑眉，正好發現後方的指示牌，眼睛為之一亮。「啊！水豚！我想去看水豚！」

就像是一隻抓不住的小兔子，少女一溜煙跑開，留下周誓一人獨自站在原地，看著她腳步輕快，頭也不回地往前奔去。

奇怪，天氣太熱了嗎？

周誓感受著心口的跳動，看了一眼太陽。

「快點過來啊！」見他沒跟上，陸晨渏旋身向他招手。

不管了，或許是吧。

相隔著一段距離，周誓輕輕一笑。

「……小孩子就是小孩子。」單手摘下墨鏡，周誓邁開慢悠悠的步伐，走向前方沐浴在陽光之下的她。

老實說，這間牧場的確比周誓想像得有趣一些。

看陸晨渏餵水豚吃草、看陸晨渏被山羊包圍、看陸晨渏被牛的叫聲嚇了一大跳……周誓本來以為他來這裡肯定會無聊到爆、忍不住找個地方打盹偷眠，沒想到幾個小時過去了，他還能清醒看陸晨渏對著一窩小兔子驚呼連連。

可愛動物區是牧場的熱門區域，通常都是小朋友在裡面抱兔子、摸天竺鼠，家長則是圍在欄杆外等小孩——就像，他和陸晨滂一樣。

周誓皺起眉，還沒搞懂心裡的異樣時，一名不知哪來的小男孩突然上前和陸晨滂搭話，話沒說幾句，那個臭小子就將一包東西塞進她的手中，而陸晨滂竟然還一副很高興的樣子？

送走了小男孩，陸晨滂抬起頭，與欄杆外的周誓對上眼。

「老——」她喊到一半，改而向他招了招手。

搞什麼鬼？

周誓莫名不悅，直接推開柵門走了進去。

「老師，你要餵兔子嗎？」陸晨滂壓低聲音，開心遞出一包已經拆封的飼料。「這是剛才一個小男生給我的，但我已經餵過了，想說你在外面等我會不會很無聊……」

「我想餵兔子不會自己買？」才多少錢而已，他有必要撿一個小孩不要的飼料？就連自己也沒發現，現在的周誓簡直就在耍賴。「還有，妳講話為什麼那麼小聲？剛才也是，要叫我幹麼不好好叫？」

陸晨滂怔了怔，不曉得他現在是在發哪門子的脾氣？

「不是啦，那是因為……」

「因為什麼？」

「就是……」她為難地看了看左右，音量仍小得宛如細蚊。「我不想被別人聽見我叫你老師啊，可是我又不知道要喊你什麼比較好，所以才……」

就算身邊沒有聖雅各的人，師生單獨出遊依然難免引人遐想，說是她想太多也好，但陸晨渏不想引起周遭人的誤會，因此才會在最後一刻收口。

聞言，周誓的心情彷彿撥雲見日，什麼鬱悶、什麼不爽，全都一掃而空。

他在陸晨渏身旁蹲了下來，不由分說地拿走她手中的飼料。

「……老師？」

「在外面不要喊我老師。」周誓倒出飼料，幾隻小兔子聞香而來。

「那我要叫你什麼？」陸晨渏眨了眨眼。

難道跟宇禾哥一樣喊他誓哥？

還是……

「周誓。」他說，清冷的眼眸映出她的身影。「以後，妳就喊我周誓就好。」

❖

山上天氣瞬息萬變，牧場的另外一方飄來大片黑漆漆的烏雲，趕在大雨來臨之前，周誓與陸晨渏已在驅車前往市區的路上。

「周……」陸晨渏說到一半改口：「老師，我們接下來要去哪裡？」

「不是說不要喊老師嗎？」

「可是，這裡只有我們啊。」陸晨淯理所當然地回答。沒有外人在的話，應該還是要喊老師的吧？

聞言，周誓轉頭瞥了她一眼，停留時間很短，卻看得出他一副高深莫測的樣子，陸晨淯一下沒理解他是什麼意思。

「隨便妳。」他隨口一說，接著回答她上一個問題。「有沒有什麼想吃的東西？吃完晚餐再送妳回去。」

雖然不久前他們在牧場裡吃了一些簡單的點心，但大家都知道，景點食物就是那樣，稱不上美味，饒是陸晨淯食量不大都沒多少飽足感，就別說周誓了，他的肚子早就餓得咕嚕嚕叫。

「我都可以，看老師想吃什麼都好。」

「真的？」周誓笑了笑。「老地方也可以？」

老地方？

陸晨淯立刻想到某個地方。「……麥當勞？」

「嗯。」

「老師，你這麼喜歡吃麥當勞？」陸晨淯對麥當勞沒意見，她只是單純好奇而已。「你該不會每天都吃吧？」

「不行嗎？」周誓竟然沒否認，熟練地將方向盤打向右方。「反正一個人能飽就好，其他的我不在乎。」

也就是說，他不是因為喜歡吃而吃，只是覺得一個人不管吃什麼都沒意思，因此做了一個最快速方便的選擇，是這樣嗎？

聽見周誓這麼說，陸晨渏心中不是滋味。

「老師，你今天不是一個人。」

「什麼？」

「今天是實現我願望的日子呀。」不曉得哪來的勇氣，陸晨渏厚著臉皮，逕自延展了願望的額度。「我希望你帶我去吃你最喜歡吃的餐廳。」

「最喜歡的餐廳？」

陸晨渏大力點頭。「嗯！」

「真的？」周誓的腦海立刻浮現了某間店面。「妳可能會後悔。」

「才不會。」她信誓旦旦地說道。

「那就去吧。」見狀，他似笑非笑地答應。

無視導航的語音指示，周誓在下一個路口調轉了反方向。

這一次，他不再只是帶她來到速食店的停車場，而是一間真正需要下車，有屋頂，有牆壁的……小吃店？

周誓唰唰在粉紅色菜單上畫好餐點後，將菜單遞向對桌。

「換妳了。」

她以為他會幫她點呢。陸晨渏遲疑地接過菜單。

「第一次來這種地方？」周誓以為她被小吃店簡陋的環境嚇到了，不禁覺得有些好笑。「該不會妳以為我會帶妳去五星級餐廳？」

「我才沒有那種想像。」陸晨渏瞪他一眼。「還有，我也不是第一次來這種地方。」

「喔，是嗎？」周誓挑眉，故意對她上下打量。「我很懷疑。」

懶得理會周誓的戲弄，陸晨渏很快選好餐點。

周誓看了看畫好的菜單。「妳知道陽春麵是什麼吧？」

「我、知、道。」陸晨渏差點掀桌，努力耐住性子。「我阿嬤以前常常帶我來這種小吃店，我當然知道陽春麵是什麼。」

不只陽春麵，她還知道滷肉飯和肉燥飯的區別，若要她親自下廚，她甚至能做出一整桌的家常菜色。

這些曾是她的日常，只是他不知道罷了。

小吃店上餐速度往往十分快速，兩人的餐點很快到齊。

「知道這是什麼嗎？」周誓拿起桌上的一次性餐具，在陸晨渏面前演示如何拆掉塑膠封套。「這是筷子。」

「我知道……」

「雖然不是金屬，不過這也是湯匙。」

「我知道……」

「對了，還有這個——」

「周……周誓！」陸晨漪顧不得害羞地大喊，迎上他閃著狡詰光芒的眼神，她莫名有種輸了的感覺。「……謝謝你的介紹，但我真的都知道，我沒有那麼不食人間煙火。」

果然，她跟周蕓不一樣。

若是被他這麼逗弄，周蕓一定早就氣得哇哇叫，搞不好還會因為講不贏他而負氣大哭，哪像陸晨漪，居然還有好脾氣跟他說謝謝？

「好吧，我相信妳。」周誓還算有點良心，畢竟他知道再玩下去，待會可能就沒那麼好玩了。「快吃吧，不鬧妳了。」

背景傳來電視新聞的播送，陸晨漪吃下第一口湯麵。

簡單的白麵條搭配鮮甜清爽的熱湯，看似平凡無奇的料理，卻讓人忍不住一口接一口，胃與心都同時暖了起來。

「……好好吃。」她已經好久沒吃到這個味道了。

「真的？」周誓沒想到她真的吃得習慣，儘管心裡有些開心，嘴上仍止不住耍壞。「平民老百姓的食物而已，不是妳平常吃慣了的高檔食材。」

「那又怎樣？」又一次，陸晨漪沒被他的壞習慣惹怒，反而勾起了淡淡的微笑。「像這樣簡簡單單的樸實，很好啊。」

聽見她這麼說，周誓有一瞬失了神。

倘若換作是其他聖雅各的學生說出這種話，他百分之百笑掉大牙，出生在富裕家庭的他們哪裡懂得何謂簡單、何謂樸實？

然而，陸晨漪的語氣、笑容，在在都讓他感覺她說的話並非虛言，就連她剛才說，以前常常跟阿嬤一起來小吃店的言論，他好像都能就此認下。

為什麼？

她不也和那些屁孩一樣，都是目中無人的有錢廢物嗎？

「……周誓。」

「嗯？」周誓回神，忽然發現她呼喚他時的聲音很好聽。

周誓。

就像晨露落入池水那般清脆。

「這裡為什麼是你最喜歡的餐廳啊？」

「我跟我妹以前常來這裡吃飯。」

「蕓姐姐？」

「嗯。高中時的我半工半讀，假日才有空帶周蕓出去玩，玩了一整天，錢花得差不多了，晚餐總是選在這裡，便宜好吃，老闆娘又很疼周蕓，每次都會多送她一盤小菜。」

難怪老闆娘見到周誓時，頗有一股久別重逢的激動。

「……後來，你就沒再來了嗎？」她問。

後來。

儘管沒說出口，他們都知道是什麼意思。

「是啊。」周晢笑了，卻不是真的在笑。「觸景傷情。」

「我懂。」

「妳又懂了？」

陸晨渏並不覺得他在挑釁，他只是不知道而已。

「阿嬤離開以後，我好一陣子碰不了她的東西，比起悲傷，我其實是害怕，害怕承受她不在我身邊的空虛。後來，媽媽把阿嬤的遺物都處理掉了，當時的我也以為這樣會比較好，自以為看不見就不會想念……但，我現在真的好後悔。」

曾經聽人說過，人類的記憶是世界上最不可靠的證據，一起走過的路、一起經歷的事件、曾經以為可以記得一輩子的回憶，不管多麼刻骨銘心，總有一天都會隨著時間褪色風化。

「不管是觸景傷情，或是睹物思人，對我來說都是好事。想要想念的時候就盡量想念，千萬不要像我一樣，不只哪裡都去不了，就連一個能讓我想起她的東西都沒有……」陸晨渏說著說著，忽然意識到自己似乎做出了十分錯誤的類比。「啊，我不是詛咒藝姐姐的意思，我相信藝姐姐一定會好起來，真的，我──」

「我相信妳。」

什麼？

陸晨渏一愣，迎上周誓無比專注的視線。

「妳說的每一句話，我都相信。」

他不再懷疑她了。

就算她是聖雅各的學生又怎樣？就算她一點都不像聖雅各學生又如何？她就是她，陸晨渏就是陸晨渏。

他不會再懷疑她了。

晚餐結束後，周誓載著陸晨渏回到早上上車的地點。

路燈微明，車內安靜非常，前方紅綠燈不知變換了多少回，他沒趕她下車，她也沒想下車，各懷心思的兩人一直沒有對話——事實上，自從他說完那句話以後，他們之間的氣氛便變得有些奇怪。

偏向好的那種。

「願望實現了，開心嗎？」就像先前的每一次，男人依然率先開了口。

陸晨渏點點頭。「嗯。」

「喔？這麼容易滿足？」

「……沒有。」

「沒有？」他挑眉，意外她的答案。

「嗯。」她輕聲應答。

就著室外的光線，注視著這名始終沒看向自己一眼的女孩，周誓不得不承認，他很想知道她的心裡在想什麼。

儘管這很不像他，一點都不。

「那，如果再給妳一個機會，妳想要許什麼願望？」

她沒有馬上回答。

車內安靜了好久，久到他以為她其實根本沒有答案。

「……周誓。」

「嗯？」

「我可以再多了解你一點嗎？」陸晨漪抬起頭，直直看進了他的眼中。

那一刻，她的聲音宛如她的名字，如清晨的露珠落下水面，在他的心裡激起陣陣的漣漪。

❖

他說好。

每當想起那晚的情景，陸晨漪就會忍不住在床上打滾。

……她應該不是在做夢吧？

陸晨渏倏地僵直，試著回想這幾天的一切——昨天他們才一起吃過晚餐，前天去了港口走走，大前天還一起看了場電影，但她根本把電影內容忘得一乾二淨……等一下，該不會真的是夢吧？

手機忽然響起振動，陸晨渏一溜煙從床上跳起。

『我要出門了，十五分鐘後再下來。』

清冷嗓音透過話筒撩過耳際，陸晨渏感覺自己永遠無法鎮定。

「我、我知道了。」

果然，這一切都不是夢。

結束通話後，陸晨渏把手機按至胸前，心跳撲通跳得好大力。

今晚是Vulkano Club的週年夜，周誓受老闆山哥的力邀出席，要擔任其中一個環節的表演DJ，陸晨渏知道以後一直很想去，周誓本來不肯答應，直到昨天才終於點頭同意。

『我以為妳不喜歡那種地方。』昨晚，周誓流露出難得的疑惑。

沒錯，她是不喜歡。

但她想去的原因並不是為了玩樂。

『我想再看一次你在台上的樣子。』她說，試圖用最真誠的眼神感動他。

幸好，這招非常管用。

只不過，陸晨渏腦中閃過昨晚的畫面，若是她沒看錯的話，那時的周誓答應是答應了，卻抬頭看了看天空，好像很辛苦似的嘆了一口大氣……

為什麼？

難道他覺得帶她一起去會很辛苦嗎？

「老……」十五分鐘後，坐在副駕駛座上的陸晨渏忍不住好奇。「為什麼你一開始不想帶我去Vulkano Club啊？」

「那裡又不是圖書館，妳去那裡幹麼？」周誓想也不想。「要不是有錢賺，我才不想去那種地方，好好在家躺著不好嗎？」

「但你還是答應我了？」

聞言，周誓安靜一秒，轉頭迎上她毫無防備的天真。

……又來了，又是這種眼神。

「至少有我在，總比妳和其他阿貓阿狗去得好。」他速速拉回視線，隨便扯了一個理由搪塞。

「我才不會跟阿貓阿狗一起去。」話才說完，陸晨渏立刻想起她第一次去Vulkano Club就是因為柯劭康的生日派對，整個人一下子心虛了起來。「而、而且你這樣說，被別人聽到了，說不定還會以為你是我哥或我爸呢。」

「喔？妳想要我當妳哥？」

「我才沒有。」

「還是妳爸？」

「你不要曲解我的意思……」

「不然，妳想要我當妳的誰？」好巧不巧，前方號誌由黃轉紅，周晢踩下煞車，游刃有餘的目光朝著副駕駛座上的她襲來。

陸晨漪退無可退，小巧臉蛋染上紅燈的光暈，狂亂的心跳混亂了腦袋，只能眼睜睜地回視著他從未離開過自己的目光。

「嗯？」

「——周晢！綠燈！」最後，被逼到絕境的她只能閉眼大喊，窗外的號誌還在一秒秒倒數，車內迴盪著周晢的哈哈大笑。

籠罩在Vulkano Club上方的夜空絢爛，排隊入場的人龍圍繞著建築物將近一圈，而這還只是開始，夜愈來愈深，人也會愈來愈多，完全無法想像高峰期的Vulkano Club將會擠滿多少來此狂歡的人們。

車子停妥在附近的空地，周晢帶著陸晨漪穿過巷弄，來到Vulkano Club的後方，推開發出吱嘎聲的鐵門，點綴著小黃燈的後院映入眼簾。

這裡就是她發現他祕密的起點。

當初的她只想著替他保守祕密，根本想不到後來會和他發生那麼多牽扯，更沒想過她再次來到這裡時，竟然是跟著他一起來的。

「那個時候，你心裡在想什麼？」陸晨渏問道，沒頭沒尾的。

也許是同樣想起當時的情況，周誓倒是懂了她的意思。

「『被發現了？』。」他說，唇角隱約含笑。「走進來就看見一個小女生眼睛瞪得大大地對著我，我當時心裡就有了底，做好了理事長會把我抓去問話的打算，沒想到等了好幾天，連個『好像有個跟周誓很像的人』的風聲都沒聽見。」

「就說了，我才不會亂說。」陸晨渏小小聲地嘟噥。

「嗯。我相信妳。」

聽見周誓帶笑的嗓音，陸晨渏不自覺抬起頭。

『陸晨渏，妳喜歡我嗎？』

她記得很清楚，當時他的話裡充滿了不信任的質疑，時至今日，他的表情卻是如此溫柔。

「……一年半怎麼還不到？」

「什麼？」前場音樂正好響起，周誓沒聽清楚。

「沒、沒事。」陸晨渏差點被自己嚇壞，卻也鬆了口氣。

音樂大聲作響，代表客人已經入場，方才在後場忙進忙出的工作人員都已經各就各位，周誓的表演時段安排在第一場，算算時間，他也差不多該進場準備。

「妳一個人沒問題吧？」臨走之前，周誓不放心地再三叮囑：「不要亂跑、不要跟別人說話，就算快渴死了也不要亂喝別人請的飲料，等我回來再買給妳喝，知道嗎？」

「知道——」陸晨渏眼神一轉，故意調侃。「謝謝『老師』。」

面對她難得的調皮，周誓只能無奈接收。

畢竟，他有責任不讓她受到任何傷害。

只不過……

周誓眉宇一挑，趁陸晨渏沉浸自己小小的勝利之中，他驀然俯下身，趁其不備向她的耳畔靠近——

「真乖。」

溫熱潮濕的氣息輕拂而過，陸晨渏倒抽一口氣，瞪著大大的眼睛，兩手摀住發燙的左耳，一句話也說不出來。

反之，周誓仍是一副好整以暇，滿意地看著她的反應。

『想贏我，下輩子吧。』

陸晨渏彷彿能從他的眼中讀出這句話。

❖

不曉得是不是週年夜的緣故，今晚的 Vulkano Club 比起以往更加狂熱。

早早預熱好的舞池擠滿了蠢蠢欲動的人群，穿梭在狂歡狂飲的舞客之間，陸晨渏好不容易才找到一個吧檯附近的位置，確認能夠清楚看到ＤＪ台後，才終於鬆了口氣。

表演再過不久就要開始，螢幕上出現大大的數字，隨著舞池燈光的一閃一爍，眾人扯開喉嚨跟著倒數。

「四——三——二——」

刺眼的白光瞬間炸開，視覺短暫失去作用，震耳欲聾的樂聲卻在此時撼動了聽覺，絕妙的搭配讓全場沸騰不已，一時之間，歡呼與音樂交錯，引領現場登上第一波巔峰。

戴上連帽衫的兜帽、黑色口罩，ＤＪ台上的周誓彷彿操縱人心的巫師，人們跟隨他的音樂忘我起舞，整個舞池頓時化身一場盛世派對。

陸晨渏不得不為之撼動。

怔怔望著眼前的一切，她感覺自己又一次回到一年前的盛夏，高漲的氣氛是炎熱的氣溫，狂放的音樂是不羈的蟬鳴，她依然仰望著台上的他，內心滿溢的情感是羨慕、是崇拜……

同時，也有著愛戀。

……奇怪，她是怎麼了？

忽然湧上的淚水模糊了視線，陸晨渏不好意思地別過頭，暗自罵著自己什麼時候變得如此多愁善感？

抹去淚水，重新調整好心情，正當她準備再次享受周誓帶來的音樂饗宴時，一股不知從何而來的不祥預感，提醒她往某個方向看去。

拉起門簾之外，表情高傲散漫的少年被一群人簇擁著走了進來。

……柯劭康？

來不及閃躲，陸晨渏就這麼與他對上眼。

陸晨渏轉身就跑。

聽見後方傳來追趕的聲音，證明她並沒有看錯人，甚至就連她的不祥預感也是，陸晨渏一顆心提上喉頭，腳步絲毫不敢停下。

她知道，柯劭康一直對她懷恨在心。

先是撞見他吸毒，而後是在梁之界生日派對上發生的種種，醜聞一夕爆發，柯劭康父親公司受到影響，他與一干朋友交惡、成為全校公敵——這些，全部，柯劭康一定都算在她頭上。

「陸晨渏！」

即使是在嘈雜的環境裡，她似乎也能清楚聽見來自後方的嘶吼。

怎麼辦？

撞開擋在前方的狂歡狂飲的舞客，陸晨渏彷彿一隻遭人獵殺的老鼠，驚慌失措地在昏暗的室內亂竄。

此時，音樂嘎然而止，燈光登時全滅，全場一陣錯愕，來不及適應的漆黑淹沒了所有人的視線，包括柯劭康，包括陸晨渏。

突然的黑暗使得陸晨渏分不清東西南北，憑著最後一刻的記憶，她摸索到身旁厚實的布幕，心想該往哪裡逃的同時，一道強而有力的拉力不由分說地將她扯了過去。

霎時，陸晨渏的心跳驟然一停。

「——是我。」

下一秒，照明倏忽全開，音樂再起，台上ＤＪ換了人，眾人一瞬明白原來這是安排好的橋段，鬆懈的心防促使他們再次放肆吶喊。

突然出現的周誓一手擁著陸晨渏藏進布幕，暗自觀察外面的動靜，就連呼吸都小心翼翼，然而，他們依然能夠感受到有人正在靠近。

周誓當機立斷，一把拉著陸晨渏奔了出去。

「Fuck！」柯劭康來不及反應，只能發出大罵。

Vulkano Club是周誓的地盤，他熟悉這裡地形環境的程度遠超於柯劭康，周誓與陸晨渏在店裡穿梭，三兩下甩掉柯劭康的追趕，衝出後場，跑到不知何時下起雨的室外。

大雨淅瀝，一下打濕了視線。

周誓拉開鐵門的同時，後方傳來一聲爆怒。

「陸晨渏——」

她直覺就想回頭，卻感覺一雙大手輕推了她的背部。

「快走。」周誓低聲道，向後看了一眼。

柯劭康終於沒再追上。

回到乾燥的車內，陸晨渏好一陣子無法平靜。

駕駛座的車門忽然打開，就算知道那人是誰，她依然無法克制地嚇了一跳，只見周誓坐了進來，將一條運動毛巾丟到她的腿上。

「車上的毛巾只剩這條了。」他說，抹去臉上的水珠，摘下被大雨淋成深色的兜帽。「趕快擦一擦，不要感冒。」

「老師你呢？」

「不用管我。」周誓發動引擎，開啟暖氣。

她怎麼可能不管他？

陸晨渏一陣氣悶，抓著毛巾便往他頭上一罩。

「喂！」周誓扯下毛巾，抓住她作亂的手。

「……謝謝你。」

聽見她小到不能再小的低語，周誓愣了愣，沒轍地笑了。

「謝什麼啊？」他再次拿起毛巾擦乾她被淋濕的長髮。「妳不都是乖乖聽我的話行動嗎？要怪的話，應該都是我的錯才對。」

「可是……」

周誓輕敲了一下她的腦袋。「聽話。沒什麼好可是的。」

小小的運動毛巾只夠擦乾頭臉，方才在大雨中奔跑得太久，全身上下的衣服早已濕了個遍，周誓不得不把暖氣開得更大，但效果也是有限。

「要回家嗎？」他問。

眼看窗外大雨滂沱，短時間似乎沒有變小的趨勢，繼續耗在車上不是辦法，最好的做法就是趕緊換上乾爽的衣服。

未料，陸晨湇搖了搖頭。

「妳想繼續待在這裡？」周誓又問。

陸晨湇沒說話，內心似乎有著定案。

「不然——」周誓才脫口，隨即打住了話。

拜託，他在想什麼啊？

他怎麼可以……

「不然什麼？」彷彿知道他本來要說什麼似的，陸晨湇忽然開口問道。

周誓一堵。「沒什麼。」

「你說說看啊。」陸晨湇追問，語氣有著從未出現的固執。「不可能沒什麼，我想知道你剛才想說什麼。」

有那麼一瞬，他們之間只剩下大雨落在車頂上的劈啪聲響。

好吵。

好安靜。

「不然，要去我家嗎？」

直到那道涼涼的嗓音打破了沉默。

❖

周誓的租屋處距離Vulkano Club並不算太遠，約莫二十分鐘的車程後，陸晨漪人已經站在了他家的大門口。

「進來吧。」周誓打開客廳的電燈，頭也不回地走進臥室。「我去拿衣服給妳。」

陸晨漪帶上門，怔怔看著眼前的畫面。

以大地色系為主色調的裝潢讓人一眼感覺到家的溫暖，米白色的沙發，核桃木色的茶桌，懸在天花板的簡約風吊燈……

原來，這裡就是周誓的家。

「那是我妹買的。」

「什麼？」沒注意到周誓突然回來，陸晨漪嚇了一跳，後知後覺地發現他說的是沙發上的恐龍抱枕。「是、是嗎？很可愛……」

「浴室在那裡。」周誓不以為意，逕自把手中的衣服交給她。

陸晨渏低頭看了一眼，是一件白色的連帽衫。

他的連帽衫。

她還以為……

「怎麼了？」

「沒有、沒事！」按捺住不安分的心跳，陸晨渏故作冷靜走向浴室。

待她換好衣服出來，周誓人已經在廚房忙碌，身上也換上了一套乾淨的家居服，短袖上衣和棉質長褲，明明很簡單的衣服在他身上卻是另一種樣子。

「你在煮什麼？」

「泡麵。」周誓說道，一邊拆開塑膠袋。「我家沒什麼吃的，這個天氣很難叫到外送，就隨便吃吃吧。」

其實不吃也可以。陸晨渏心想，卻沒有說出口。

因為她知道這是周誓的體貼，他擔心她冷、怕她感冒，才會想要煮點熱食讓她暖暖身子。

「很快就好了，妳先去客廳等。」

「不要。」陸晨渏拒絕。「我想待在這裡。」

高大的背影微微一頓，沒再多說。

隔著廚房中島，後來的兩人好一段時間沒有對話，聽著戶外的雨聲與滾水的咕嚕，空氣裡瀰漫著泡麵的鹹香，一時之間，竟有種說不出的閑靜安適。

半晌，周誓關上火，取出另一個瓷碗將泡麵分成兩份。

「我來端！」陸晨渏自告奮勇上前。

瓷碗雖然厚實，但仍有一定熱度，陸晨渏下意識用袖子充當隔熱手套捧起碗，小心翼翼地端至客廳的桌上。

「果然，還是有點太大了。」周誓跟在她的身後，沒頭沒尾說了一句。

「會嗎？」陸晨渏以為他在說泡麵碗，低頭看了一眼冒著熱氣的大碗。「我覺得這個碗剛剛好……」

「我是說，我的衣服穿在妳身上太大了。」

呆呆看了周誓三秒，陸晨渏害羞地差點原地爆炸。

「廢、廢話！你跟我身型差這麼多，你那麼高大，肩膀還那麼寬，我穿你的衣服當然會很大啊！而且我也沒想到你會拿自己的衣服給我，我還以為你會拿蕓姐姐的……」

「啊，我忘了。」周誓恍然大悟。「抱歉，我剛才沒想那麼多。」

原來他不是刻意拿自己的衣服，而是忘記家裡還有周蕓的衣服。

陸晨渏傻在原地，那她剛才的心動呢？

她……

「不過也挺適合的。」

什麼？

陸晨渏耳朵一紅，她、她剛才聽見他說……

那又是什麼意思？

「老師……」

「坐好，吃麵。」周誓拒絕再說一次。

❖

時間不知不覺接近午夜，雖然早在答應帶陸晨渏參加Vlukano Club週年夜時，周誓便詢問過她家關於晚歸的規定，陸晨渏當時只說了她沒有門禁，而他本來就不打算讓她在Vlukano Club待太久，當下也沒再多問。

不過，現在都這個時間了，陸晨渏的手機竟然連一次都沒響。

意識到這一點，周誓不自覺有些不悅。

「待會衣服乾了以後，我送妳回去。」等她喝完最後一口湯，周誓終於忍不住開口說道。

「這麼快？」

「已經十二點了。」

「可是……」陸晨渏措手不及，她不曉得為什麼他突然趕她離開。「我不能再多待一下嗎？」

「可以。」周誓點頭。「但妳先打給妳爸媽。」

「我爸媽？」嚴丹蔓的容顏閃過腦海，陸晨渏心下一驚。「為、為什麼？」

「告訴他們，妳的老師打算教他們怎麼當一個稱職的家長。」周誓冷聲直言，甚少發怒的他愈想愈覺得生氣。「就算再怎麼沒有門禁，做家長的總該關心一下自己的孩子現在在哪、和誰在一起、什麼時候回家吧？難道他們都不擔心妳在外面發生意外？如果是這樣的話，他們根本不配為人父母！」

當下，周誓難得的激動使得整間屋子都安靜了下來。

陸晨渏低著頭，久久不語。

那讓周誓以為他說中了，她在家裡真的受到了不應該的待遇。

「陸晨渏……」

「老師，我有個祕密想要告訴你。」忽地，她開口說道。

周誓不禁皺眉。「祕密？」

「你曾經跟我說，你的過去會打破我對童話故事的美好幻想。但，其實我也一直很想告訴你，真正的我也並不像你以為的，是那種活在完美童話裡的公主。」

「我不懂妳的意思。」

「我是我媽和有婦之夫外遇生下的私生女。」陸晨渏微笑說道，一如預料地看見周誓的眼睛微微睜大。「從小我就不知道我爸是誰，媽媽因為工作長年不在家。曾經有一段時間，年紀還小的我以為阿嬤才是我的媽媽，我媽只是逢年過節會回來的阿姨。」

因此，陸晨滈和媽媽並不是很親近，直到小學五年級那年，阿嬤過世，媽媽把陸晨滈接來身邊一起生活，兩人的感情才日漸增長。

「但可能我和家人的緣分都不長吧，媽媽在我就讀國二時確診癌症，經過一年的治療仍回天乏術，我本來以為自己要一個人生活了，那個素未謀面的爸爸卻突然出現在我家門前。」

每次想起與余勝手的初見，陸晨滈心裡總有些酸澀。

畢竟見到親生女兒彷彿見到鬼一樣的父親，世上能有多少呢？

「在他們的安排之下，一無所知的我進入聖雅各，那裡對我來說根本就是另一個世界，每個人都像是童話故事裡的王子公主，我在他們眼中也像是格格不入的醜小鴨，沒人知道我的來歷，什麼都不能說的我只能默默守著自己的祕密。」

余勝手在外有私生女的消息一旦傳出，不只光阜集團會受到影響，就連嚴丹蔓與余勝手的夫妻關係都會遭到外界檢視，而那正是他們最不樂見的事——這些，嚴丹蔓在接她回來時都說得很清楚了。

「老師，你之前不是老消遣我有祕密小冊子嗎？」陸晨滈笑說，不禁想起那時的自己總被他惹得有苦說不出。「我想，如果我真的有那一本小冊子，裡面寫著的應該只有我自己的故事。」

周誓從未想過陸晨滈的過去竟是如此。

儘管他曾經有好幾次覺得她一點都不像聖雅各的學生，卻也總在她說出不像有錢人的話、做出不像有錢人的舉動時，故意揶揄她幾句，只因為他以為她在嘴硬佯裝。

事到如今，他才發現陸晨渏的話沒有一句是騙人的。

「……妳爸，還有妳的繼母，他們對妳好嗎？」

「雖然不像是真正的家人，但他們對我很好，我不可能再奢望更多了。」物質或許可以要求，但精神上的滿足是無法強求的，陸晨渏早早就明白了這點。「就像現在，我和他們並不住在一起，卻也認同這對我們雙方是比較好的決定。」

故事到此告一段落，陸晨渏的臉上始終掛著淡淡的笑意，看著這樣的她，周晢終於明白自己心裡的不舒服來自何方。

「妳太懂事了。」他說。

「會嗎？」陸晨渏並不認為。「老師才是。」

「看來我欺負妳欺負得還不夠？」周晢自嘲一笑，他的個性早已被現實踐踏得扭曲，不像她，依然善良如斯。「我早就不是以前的我了。」

那又怎樣？

就算不是原本的他，現在的他一樣很好呀。

「如果不是你的出現，也許我根本無法在聖雅各待下去。」

周晢一愣，為她的話語感到疑惑。

陸晨渏回想起進入聖雅各的第一天，或許也是她人生中最無助的一天。

當時的她坐在大禮堂的椅子上，所有人都在質疑她，他們不知道她是誰、不認為她是他們的同伴，而且，她從他們的眼神裡看得出來，這些人永遠不會接納她。

「就在我覺得自己快要撐不下去的時候，我看見了你。」陸晨渏說著，真摯地望著近在咫尺的周誓。

他一雙眼神太過傲然，一瞬間攫走了她所有的恐懼與不安，同時也提醒了她，在這個人人擠破頭都想融入的世界裡，仍然有人對此不屑一顧。

後來，不管是被當成幽靈無視的一整年裡，或是被學姐當眾辱罵的那個當下，陸晨渏的心裡總是會想起周誓在開學典禮上的模樣。

「老師，你一直都是我的力量。」一直到現在，陸晨渏才忽而明白周誓對自己而言竟有著如此重要的意義。「謝謝你。」

望著陸晨渏明朗的笑顏，周誓再次沉默了。

……說什麼謝謝？

他根本什麼也沒為她做啊。

此時，一道亮晃晃的白光閃現，偌大雷聲瞬間追響，就連地板都為之震動，下一秒，萬物俱寂，室外又是一片黑漆。

「……好近。應該不會停電吧？」陸晨渏看了一眼落地窗，轉頭看向桌面上的雜亂。「老師你都吃完了嗎？那我整理一下，待會換我來洗碗。」

陸晨湇的手腳比想像中俐落，三兩下便將杯碗疊放在一起，丟掉垃圾，拭淨桌面，再三確認沒有遺漏後，她起身便要走去廚房。

怔怔看著這一切，周誓心弦倏然一動。

「陸晨湇——」

轟然一聲，電流瞬斷，整間屋子陷入黑暗。

世界彷彿被誰按下了暫停，陸晨湇站在原地不動，身後大大的擁抱將她圍繞在屬於他的氣息之中。

「……老、老師？」話才出口，她隨即感覺他加重了力道。

「不要再叫我老師了。」

低沉的警告近在耳邊，陸晨湇心跳漏了一拍。

「周誓。」她乖巧輕喚。

他的力道又加重了一些，彷彿想把她揉進懷裡。

室外雨聲似近若遠，屋內靜悄悄得只有他們的氣息，他沒再動作，而她也靜靜待在他溫暖的懷中，哪裡也不想去。

……真希望時間停留在這一刻。

她想。他想。

只聽一聲喟嘆響起，他輕輕鬆開了懷中的她，就著微弱的光線，他清楚看見女孩臉龐上的悵然若失。

周誓輕撫她的臉龐，唇角勾起笑意。

「……還有一年半。」他說，涼涼的嗓音喑啞，混著從未有過的炙熱。

沒錯，不過是一年半而已。

他會等的。

為了美好而值得的她。

Chapter 8

如夢一般的寒假結束了。

相較於羅莎、范末璇對於假期的依依不捨，陸晨渏並沒有夢醒的空虛，相反地，她的心口像是被吹飽的氣球，腳步因此跟著輕快，彷彿就要飄上天空一樣開心。

「晨渏，妳在笑什麼？」范末璇好奇問道。

「沒有呀。」嘴上這麼說，陸晨渏卻止不住笑。「就是覺得回來上學很開心嘛。」

「什麼？」聽見她的答案，羅莎一臉嫌棄。「怪人。」

陸晨渏笑了笑，並不介意羅莎這麼說。

畢竟在昨晚之前，她其實也和羅莎一樣，憂鬱地躺在床上，瞪著空無一物的天花板，恨不得一輩子都不要開學，只想一直停留在美好的假期之中。

而就在她鬱鬱寡歡的當下，邊上的手機忽然響起。

一次。

一次。

又一次。

『開學愉快。』

她抓起手機，看見第一則訊息如是說。

『還有兩次。』

兩次？什麼兩次？

陸晨渏的大腦還沒理解訊息的涵義，不安分的手已經先一步點開最後一則來自同一個人的語音訊息——

『……趕快畢業。』

清冷聲線在耳邊低沉響起，陸晨渏的心跳瞬間漏了一拍。

也在那一刻，她忽然明白了「兩次」的意思。

沒錯，還有兩次。

再開學兩次，她就畢業了。

這麼一想，讓人心生厭惡的開學變得一點都不是問題，如果可以的話，她甚至希望多開幾次，時間最好可以一下子跳到一年半之後——

「……是周誓！」

聽見羅莎的低聲驚呼，陸晨渏循聲抬眸，果不其然見到周誓正朝著她們的方向走來。

似曾相識的情景相隔一學期後再度上演，羅莎興奮難耐地等待周誓走近，無奈的范末琁冷眼旁觀，至於陸晨渏，這次的她依然悄悄別過視線，心跳無法克制地加快。

腦海跑過寒假與周誓發生的點點滴滴，此時此刻的陸晨渏有點想笑、也有點緊張，除此之外，她還感覺到了一絲絲做壞事的刺激感。

「老師好！」

「嗯。」

跟在羅莎充滿朝氣的招呼之後，周誓清冷的嗓音接著響起，始終低垂目光的陸晨渏不自覺屏住氣息。

……再一下下就好。

待會他就會頭也不回地離開，就跟以前一樣……

「要去吃午餐？」未料，周誓竟然主動搭話。

「對！」羅莎喜出望外。「老師呢？已經中午了，要不要一起去餐廳？」

「聽起來是個好主意。」周誓話音上揚，心情似乎很好。「妳們願意讓我加入一起用餐嗎？」

聞言，羅莎差點尖叫，她拚命用手肘撞擊身邊的范末璇，暗示她快點回答，而後者被撞得沒辦法，只能回瞪她一眼，聳肩表示沒有意見。

「那，陸晨渏呢？」

「……啊？」陸晨渏驚慌看去，不偏不倚撞進周誓投來的注視之中。「你……什、什麼？」

「介意我加入妳們的午餐約會嗎？」周誓似笑非笑地問道。

等等，他是認真的嗎？

陸晨渏傻了，不敢相信他會這麼做。

「我……」

「她當然不介意！她怎麼可能會介意呢？」擔心大好機會一瞬溜走，羅莎趕緊替她回答：「老師跟我們一起吃飯嘛！其實我一直都……」

「不好意思，我開玩笑的。」

「咦？」

「老實說，今天學校安排了午餐會議，全校教師都得出席才行。」面對羅莎的錯愕，周誓微笑解釋，接著，看似不經意的視線飄到了陸晨渏身上。「真可惜呢。」

陸晨渏眨了眨眼，忽然懂了什麼。

原來，周誓根本就是在耍她而已！

他早知道自己的回答會引來羅莎的邀約，但他也早就知道自己沒空，而之所以上演這一齣早有定案的鬧劇，就只是為了看她慌亂緊張——

天啊，男生真的好幼稚！

陸晨渏不禁氣惱，氣自己一點長進也沒有，竟然還是這麼容易被他操弄。

可惡，太可惡了。

她待會一定要傳訊息罵他！

儘管被周誓虛晃了一招，羅莎在那之後的情緒依然高昂，就連今天的午餐是她最討厭的茄汁千層麵都不影響她的好心情。

「話說回來，妳們不覺得周誓變得沒那麼難以接近了嗎？」吵吵鬧鬧的學生餐廳裡，羅莎的嘴巴沒一刻歇停。「之前不管誰跟他打招呼，他要不裝沒看見，要不就回一個『嗯』，哪像今天，周誓竟然主動跟我們搭話欸——為什麼？妳們都不好奇嗎？」

「嗯，不好奇。」范末璇逕自吃了口麵。

羅莎翻了個白眼。「晨渏，妳覺得呢？」

別問。

問了原因就是因為我。

陸晨渏好想這麼回答，但那是不可能的。

「畢竟他也帶了我們一學期的英文課，多少跟我們變熟了吧？」

「哼嗯，是有這個可能。」雖然答案合情合理，但太無聊了，羅莎顯然興致缺缺。「……不管！我決定了！我，羅莎，今年的目標就是跟周誓一起吃午餐！」

「聽起來很有趣，我也可以加入妳們嗎？」

席間的空氣凝結了半秒，三人同時循聲看去，就見柯劭康掛著吊兒郎當的歪笑，不請自來地拉開羅莎身旁的餐椅坐下。

「嗨。」他招招手，好一副理所當然。

「誰准你坐下的？」羅莎皺起眉頭。「滾開，跟你很熟嗎？」

「羅小莎，大家都老同學了不要這樣嘛。」柯劭康涎著笑臉，縱使被罵也沒有離開的意思。「我知道之前是我不對，我錯，我該死，但我也得到懲罰了啊，妳看，現在的我好孤單，都沒人跟我一起玩。」

「那是你活該。」

「對對對，我活該。」柯劭康不惱不怒，故意順著羅莎的毛摸。「不過正因為我現在沒了朋友，才發現朋友的重要性。羅小莎，妳不覺得朋友之間，彼此信任是很重要的嗎？」

「你到底想說什麼？」

「羅笨蛋，別跟他廢話。」

「嘿，妳們兩個，有點耐心嘛。」柯劭康明白自己掌握了對話的主導權，笑容逐漸加大。「不瞞妳說，我手上有個天大的小祕密，真的、真的很想找人分享，看在我們從小一起長大的分上，我打算把它告訴妳，妳覺得如何？」

……果然。

接收到柯劭康意有所指的眼神，陸晨渏總算確定了他的意圖。

早在離開 Vulkano Club 的那一刻，她就知道他不可能放過她，她只是沒想到柯劭康如此沉不住氣，開學第一天便主動找上門。

「啊，對了，在我告訴妳之前，我還得先問問某個人的意見。」柯劭康不藏了，矛頭一轉，直直看向對桌。「陸晨渏，我可以跟她們說嗎？」

迎上柯劭康一臉的幸災樂禍，陸晨渏面不改色。

「……你的祕密，關我什麼事。」她說，冷靜得令人找不出破綻。就像周誓曾經教過她的一樣。

「妳確定？」見狀，柯劭康有趣地咧開嘴。「身為羅莎的好朋友，妳敢不敢跟她坦白，二月二十三日的晚上，妳人在哪裡？和誰在一起？嗯？」

「什麼意思？」羅莎搞不清楚狀況。「晨渏，他在說什麼？」

他沒有證據。

陸晨渏很清楚，當時的情況根本不容許柯劭康拿出手機拍照或錄影，如今的他只是想逼她自亂陣腳罷了。

「我聽不懂你……」

「聽說徐黛自殺了！」

而就在同一時間，不曉得從哪裡傳來的一聲高喊，彷彿往人聲鼎沸的學生餐廳投下一顆震撼彈，轟地一聲，炸得所有人都措手不及。

「徐黛自殺？」

「日莘集團的徐黛嗎？」

「為什麼？」

「她死了嗎？」

「新聞呢？報導出來了嗎？」

「我姊說消息已經壓下來了。」

「人好像正在急救……」

一時之間，餐廳充斥著各種吵雜的聲音，陸晨漪下意識往徐黛習慣坐的位置看去，她找不到那一抹熟悉的俏皮身影，只看見她的朋友被一群人圍著安慰……

她……她上次收到徐黛的訊息是什麼時候？

徐黛不是和高老師復合了嗎？

然後呢？

在那之後又發生了什麼事？

「晨漪？」范末璇回過頭，就見陸晨漪推開椅子起身。「晨漪，發生什麼……等等，妳要去哪？晨漪——」

不顧好友追在身後的呼喊，陸晨漪頭也不回地衝出餐廳。

……她沒辦法繼續待在那裡了。

就算被人拒於門外也沒關係，她必須趕往日莘醫院，她知道徐黛一定在那裡，正因如此，她沒辦法只是坐在學校，聽著其他人不知是真是假的消息，她只想要趕快見到她——

「晨渏！」

倏地，一道清冷響徹了長廊，陸晨渏倏地回過身。

「老師……」

只見長廊另一端，周誓大步向她走來，不顧他們所在的地方是隨時都有可能會有人經過的走廊，堅定牽住了她止不住顫抖的手。

「跟我走。」

❖

聖雅各校方的動作十分迅速，得知消息走漏的當下，他們立刻派了好幾名老師至餐廳安撫學生情緒，畢竟聖雅各和一般學校不同，學生關係非常緊密，處理方式若是稍有不慎，很有可能產生難以想像的後續效應。

而當眾人陸續被老師帶回教室時，只有陸晨渏被周誓帶離了學校，驅車前往日莘醫院，也就是徐黛目前的所在地。

VIP病房外面聚集了許多人，醫護、檢察官、警察，以及一對看來像是徐黛父母的夫婦正在與醫師對話，儘管如此，整個空間依然安靜得令人難以呼吸。

一抵達現場，陸晨渏隨即被等待已久的警方帶到一旁。

「這是……」怯怯接過警方遞來的信件，陸晨渏緊張地看了周誓一眼，後者輕輕點頭，示意她收下。

「這是徐同學留給妳的信。」員警解釋道，態度算是溫和。「不好意思，陸同學，為了釐清案情，警方已在獲得家屬同意的狀況之下查閱了信件內容。針對信件內容，我們有幾個問題想要請教陸同學的意見。」

……問題？

陸晨渏有些不安，再次看向身旁的周誓。

「別怕。」周誓低聲說道，穩穩承接住她的害怕。「有我在。」

只不過是一句話而已。

陸晨渏彷彿吃下定心丸，小心翼翼取出已被拆開的信件。

『致親愛的晨渏：

沒想到會在這種情況下寫信給妳，妳一定嚇到了吧？對不起，都是我不好，但我知道善良的妳一定捨不得責怪我，妳呀，大概只會哭著和我說對不起……我猜對了，對吧？

聽我說，笨蛋晨渏，這不是妳的錯，一切都是我太過軟弱而已。

就像出國旅遊必須整理行李一樣，如今坐在書桌前計畫前往天國的我，此時此刻也正在整理我的回憶。說也奇怪，人的一生如此漫長，回想起來的片段似乎少得可憐，但當我想起妳時，我不得不回憶起和妳第一次交談的那天。

當時，妳主動和我提起小珍珠，告訴我小珍珠的近況，跟我說牠過得很好，那時的我真的很驚訝，甚至感動得哭了出來。現在想想，或許我的感動不只為了小珍珠，還有一部分是因為妳。

晨漪，雖然妳不曾和我說起妳的過去，但其實我早就發現了，妳和我、和聖雅各的學生不同，妳不屬於這個世界，不是因為妳哪裡比不上我們，而是因為妳實在太善良了……

聖雅各沒人會和妳一樣，發現他人的祕密後，默默替人守密，卻不要求任何的利益交換，我完全不敢想像這種事會在聖雅各發生，但也讓我更加確信我的想法是對的——

妳不屬於這裡，然而，我卻萬分慶幸這一點。

如此一來，天真善良的妳才可以相信人性，相信愛情，相信童話故事的所有美好，相信有一天奇蹟會發生在自己身上，而不會和我一樣，到了最後才發現一切都只是自己的痴心妄想。

……他不愛我了，晨漪。

這一次，他是真的不愛我了。

儘管我傻傻以為一切還有挽回的機會，我哭著求他，我什麼都可以給他，我什麼都可以不要，最後一刻明明還沒有到，我們說好了要堅持到奇蹟出現，為什麼我都還沒有放棄，但他已經不打算愛我了？

難道，我又做錯什麼了嗎？

還是，他從來就不曾愛過我呢？

晨漪，對不起，我讓妳失望了，我實現不了妳的願望，我一點都不幸福，我根本不曉得什麼是幸福，我得不到我想要的，我擁有的都讓我痛苦，使我快樂的都不屬於我，我好想死掉，如果這是我唯一能做的選擇，那我決定不要活著……

再見了，小晨漪。

希望下輩子的我們能夠成為最要好的朋友。

最要好、最要好的那種。

好嗎？』

好不容易讀完信上最後一個字，陸晨漪早已泣不成聲。

「陸同學，根據信件內容，我想妳應該知道，或者認識徐黛的交往對象，為了儘速釐清案情，希望妳可以告訴我們對方的身分。」

「我、我不能告訴你，我答應她要保密的……」

「這是為了徐黛好，請妳務必配合調查。」

「對不起，我不會說……」

「如果我告訴妳，徐黛懷孕了呢？」

陸晨漪一頓，抬起驚愕的臉龐，不敢相信自己聽見了什麼。

「然而，由於徐黛的身體過於虛弱，胎兒在搶救過程中不幸失去。除此之外，醫師更在徐黛身上發現多處挫傷，警方合理懷疑她的交往對象曾對她施以暴力行為。」

……意思是，高老師動手打了徐黛嗎？

他知道徐黛懷孕了嗎？

如果他知道的話，那……

「陸同學，妳應該不想包庇傷害朋友的人吧？」

「我、我沒……我不知道……」

「陸同學，請妳好好想清楚。」

「等一下，我……」

「陸同學——」

「夠了！」

突然，一聲蘊含憤怒的低吼打斷了對話，嚇壞了本已不知所措的陸晨渏，卻也阻止了員警的步步進逼。

周誓一把將受到驚嚇的陸晨渏拉至身後，不顧站在自己面前的是手握公權力的警察，就像是進入攻擊狀態的公獅，一心只想捍衛珍視的人兒。

「這就是警方對待未成年人的態度？」周誓冷言出聲，一直守在陸晨渏身旁的他早已忍無可忍。「絲毫不顧他人的情緒，只會用這種半威脅的手段強迫她說出你們想要的真相，難道沒有任何問題嗎？」

「老師……你是聖雅各的老師吧？」員警沒有多想，只道周誓所為是為了保護學生。「難道你不認為陸同學應該說實話嗎？就算她們之間曾有過約定，但如今徐同學受到傷害，身為朋友，陸同學也有責任……」

「責任？」周誓冷笑。「關她屁事。」

「你怎麼可以說這種話？」員警當場傻了。「你、你可是老師耶！」

「老師……」陸晨渏不安地拉了拉周誓的衣袖。

周誓沒看她。

只是反手握住了她的手。

「徐黛自殺是她的事，陸晨渏不是兇手，她沒有理由為徐黛的決定承擔責任，更不需要承受任何的道德綁架，等她準備好了，她想說自然會說。還有……」周誓拉著陸晨渏離開，臨走之際，忽然舉起兩人相牽的手──

「去你的老師，我是她的男朋友。」

❖

「要喝點什麼嗎？」

「咦？」陸晨湇倏然回神，發現周誓正注視著自己。「不、不用了，我不想喝……」

即使如此，周誓依然按下了熱水壺的開關。

說是逃跑也好，離開徐黛所在的VIP病房後，周誓帶著陸晨湇來到周蕓的病房休息避難，有好一陣子，他們沒有對話，只有低頻的煮水聲填滿了整個空間的空白。

「還在想徐黛的事？」

聞言，陸晨湇一頓，安靜地點了點頭。

「妳打算告訴他們嗎？」

「……我不知道。」陸晨湇尚未理出頭緒，現在的她真的好混亂。「我跟徐黛約定好了，不管發生什麼事，我都不會說出她的祕密，但如果高老師真的對徐黛做出那種事，我卻還選擇保密的話，那我……」

「別聽那個混蛋警察的話，妳不是幫兇，妳也不會成為幫兇。」

「可是——」

「徐黛還活著，不是嗎？」

陸晨湇怔了怔。「我不懂你的意思……」

「我的意思是，妳不需要急著替她討公道。」周誓解釋，冷靜如斯。「妳想，徐黛留給妳的信裡，為何連一個字都沒提到高家盛的名字？徐黛很聰明，她知道妳不可能是唯一看見信件內容的人，如果她想要有人替她報仇，自然會在信裡提起高家盛，一一細數他對她做出的惡行，但她沒有。從這一點來看，顯然她是刻意避而不談，不管高家盛對她做了什麼，直到最後一刻，徐黛都沒有追究的意圖。」

此時，熱水壺的開關跳起，房間頓時安靜了下來。

「別誤會，我並不是認為高家盛不需要受罰，徐黛對他的袒護更不是免罪符。」周誓一邊說，一邊將熱水倒入放好茶包的馬克杯。「我只是覺得，倘若徐黛因他而死，活著的我們理所當然得替她找回應有的正義，但如今徐黛還活著，比起一干不知詳情的旁觀者，徐黛才是那個有權決定該怎麼做的人，等她醒來之後，她依然可以為自己做出選擇。而到了那時，不論徐黛的決定為何，她都很需要妳陪在她身邊。」

接過周誓遞來的馬克杯，隔著一層熱氣氤氳，陸晨渏有些出神。

不曉得是天生個性使然，或是過往的經歷讓他與眾不同，周誓似乎總是能以不一樣的角度看待事情，即便看在某些人眼中，他的想法或許很不應該、很不正確，但那又如何？

周誓的一席話卸下了她突然被人強加在肩上的道德枷鎖，與此同時，她也不再擔心自己倉促的決定是否會違背徐黛的意願，陸晨渏漸漸恢復了冷靜，就連呼吸都順暢許多。

「……老師，你果然很溫柔。」摀著溫熱的馬克杯，陸晨渏輕聲說道。

「什麼啊？」周誓笑了，十分不以為然。「妳說這種話，小心把周蕓氣醒。」

陸晨渏搖搖頭。「我覺得蕓姐姐會站在我這邊。」

「那是因為妳不知道我們幾乎每天都在吵架，別說溫柔了，她老是被我氣哭，常常好幾天都不和我說話。」

「就算是那樣，你還是會主動找她和好，對吧？」

「不然呢？」周誓沒多想，只當是理所當然。「要是真的放著她不管，依周蕓的個性，她可能三天都不會出房門吃飯。」

「這就是你的溫柔呀。」

「啊？」周誓微微皺眉，不太理解陸晨渏的意思。

見狀，陸晨渏不禁笑了。

沒想到平時觀察力那麼敏銳的人，竟然也會有如此遲鈍的時候。

「人往往只會在最親近的人面前展現最真實的自己，我想，蕓姐姐一定也是依賴著老師的溫柔，才敢常常和老師賭氣，因為她知道不管她再怎麼鬧彆扭，你都一定會來敲她的房門，絕對不會讓她孤零零地待在房間裡。」陸晨渏說道，真摯且傾慕地看著眼前的他。「並不是每個人都能那麼幸運，擁有像老師一樣的家人。」

……幸運……嗎？

周誓有些怔愣，他從不覺得自己能和幸運搭上邊。

然而，不知為何，他忽然想起好幾年前，還是大學生的他好不容易租下現在的房子，借了朋友的車子到育幼院接周蕓出來的那一天，周誓清楚記得周蕓在陽光底下蹦蹦跳跳地向他揮手，他在駕駛座上哈哈大笑，他與她臉上掛著同樣開心興奮的笑容，如同他們對於未來有著同樣的期待。

即使後來的日子不全是陽光普照，爭吵有之，哭泣有之，但他永遠不會留她一個人躲在漆黑的房間一整晚。反之，在他被氣得發誓「再也不要管妳」的隔天早晨，他也總是能看見溫熱的早餐盤子底下壓著一張「對不起」的紙條……

若說周蕓幸運有他，他又何嘗不是如此？

他們是家人，是彼此僅存的一點幸運。

「……周蕓她一直很想出國。」撩開妹妹額上掉落的碎髮，周誓的腦海跑過她坐在電視機前的模樣。「日本、韓國、義大利、瑞士、法國……這傢伙最喜歡的事情之一，就是一邊看旅遊節目做筆記，一邊逼我答應未來一定要帶她去世界各地遊玩。」

「真好。」陸晨洧想想都替他們覺得開心。「你們一定會玩得很愉快。」

「那妳呢？」周誓突然抬眸看她。

陸晨洧不明所以。「我？」

「妳不一起來嗎？」

沒料到他會這麼問，陸晨洧有些措手不及。

「呃，我……我可以嗎？」

「為什麼不行？」周誓想也不想地反問，眉眼有著淡淡的笑意。「妳不是我的女朋友嗎？」

等等，他、他說什麼？

女朋——

『去你的老師，我是她的男朋友。』

想起來的瞬間，陸晨淯的臉全紅了。

「我、我以為你是在開玩笑……」

「開玩笑？」

「不、不是，你不是在開玩笑！」聽見略帶威脅的上揚尾音，陸晨淯連忙否認。「我的意思是，你可能只是生氣，因為那個警察的態度讓你不高興，所、所以你才——」

「才怎麼樣？」

「才……」陸晨淯語塞，找不到一個合理的理由。

周誓又不是瘋了，身為一個成年人，又是一名老師，他怎麼可能會為了逞一時口快，欺騙一個陌生警察說他們是男女朋友？可是，如果不是這樣的話，他又為什麼……

難不成他是認真的嗎？

可是，說好的一年半呢？

不、不是啊，她都做好心理準備了，他怎麼說反悔就反悔——

「晨淯……」

「我先去廁所！」她必須冷靜一下！

無視周誓笑意滿滿的目光，陸晨渏強裝出一副鎮定，實則僵硬到不行的姿態，快步往病房外走了出去。

但，也就那麼一步而已。

陸晨渏萬萬沒想到會在這裡看見那個人。

很顯然地，那人也是如此。

「妳怎麼會在這裡？」愣站在病房門口，一身西裝筆挺的余勝手莫名尷尬。「奇怪，這個時間，妳不是應該在學校嗎？」

「我、我來探病……」

聞言，余勝手眉頭一皺。「妳認識……」

「誰准你過來的？」忽聽後方冷聲響起，陸晨渏來不及回頭，人已經被周誓拉到身後。

「我已經警告過你很多次，這裡不歡迎你！」

「周先生，我們可不可以冷靜一點談談……」

冷靜？

他竟然有臉叫他冷靜？

「給我滾！」周誓氣得大吼，只差沒有一拳灌在余勝手臉上。

陸晨渏嚇壞了，下意識想要拉住他。

「老師……」

「等一下，妳叫他什麼？老師？」余勝丰耳尖，沒錯過陸晨渏的低喊，迅速看了一眼兩人過於靠近的距離。「你……該不會是聖雅各的老師吧？」

「關你屁事！」

「你——她是我女兒，我當然有資格管！」王子心性的余勝丰哪裡忍受得了他人接二連三的無禮，他不暇多想，直指被周誓護在身後的陸晨渏大吼出聲。

當下，氣氛突然靜了下來。

那不是和平，而是暴風雨前的寧靜。

「……你剛才說什麼？」

「她是我女兒！陸晨渏是我的女兒！」余勝丰大聲嚷嚷。

周誓沉默了。

望著那道不發一語的高大背影，陸晨渏整個人都在發抖，她並不曉得他們之間究竟發生了什麼事，可是，她知道一切都變了，她甚至可以感覺到有些東西正在流逝……

而且，再也找不回來。

「老師……」陸晨渏一陣心慌，試圖想要抓住眼前的他。

「——不要碰我！」

一聲怒吼，使她縮回了手。

而當她抬頭迎上他的視線，陸晨渏幾乎嗚咽出聲。

那是第一次，她看見周誓如此冰冷的眼神。

以及，不言而喻的恨意。

❖

陸晨渏忘了那一天是怎麼結束的。

她幾乎失去了記憶。

事實上，在那之後的好幾天，她感覺自己就像活在一場醒不來的惡夢裡，恍惚，心悸，就連在好友面前裝作若無其事都辦不到，她們關心她的狀況，以為她的異常是因為徐黛，但——

不能說。

她什麼都不能說。

撥出的通話沒有回音，傳去的訊息石沉大海，校園裡遍尋不著那人的身影，她不曉得他去了哪裡，她好想他，她睡不著，她好想見他……

『——不要碰我！』

心跳猛然一顫，數不清是第幾次從淺眠中驚醒，怔怔望著眼前的一片漆黑，伴隨著逐漸回籠的思緒，再次意識到這一切並不是夢，淚水悄悄模糊了視線，那些愧疚、痛苦、絕望再次沿著床岸的影子一點一點向她侵蝕而來。

「老師……」

獨自一人的房間裡，陸晨漪屈膝抱住自己，忍不住失聲痛哭。

❖

「……聽我媽說，徐黛好像懷孕了。」

「靠，真假？」

「孩子的爸爸是誰？」

「你有聽說她正和誰交往嗎？」

「該不會是被強暴了吧……」

世界上沒有不透風的牆，有人的地方就少不了是非，半真半假的傳聞滿天飛，聖雅各的氛圍變得浮躁，不管校方安排多少心理輔導都無法遏止，畢竟這不是病，而是人與生俱來的天性。

「欸欸，警察來了！」

星期四的數學課進行到一半，一聲驚呼使得沉悶的課堂氣氛頓時鬧騰，不顧台上老師的勸阻，班上同學爭先恐後擠至窗邊，果真看見幾台警車停在校前廣場。

「警察來學校幹麼？」

「跟徐黛有關嗎？」

而當全班同學七嘴八舌的討論之時，唯獨陸晨滈一個人動也不動地坐在座位上，對於滿室的嘈雜充耳不聞。

「警察進去A班了！」半晌，又有人突然大叫。

「A班？」

「趕快出去看啊！」

不一會兒，教室走廊上擠滿了看熱鬧的好事者，透過被清潔工打掃得窗明几淨的窗戶，他們看見警察和老師正在交談，暗自揣測哪一名學生即將被帶回調查。

只不過，在場的人萬萬沒想到，片刻之後，警察帶走的不是學生，而是那一位備受眾人喜愛的老師——高家盛雙手背在身後，向來掛著溫文微笑的臉龐蒙上了陰霾，驚愕碎語之中，他低垂著頭，被兩名員警帶離校園。

想當然耳，如此衝擊性的畫面立刻點燃了整個聖雅各。

「傳聞是真的嗎？」

「高老師和徐黛交往？」

「聽說早就有人看見他們在學校卿卿我我……」

「什麼卿卿我我！直接做了好嗎！」

「好嗯——」

「所以徐黛自殺是為了高老師？」

「她懷了高老師的小孩嗎？」

「居然跟老師搞在一起，看不出來徐黛也真敢玩……」

「無聊死了！」羅莎大力放下餐盤，滿腹不耐地掃視周圍的同學。「同一件事到底是要討論多久啊？」

老實說，羅莎的音量並不小，但彼時的大家都在自個兒的小世界裡討論得熱火朝天，根本沒人注意到她的抱怨，反倒是熟知羅莎脾氣的范末璇有些訝異。

「我還以為徐黛出了這種醜事，最高興的人會是妳呢。」

「她跟誰談戀愛，關我屁事。」

「對象可是老師。」

「so？至少還是個人，又不是猩猩還是大象。」羅莎翻了個大白眼。「比起這個，我現在比較關心周誓去哪了，一聲不吭就消失，他都請假好幾天了……晨渏，妳知道些什麼嗎？」

無預警聽見那人的名字，陸晨渏整個人僵了一下。

「我、我怎麼會知道？」她勉強撐起笑，說道。

「是嗎？」羅莎心不在焉地轉動手中的叉子。「我想說妳當過周誓的話劇統籌，說不定有他私人的聯絡方式，還想叫妳關心一下他呢。」

「羅笨蛋，現在這種時間點就別亂開玩笑了。」

「拜託，這有什麼好不能說的？」不同於范末璇的謹慎，羅莎只覺得好笑。「我都還沒說因為上學期的論文分數，我甚至懷疑過周誓跟晨渏有不正當關……」

「徹查師生關係？真的假的？」

高昂訝異的討論聲打斷了對話，周遭人們的注意力不約而同看向同一個地方，只見餐廳中央的座位區聚集了一群人，熱烈討論著不知從哪聽來的消息。

「當然是真的。現在日莘出了這種事，你以為其他家長有可能放過聖雅各嗎？」令人意想不到的是，被簇擁在人群中心的那個人，竟是被聖雅各學生無視許久的柯劭康。「你們想想，聖雅各是什麼地方？爸媽把我們送來這裡是為了什麼？不就是為了避免我們跟外面的下等人接觸，現在倒好，竟然有不要臉的老師監守自盜——哼，放火把聖雅各燒了都不奇怪。」

「要是被學校查到了會怎麼樣啊？」

「開除，退學，隨便怎樣都好，反正統統得趕出這所學校。」

「但除了徐黛以外，真的還有人跟老師交往嗎？」

「……晨渏？」

范末璇無意間回頭，就見對座的陸晨渏突然起身。

「怎麼了？妳要先回去了嗎？」

……她本來想要偷偷離開的。

垂著視線，陸晨渏藏在身側的雙手微微顫抖。

「嗯。我不太舒服，想先回教室休息。」

「要不要我陪妳一起……晨渏！」

沒等范末璇說完，陸晨渏逕自轉身往餐廳外面走去。

她走得很快。

頭也不回。

她不能再繼續待在這裡。

趁柯劭康還沒注意到她的時候，她必須趕快離——

「陸晨渏，妳想逃跑嗎？」

不懷好意的嗓音落下，硬生生擋住了她的去路。

……來不及了。

陸晨渏的心口重重一沉。

「怎麼？」柯劭康嗓音帶笑，居高臨下的影子籠罩著她。「不敢聽我把話說完？」

「柯劭康，你少煩她！」

「哎，羅小莎，先別生氣嘛，難道妳不好奇陸晨渏為什麼突然急著要走嗎？」柯劭康假意安撫，閃著狡詐的目光再次緩移至陸晨渏身上。「妳想，她是因為這種話題很無聊？還是認為朋友搞師生戀也沒差？又或者，陸晨渏她……其實是在心虛呢？」

「心虛個屁，她只是身體不舒服！」

「看來有人說謊習慣了呢。」柯劭康輕笑，彷彿捉到老鼠尾巴的大貓。「……陸晨渏，當著大家的面，我再給妳一次機會。二月二十三日的晚上，妳人是不是在Vulkano Club？跟妳在一起的人是不是周誓？妳跟他又是什麼關係？嗯？」

周誓。

在場的每一個人都清楚聽見了這個名字。

並且，驚訝非常。

「你、你在開什麼玩笑啊？」羅莎聽懂了柯劭康的指控，不敢相信地看向陸晨渏。

「……晨渏，不可能吧？他是亂說的，對吧？」

「哈，我可不像某個人那麼愛說謊。」見眾人紛紛相信了自己，柯劭康十分得意，甚至有了自己是正義英雄的錯覺。「陸晨渏，枉費妳老是裝出一副乖乖牌的樣子，學誰不好，竟然和那個被搞大肚子的徐黛一樣，跟老師亂搞男女關係？」

聽見四周的議論，陸晨渏低著頭，不發一語。

……不能說。

她什麼都不能說。

現在的狀況和上次不同，徐黛事件發生得突然，當時他們來不及撻伐，如今有了機會，人人都想找出第二個徐黛，他們的手裡早已握緊了石頭準備攻擊，有沒有證據已經不是重點，操縱風向的關鍵就是掌握人心，只要踩住了人性的弱點，其他什麼都不重要。

這一次，她說什麼都沒有用。

「從外表還真看不出來……」

「她憑什麼……」

「噁心死了……」

「真糟糕啊，陸晨漪，大家都發現妳的真面目了。」柯劭康笑得張狂，他心情實在太好了。「枉費羅莎還一直傻傻相信妳，結果妳居然連朋友都隱瞞，太令人傷心了。」

聞言，陸晨漪依然動也不動。

但，他說得沒錯。

她不敢看羅莎的表情，她不敢想像她會有多失望。

「對了，還有一件事。」此時，柯劭康再度開口，他嗓音裡的愉悅顯而易見。「就當我好心提醒妳吧，妳當真以為周誓跟妳在一起是為了什麼狗屁真愛？別傻了！他就是為了錢！我都查過了，那傢伙其實是無父無母的孤兒，還有一個被撞成植物人的妹妹，像他這種社會底層的廢物，誰知道他為了錢做過多少齷齪勾當，看他那一副跩得二五八萬的死樣，說不定只要丟給他幾千塊，那傢伙就會像條狗一樣，乖乖趴下來喊我爸——」

啪地一聲，柯劭康整顆頭被打得偏到一邊。

只見陸晨漪不知何時抬起了手，右手心隱隱發燙。

「妳這個臭婊子——」無視男女之間的差異，惱羞成怒的柯劭康掄起拳頭，毫不留情地揮了過去。

陸晨滒眼也不眨，直視著即將襲來的疼痛。

痛就痛吧。她想。

反正，也不會再更痛了……

就在這時，一股突如其來的拉力將她扯了過去，陸晨滒來不及驚訝，下一瞬，鼻間已然聞見熟悉的氣息。

「老師……」

陸晨滒做夢也想不到，他會再次出現在自己身邊。

Chapter 9

何子清在某間酒吧找到周誓的時候，他已經不曉得喝了多久。若非周誓的臉上硬是寫著「生人勿近」四個大字，否則依他的酒醉程度，被隨便一個陌生人帶回家都有可能。

這並不是何子清第一次見到這樣的周誓。

記憶倏忽回到五年前，那時的他們還只是大學三年級的學生，何子清記得很清楚，那天天氣糟透了，天空下著無止盡的大雨，他們幾個才剛吃完晚餐的男大生一邊忙著系上展覽的準備工作，一邊討論該由哪個地獄倒霉鬼冒雨出去替大家買宵夜。

一陣笑鬧之中，周誓的手機突然響起，一夥人頓時像是一群發情期的猴子激動得大吼大叫，他們以為那是企管系系花打來的電話，怎麼也想不到那方傳來的消息並不是一場甜蜜的邀約，而是一則令人心碎的噩耗。

何子清第一次看見周誓如此驚慌失措。

畢竟，他可是周誓啊。

甫入學就成為話題中心的新生帥哥，被教授當面刁難依然游刃有餘的傳奇人物，校慶運動會上倒追對手的最終兵器，更是一個曾在同一晚上連續被四個女生告白仍一臉無所謂的討厭鬼——

那個時候，周誓卻像是快哭出來了一樣。

何子清無法相信向來意氣風發的周誓竟會出現那樣的表情，過度震驚的他就連一句關心都來不及發出，只能眼睜睜看著周誓倉皇起身，轉身奔入滂沱大雨之中。

那天之後，將近好幾個月的時間裡，周誓幾乎沒來上學，與此同時，學校裡出現了非常多關於周誓的傳言。

有人說看見他在哪裡打工，有人說他流連夜店買醉，也有人說他跑去當男公關被富婆包養……然而，何子清再次見到周誓的時候，他卻穿著滿是泥灰的髒衣服，一個人坐在公園裡喝得酩酊大醉。

直至今日，何子清從未問過周誓傳言的真假，他看見的只是一個擁有大好前程的大男生，不惜放棄璀璨的青春與人生，只為了守護唯一的家人，卻被殘酷的現實狠狠碾壓，到頭來，只剩下酒精能夠麻痹無止盡的絕望。

……他怎麼能放著這樣的人不管呢？

於是有那麼一陣子，何子清凌晨時常接到陌生人打來的電話，請他到某個酒吧或夜店接走早已醉得不省人事的周誓。

何子清相信這些日子都是暫時的，他比任何人都確信周誓一定會戰勝一切，重新站在陽光之下，找回以前那個神采飛揚的模樣——

畢竟，他可是周誓啊。

何子清沒想過有一天，周誓會在他面前哭得像個孩子。

與肇事者簽下和解書的那天晚上，他陪周誓喝了一整晚的酒，親眼看著他哭得不能自已，沒人忍心苛責周誓的選擇，卻也沒人真正理解周誓的心情，當他看見戶頭裡的大筆和解金時，他同時也失去了僅存的驕傲與自尊。

而也是從那天起，何子清再也沒見周誓發自內心地笑過。

五年了。

就連天性樂觀的他都忍不住認為，只要周蕓一天不醒，周誓便會一輩子都是這個樣子，冷漠，尖銳，永遠將所有人都拒於門外。

直到，那個女孩的出現。

陸晨渏。

這是周誓進入聖雅各後，第一次主動提及某個學生的名字——不，不只是學生，更是這五年以來，周誓第一次對某個人產生好奇與關心。

就像看著千年冰山一點點被晨光消融，或許就連周誓自己都沒有發現，他的臉上偶爾會出現淺淺的微笑，不帶攻擊，不帶嘲諷，就只是單純想起了某件事、某個人的那種笑容。

那樣很好。

雖然何子清也曾有過擔憂，他們的戀情可以想見並不容易，但年齡會增長、身分會改變，如果陸晨渏是這個世界給予周誓遲來的溫柔，他真心希望這份溫柔可以一直陪在周誓身邊。

『你跟小晨渏發生什麼事了嗎？』

『不過失戀而已，曠什麼班，騙人沒談過戀愛？』

『……等等，你該不會要辭職吧？』

『因為我們之前的賭約？』

『別鬧了，我早就發現你們的關係了，只是沒說而已！』

『小晨渏是個好女孩。』

『別誤會，你也不差。』

『但我也沒誇獎你的意思。』

『我只是想說，你跟她在一起的時候，看起來很自在。』

天濛濛亮，頂著宿醉帶來的劇烈頭痛，周誓坐在昏暗的客廳裡，沉默看完何子清思考跳躍的訊息後，大力甩飛手中的手機。

喀啦幾聲，手機撞到牆壁後掉到了地上。

接著，室內再度寂靜。

「煩死了……」周誓抱著頭，嗓音嘶啞。

已經過了好幾天，那日在醫院的畫面仍不時閃過周誓的腦海，他與佘勝丰的爭執，佘勝丰突如其來的大喊，以及被眼前一切嚇得不知所措的陸晨渏……

為什麼？

明明是誰都好，她為什麼偏偏是那個傢伙的女兒？

他知道，理智知道，這不是她的錯。

她一點錯也沒有，可是……

周晢好想大吼，動手砸爛所有看得到的一切。

……他辦不到。

他就是沒辦法無動於衷。

沒人知道他經歷過什麼，饒是一直陪在他身邊的何子清都不曉得，簽下和解書的那一天，他一個人坐在光阜集團的會議室裡，桌子的另一邊是一字排開的律師團隊，撲面而來的壓迫感之強，不是一個二十初頭歲的年輕人所能承受。

甚至，當他們提出一條條的和解條件，其中包含給予周蕓最好的醫療照顧，字面上看來十分有誠意，言談之中卻全是明裏暗裏的威脅恐嚇。

『光阜集團一旦發聲，沒有公司願意聘用你……』

『你準備打幾年的官司？十年？二十年？』

『醫院也有選擇病患的權力……』

『看看那些沒錢的病人，你希望妹妹變成那樣嗎……』

『意氣用事是撐不了多久的……』

『往後有需要，光皐集團都能幫你，反之……』

他們的眼神要他吞下去，再僵持下去不會有好結果。

周誓屈服了。

然而，當他顫抖著手簽下和解書時，抬頭卻見余勝手那張滿不在乎的嘴臉，不耐煩地問祕書到底什麼時候才能離開？

自始至終，那個混帳就連一句道歉也沒有。

從那時開始，周誓便恨透了余勝手，他厭惡任何與余勝手有關的一切，連帶討厭起有錢人仗勢的嘴臉，但，或許只有周誓自己知曉，他最恨、最恨的，其實是那個無能為力的自己。

……利用她吧。

陸晨渏的臉龐閃過心頭，周誓的腦海忽然冒出了一個小小的聲音。

余勝手最不想被人發現的祕密，不就是陸晨渏嗎？

由於簽下條件重重的保密條約，周誓無法對於酒駕肇事一事進行揭露，就算他決定違背契約，那對官商背景殷實的光皐集團而言，也只是動動手指就能輕易壓下的小事。

但，私生女就不一樣了。

余勝手之所以不讓別人發現陸晨渏的存在，正是因為光皐集團的把持者是嚴丹蔓的娘家，嚴家的傳統保守眾所皆知，一旦余勝手外遇不忠的消息見報，使得嚴丹蔓與光皐集團大失面子，嚴家一定不會輕易放過余勝手。

接著，他再看準時機，趁著余勝手處在爭議的最高點時，匿名丟出當年酒駕肇事的真相——

到了那時，不管是周雲遭受的痛苦也好，或是這五年來他經歷的一切也罷，以及不得不拋棄的未來，他都可以一口氣將之討回！

至於，被曝光後的陸晨湇的下場會是如何……

他不知道，也不想知道。

這個世界本來就不公平，不是嗎？

沒人可以選擇自己的出生，如同有些人生來就背負債務，有些人卻含著金湯匙出世，他是如此，聖雅各那些屁孩也是，陸晨湇當然也只能認命，若是要怪，就怪她有一個混帳一般的垃圾父親！

……他應該要這樣想才對。

然而，當周誓看見陸晨湇甩了柯劭康一記重重的耳光時，那一瞬，他想也不想地衝上前，及時擋住差點落下的拳頭。

並且，再次將她護入懷中。

「老師……」

聽見那道微弱的嗓音，周誓心頭一凜。

甩開少年亟欲掙脫的手腕，即便知曉在場的每一道目光都盯著自己，周誓緊繃著神色，一言不發地掉頭離開。

「周誓！你這沒用的廢物！有種就留下來說清楚啊！你和陸晨渏是什麼關係！為什麼不敢面對——」

無視柯劭康在身後的頻頻叫囂，周誓頭也不回。

他走得很快。

就像是想逃避什麼似的。

「老師……」

周誓猛一咬牙，冷不防將緊跟在後的女孩推進一旁無人的教室。

「不要再靠近我了！」

單手把陸晨渏壓在冰冷的牆上，周誓的內心早已亂成一片。

剛才只是一時的失誤，往後他不會再心軟了！她可是余勝手的女兒啊！他必須利用她，若是錯過了這一次的機會，他這一輩子都得看余勝手的臉色——

「老師，請你利用我吧。」

……什麼？

周誓手上的力道一鬆，幾乎不敢相信自己的耳朵，反之，陸晨渏只是露出一絲微笑，涼涼的手心撫上他的臉龐。

沒錯。

這是她唯一能為他做的補償了。

❖

「我打算召開記者會，把余勝手的醜事公諸於眾——包括妳，陸晨漪。妳知道這代表著什麼嗎？」

她知道，她當然知道。

那代表她背叛了她的親生父親，沒人知道這麼做的後果會是如何。

而她說了好。

幾天過去，儘管陸晨漪與周誓的關係一直是聖雅各的熱門話題，那些過於直接的注視找不到消停的跡象，然而，人類絕非一種有耐心的生物，八卦不會在沒有進展的情況下維持熱度，尤其周誓的態度一如既往，雲淡風輕的樣子彷彿那些傳言都與他無關，人心自然容易動搖。

於是，風向在不知不覺之間起了變化，信與不信者如今各占五成，雙方各執一詞，各自為自己所信的立場發聲辯駁，激烈的討論帶跑了好奇心，真相為何似乎也變得無關緊要——

周誓順利轉移了焦點，但，陸晨漪可就不同了。

遵照周誓的指示，不管是誰問起他們的關係，她一概沉默以對，其中包括她的好朋友，羅莎為此發了好大一場脾氣，後來便沒再和她說過話。

日子彷彿回到了高一時期，陸晨渏再次變回校園裡獨來獨往的幽靈。

可是，這樣很好。

陸晨渏心想。

如此一來，她就不會因為無法回應她們的關心而感到愧疚。

至於學校方面，鑒於學生餐廳的風波有目共睹，再加上柯劭康事後跑去大鬧校長室，聖雅各不得不展開調查，並擇日召開適任會議，調查結果出來之前，周誓與陸晨渏尚能維持目前的生活不變。

聽聞消息，一心復仇的柯劭康差點把教室砸了。

——而這就是目前的狀況。

日莘醫院附設照護中心六〇五號病房裡，周蕓一如往常安穩沉睡，周誓則是坐在窗邊的單人椅上，隨意翻了翻陸晨渏遞來的牛皮紙袋。

「這些是我從媽媽的遺物裡找到的照片。」

「親子鑑定報告呢？」

「報告……」陸晨渏嚥了嚥乾澀的喉嚨。「抱歉，我還沒找到。」

「那就麻煩妳盡快找出來。」冷漠的視線越過紙袋的上緣，靜靜駐留在她的身上。「妳應該很清楚，那是最重要的證據。」

再多的照片都比不上報告證明書上百分之九十九點九的ＤＮＡ吻合率，若想在大眾面前一舉擊垮余勝手，這份鑑定報告絕對是最強大的武器。

對話戛然而止，病房再度恢復寧靜。

望著埋首於筆電的周晢，陸晨渏被晾在一旁，明知他是有意忽略自己，可她並不想要就這麼回去。

「還有事嗎？」

「沒、那個……」陸晨渏慌了下，連忙問道：「蕓姐姐最近身體還好嗎？」

「嗯。」

「宇禾哥呢？我好久沒見到他了。」

「不知道。」周晢想也不想。

「……那，記者會要辦在什麼時候？」最後，她輕聲詢問。

「妳沒必要知道。」周晢嗓音冰冷，終於，他抬眸與她對上視線。「……怎麼？開始擔心之後的生活了嗎？」

又來了。

明知這是周晢的習慣，陸晨渏依然沒忍住心中的酸澀。

「怎麼可能？」她強撐起微笑。「我本來就沒寄望。」

陸晨渏說的是實話。

打從與余勝手相認以來，她就沒想過要從他們身上獲得什麼，在那個家裡，她沒有名分、沒有聲音、沒有自由，更沒有所謂的期望，當然，也不會有多餘的擔心。

聞言，周誓高深莫測地看了她好一會兒，有那麼一瞬，陸晨渏覺得他似乎想和自己說點什麼，讓她不自覺握緊了手心。

可惜，錯覺終究只是錯覺。

「那就好，我可沒辦法為妳的人生負責。」別過目光，周誓再度專注於筆電之上。「沒事的話，妳可以先走了。」

……一切都結束了。

陸晨渏瞭然。

這一次，她找不到理由留下。

「對了。」臨走之前，陸晨渏從背包裡取出一個紅色的護身符，輕輕放在手邊的茶几上。「這是我前幾天去廟裡拜拜求給蕓姐姐的，希望她早日康復。」

明明是飽含真心的祝福，從她這個肇事者的女兒嘴裡說出來，卻給人一種亡羊補牢的諷刺……思及此，周誓憎恨的眼神又一次閃過心頭，陸晨渏呼吸一滯，不敢抬頭看周誓的表情，匆匆離開了病房。

「晨渏！」

這個聲音是……

正在電梯口前等待的陸晨渏一愣，遲疑了好幾秒才抬起盯著腳尖的視線，只見笑得如花燦爛的徐黛穿著病患服向她跑來，二話不說，撲上來就是一個大大的擁抱。

「晨渏！我好想妳喔！」

「徐黛妳怎麼……」陸晨渏一時手足無措，差點以為自己是在做夢。「妳、妳身體還好嗎？已經可以下床走動了嗎？」

「嗯！我早就好了！不過……」徐黛招招手，示意陸晨渏附耳過去。「偷偷告訴妳，其實我是和看護串通好溜出來透氣的，不然關在病房裡好幾天，我覺得我真的快發瘋了。」

「他們不准妳離開病房嗎？」

「嗯，說是因為擔心我，不准我到處亂跑，但妳看，我哪有那麼嚴重。」徐黛委屈巴巴地訴苦。「最慘的是，我的手機還被車子撞壞了，就連想打電話跟妳聊天都沒辦法，沒想到今天下定決心偷跑出來，竟然就在這裡遇到妳，真的太幸運了——」

比起徐黛的興奮，陸晨渏皺起眉頭，覺得有些地方不太對勁。

「妳剛才說妳的手機被車子撞壞了？」

「對啊，我不是出車禍嗎？手機好像因為這樣被摔壞了，不過我媽已經訂好一支新的了，說好等我出院再給我……晨渏，怎麼了嗎？」徐黛說得開心，這才察覺陸晨渏的表情古怪。

「妳不舒服嗎？要不要休息一下？」

「不、不是，我……」

車禍？

據她所知，徐黛明明是服藥自殺的啊。

而且，就算身體恢復正常，她的心情應該不會……

「……那個，徐黛，其實我一直不曉得妳在意外當天發生了什麼事，如果不介意的話，妳可以告訴我嗎？」

「老實說，詳細情況我都不記得了。」徐黛不好意思地笑了笑。「醫生說，可能是我在車禍發生時遭受過大驚嚇，大腦自動喚起保護機制，因此才會有部分記憶消失的情況。不過，這在醫學上是很常見的事，晨漪妳不用替我擔心。」

……也就是說，徐黛失憶了嗎？

所以，她之所以看起來這麼開心，就是因為她什麼都忘了？

按照醫師的說法，徐黛若真是因為受到重大打擊而失去記憶的話，那麼，高老師的存在是不是正代替著那一場不曾發生的車禍呢？

「別說我了，晨漪，妳還有事情沒跟我說呢。」徐黛親暱地勾著陸晨漪的手臂，曖昧的笑容滿滿。

「說什麼？」陸晨漪還沒反應過來。

「妳跟周誓啊！」徐黛眨了眨亮晶晶的雙眼。「不是說好了，寒假過後要告訴我的嗎？都怪我出了這場車禍，不然我早就追到最新進度了。」

啊，她都忘了還有這件事。

可是……

「你們在一起了嗎？快說！」

「徐黛，其實我跟周誓……」

「嗯？嗯？怎麼了？」

陸晨淯還沒啟口，腦海早已浮現了兩人一起去牧場的那一天，他用涼涼的嗓音要她別再叫他老師；他帶她去他最喜歡的餐廳，在那家充滿回憶的小店裡，他說他相信她的每一句話；那天晚上，他們捨不得離開車裡，他答應給她更多了解他的機會。

後來的每一天，他們一起去了好多、好多的地方。

一年半。

明明說好要等一年半的。

她還沒忘記他連帽衫的味道，還記得他堅持替她煮熱食的側臉，更沒忘記他聽她說話時的專注眼神，還有當窗外大雨落下，他將她緊緊擁入懷中，她只聽得見他穩穩的心跳聲……

一年半還沒到，一切卻已經結束了。

陸晨淯不知不覺紅了眼眶。

「……妳真的很喜歡他，對吧？」見狀，徐黛只是輕聲說了這麼一句。

如果只是喜歡就好了。

偏偏他們之間從來就不能只是一句單純的喜歡，師生的身分、年齡的差距，她曾經天真以為他們有一天能夠克服，但在淚水落下的這一刻，她才終於明白，他們本來就不能在一起……

「晨渏乖，不哭、不哭，沒事，我們不要理他了，好不好？」儘管不明所以，但看見好友哭得泣不成聲，徐黛仍然心疼得不行。「可惡，周誓那個大壞蛋，憑什麼惹我們晨渏哭？我們小晨渏這麼可愛，還怕找不到更好的人……啊。」

聽見徐黛的低呼，陸晨渏彷彿意識到了什麼，抬頭往某個方向直直看去。

就算淚眼矇矓，她依然能夠清楚看見那人的身影。

周誓站在不遠處，已經不知看了多久。

「老師……」

「我送妳回家。」說完，他便想轉過身去。

陸晨渏急著抹去淚水。「不用了，我……」

「別誤會，我沒有別的意思。」周誓冷聲，不耐地別過視線。「我只是想要趕快找到鑑定報告。」

……是啊，她在想什麼呢？

陸晨渏咬唇，忍住心口絲絲的疼痛。

她不應該有所期待，也不該再多想，他已經不會再為她心疼了，已經不會再將她擁入懷中了，他們的關係早就結……

不，不管是以前或現在，他們本來就沒有關係。

❖

打開位於玄關的燈光開關，一眨眼，滿室通明。

陸晨渏向旁退了一步，緊張地示意周誓先行，後者不發一語越過她，沿著廊道，走進起居室，映入眼簾的便是那一扇璀璨的城市夜景。

初來乍到，沒有人不被這幅景象震懾。

儘管曾在公寓樓下接送過陸晨渏好幾次，周誓卻連一次也沒想過要進來她獨居的居所，不，就算曾經閃過一秒的念頭好了，他也想不到有朝一日會是在這種情況下前來。

如今，看著眼前被打掃得一塵不染的偌大空間，高級的傢俱擺設，天花板懸掛的進口吊燈……

原來，這裡就是她居住的地方啊。

周誓面無表情，視線明顯環顧了一圈。

一旁的陸晨渏卻因此感到難以形容的羞愧。

「報告在哪裡？」周誓撇頭瞄她，無視她溢於言表的不安。

陸晨渏心頭一凜。「……就、就在書房，我帶你過去。」

與其說是書房，實際上是個「看起來」像是書房的樣品房，設計感十足的書架和書桌皆空無一物，除了散攏一地的搬家紙箱以外，放眼望去，找不到一丁點平時有人進出使用的痕跡。

「那邊的箱子我已經找過了，剩下這裡幾個還沒確認。」陸晨渏一邊說道，一邊推開已經翻找過的瓦愣紙箱。「抱歉，當初搬家搬得匆忙，我沒有時間好好整理行李。」

猶記得當時，臨時被告知要搬家的她只顧著把舊家的東西盡可能塞進箱內，深怕一不小心就把某個回憶遺落，尤其是媽媽的遺物，若是錯過了便再也找不回來。

「妳說，妳是國三搬過來的吧？」周誓環顧一圈腳邊的箱子，不算少，但絕對稱不上多。「兩年了，妳難道沒想過要整理嗎？」

陸晨渏一愣，似是這才注意到這件事。

「我、我可能只是忘了吧，但……」她輕聲開口，半垂的眼睫微微顫動。「也有可能，我一直覺得自己某一天又會突然離開也說不定。」

搬來以後便未曾拆封的行李。

無人踏入的書房。

即使找到了親生父親，陸晨渏仍不認為自己能夠就此安定下來，也不想在這裡留下任何痕跡，這間公寓只是她暫時落腳的地方，而不是一個真正的「家」……

「老師，怎麼了嗎？」陸晨渏看著莫名走神的他，問道。

「沒事。」周誓愣了下，倉促別過臉龐。「別浪費時間，開始找吧。」

接下來好一陣子，房間裡沒有對話，只有翻找的聲響。

由於沒有做好分門別類，想找到特定的物品並沒有想像中的簡單，尤其是一份沒幾頁的紙本報告，非常容易夾在雜物或書裡，一不小心便會錯失，因此每一樣東西都必須仔細檢查，大大增加了尋找的時間和難度。

時間一長，沉默不知不覺變得難耐。

他們背對著背，聽見牆上時鐘的滴答聲過於清晰。

呼吸也是。

或許，就連心跳都……

「徐黛還好嗎？」

沒料到周誓會突然搭話，陸晨渏嚇了一跳。

「徐黛她……」

「她看起來很好。」周誓說道。

更正確地說，有點太好了。

陸晨渏立刻明白他察覺了徐黛的不對勁。

「其實，徐黛她失憶了。」陸晨渏深吸口氣，簡單敘述好友的情況。「她以為自己只是出了車禍才會住院，她身邊的人好像也不打算告訴她真相。」

「聽妳的語氣，妳似乎不覺得是件壞事。」

……或許吧。

陸晨渏遲疑半晌，發現自己無法否認。

倘若如醫師所言，徐黛之所以失憶，是因為她承受不了發生在她身上的經歷，那麼，忘掉那些可怕的回憶，讓徐黛毫無窒礙地重新開始，對她而言又何嘗不是一件好事？

「那妳呢？」也許是見她久久不答，周誓忽然反問：「妳是不是也想和她一樣，一覺醒來就什麼都不記得，好像一切從沒發生過？」

「什麼？」陸晨渏反應不及。「我不……」

「不然妳為什麼哭？難道不是因為妳後悔了？」打斷她未完的話，周誓的語氣不知為何變得焦躁。「現在才終於開始擔心、開始覺得害怕了嗎？」

「不！那是因為——」

不曉得他為什麼突然生氣，陸晨渏驚慌回頭。

她以為他不會過問的！

剛才他不也無視了嗎？為什麼現在又……

此時，周誓從箱子裡取出了一份文件，亮在陸晨渏面前——

那是她與余勝丰的親子鑑定報告。

他找到了。

「下星期五，我會召開記者會。」周誓說道，清冷的視線直視著她。

……星期五嗎？

怔怔看著眼前的那份白紙黑字，陸晨漪原本想說的話全嚥了下去。

「我知道了。」

「就這樣？」又一次，周晢暴躁地開口：「妳真的不後悔嗎？」

後悔什麼？

陸晨漪並不明白他的意思。

偏偏正是她的一無所知，點燃了周晢早已蓄勢待發的怒火。

「要是我在媒體上曝光了妳的消息，妳這輩子都會背上殺人犯私生女的標籤，那些狗屁記者不會放過妳，妳走到哪都會被人指指點點，妳不可能過上安穩的生活，陸晨漪，妳到底有沒有想清楚？妳真的知道接下來會發生什麼事嗎？」

「我知……」

「妳他媽根本什麼都不知道！」周晢低吼，猛然將手中的報告甩在地上。

……他快瘋了。

真的，快要瘋了。

明知這是報復余勝手的唯一方法，他甚至不費吹灰之力就拿到了各種資料和證據，這是多少想要打擊光阜集團的人做夢也想不到的大好機會，但……

說什麼利用，他根本就辦不到！

每當陸晨漪出現在他的面前，他就會開始猶豫，忍不住質疑自己的決定，他不得不無視她的存在，逼迫自己將她推開，就算看見她受傷的神情，他也不能將她擁入懷中——

『童話故事本來就不是美好的啊。』

『如果我真的有那一本小冊子，裡面寫著的應該只有我自己的故事。』

『老師，請你利用我吧。』

『我本來就沒有寄望。』

『也有可能，我一直覺得自己某一天又會突然離開也說不定……』

「……這一切明明都不是妳的錯，為什麼妳能這麼平靜地接受！」腦海中閃過一幕幕陸晨湇堅強的笑顏，周誓沒辦法理解，哭鬧也好，憤怒也好，偏偏她卻連在這種時候都選擇了堅強……

為什麼？

她怎麼可以……

「因為，老師，這也不是你的錯啊。」

……什麼？

聽見那道輕柔的嗓音，周誓抬起頭，重新迎上她的雙眼。

「老師，我不會有事的。」陸晨湇說道，唇角掛著淺淺的笑意。「我說過了，我不是活在童話故事裡的公主，我比你想像得還要堅強，不管日後發生什麼事，我都不會後悔的。」

「那是因為妳沒經歷過……」

不，她早就知道了啊。周誓忽然想起。

在那個不屬於她的聖雅各裡，她早就明白了現實的殘酷。

「老師，你不是問我想不想忘記這一切嗎？我不想。老師，我不想忘記你，我想要一直、一直記得你……」

就算回想起來，淚水將會止不住落下也是。

看著努力在自己面前保持著微笑的陸晨淯，那一刻，周誓再也控制不住內心的衝動，他猛然伸出手，用力將眼前的她拉向他，視線交會的瞬間，他情不自禁地俯下頭，吻上了她微涼的雙唇。

他慢不下來。

顧不得這是女孩的初次，周誓的舌尖撬開了陸晨淯因緊張而緊閉的齒間，強勢地進入她的嘴裡交纏，舌頭，頰壁，下唇，他撩動著她，失去理智，霸道卻溫柔地占領了每個角落。

直到陸晨淯再也喘不過氣，周誓才終於退開。

「……陸晨淯，我到底該拿妳怎麼辦？」加重擁抱的力道，周誓喃喃低語，此時的他不再冷靜，嗓音充滿了無措的掙扎。

然而，陸晨淯只是窩在周誓的氣息之中，雙手緊緊回抱著他。

「不用擔心我，老師，真的，我真的沒關係。」側耳傾聽男人亂了節奏的心跳，陸晨淯輕聲安撫著他的不安。「我只希望你能夠幸福就好。」

他幸福了，那她呢？

只在乎別人幸福的妳，何時才會想到自己的幸福呢？

周誓閉上眼睛，埋首於她的頸間，悄悄握緊了手心。

❖

就像颱風過境後迎來了平靜的黎明，走在星期一的校園裡，周誓與陸晨湇迎面遇上，腳步未停，肩膀不再僵硬，呼吸如昔，擦身而過的瞬間，兩人的視線自然交會，接著，宛如不曾相識的陌生人一般，走過。

距離星期五，還有四天。

星期二的圖書館，沉浸在書頁裡的精彩故事，陸晨湇聽見對面的座位被人拉開，才抬頭，就見梁之界對她露出燦爛的笑容。

好像是第一次，他們終於有了一場愉快的聊天。

忘了是誰先提起的，梁之界鼓起勇氣和她道歉，關於生日派對上發生的一切，他再三表示他對於柯劭康的計畫毫不知情。陸晨湇欣然接受，同時也對他阻止柯劭康一事向他道謝。

「真正救了你的人，並不是我啊。」

「咦？」

梁之界笑了笑，給予錯愕的她一個心領神會的眼神。

……原來，他早就知道了啊。

溫熱的暖流滑過心頭，陸晨漪不自覺笑了出來。

「謝謝你替我保密。」

雖然，一切都和當時不一樣了。

但她還是很開心得知，原來聖雅各也有和她一樣的傻瓜。

距離星期五，還有三天。

獨自坐在樹蔭底下的長椅，陸晨漪一邊盯著地上光影被風吹得一閃一動，一邊享用從學生餐廳買來的三明治。

即使她並不在乎一個人行動，也習慣無視四周投來的視線，但一個人在三五成群的餐廳裡吃飯這一點，似乎是她怎麼也無法跨越的關卡。

「就叫妳不要推我！等一下——」

羅莎一個踉蹌，險些在陸晨漪面前跌個狗吃屎，幸虧一旁的范末璇及時拉住她的手臂，否則後果不堪設想。

「妳們怎麼……」

陸晨漪話沒說完，就見兩人吵了起來。

「范末璇都是妳啦！」

「是妳自己跌倒，我只是叫妳不要扭扭捏捏。」

「我哪有扭扭捏捏，我只是走路比較慢！」

「最好是，我看妳是想臨陣脫逃吧。」

「我才沒——」

「夠了！」陸晨渏大喊一聲，制止眼前正在上演的鬧劇。「……請問妳們找我有什麼事嗎？」

空氣彷彿停滯了一秒。

率先恢復過來的范末璇用手肘推了推羅莎，後者回瞪好友一眼，眼神不安地四處飄移，好不容易等她冷靜下來，做了一個長長的深呼吸後，羅莎的目光終於來到陸晨渏身上。

「晨渏，對不起。」她說。

沒想到羅莎會和自己道歉，陸晨渏眨了眨眼。

「對不起……什麼？」

「我對不起妳，因為我不該把自己的標準套用在妳身上，不應該因為妳沒告訴我祕密就亂發脾氣，我現在知道不是非得事事分享才叫做朋友，我錯了，對不起，妳可以原諒我嗎？」

或許是私底下練習很久的緣故，羅莎的語氣就像是背誦課文的小學生一樣，既尷尬又可愛，聽得陸晨渏忍不住想笑。

事實上，她也真的笑了出來。

「笑屁……」羅莎紅了臉，惱羞大喊：「喂，快點回答啊！」

「羅笨蛋！搞清楚妳的立場！」

「誰叫她——」

「嗯，我原諒妳。」陸晨渏揩去笑出的淚水，重新調整了表情。「……我也要和妳們道歉。對不起，我隱瞞了那麼多事，忽略了妳們對我的關心，真的很抱歉。」

羅莎和范末璇對看一眼，同時對著陸晨渏露出大大的笑容。

後來，三人一起在樹蔭底下度過了久違的午餐時光，笑聲隨風飄揚，心靈的距離不知不覺變得更加靠近。

「對了，那妳現在可以跟我說周誓的事了嗎？」

「羅笨蛋——」

只見羅莎被范末璇扯住耳朵，陸晨渏大笑出聲。

距離星期五，還有兩天。

下雨了。

放學時間，聖雅各的車道排滿一輛輛名貴的私家車，陸晨渏笑著與好友道別，與此同時，身旁的同學一個個坐上車離去，不久後，只剩下她一個人留在原地。

司機遲到了，又一次。

走向屋簷的最邊緣處，她抬頭望著黑漆漆的天空，正想伸手觸碰冰涼的雨滴時，車道忽然迎來明亮刺眼的光線。

陸晨渏瞇起眼睛，看清來人時，不由得怔愣了一下。

「上車。」

周誓一手放在方向盤上，清冷的視線一如往常。

那天之後，他們便再也沒說過話了。

驅車駛回陸晨渏家的路上，兩人依然一句話都沒說，只是聽著雨水落在車頂，看著雨滴滑落窗面，街道兩旁的招牌燈光透了進來，在他們臉上映出五顏六色的色彩。

「老師，我可以問你一個問題嗎？」陸晨渏盯著窗外，忽然開口。

「嗯。」周誓握了一下方向盤，應聲。

「你喜歡什麼口味的冰淇淋？」

「……海鹽焦糖。」

「那，喜歡的季節是？」

「夏天。」

「山上，海邊？」

「海邊。」

「喜歡什麼顏色？」

「黑色。」

「平常使用的香水？」

「我不用香水。」紅燈了，周誓在停止線前停下，轉頭看向陸晨漪。「……怎麼？我身上有什麼味道嗎？」

「嗯，有一種很好聞的味道。」陸晨漪笑了笑，想起羅莎曾在名牌店掃貨的事蹟。「女生們都在猜是不是某一牌的香水，原來並不是啊。」

「大概是洗衣精的味道吧。」周誓抓起衣領聞了一下，他不喜歡改變，永遠都只買某個品牌的洗衣精。「沒記錯的話，應該是……」

「小白熊！」

「小白……」

見陸晨漪比自己早一步說出答案，周誓有些錯愕。

「沒想到真的是小白熊！」反觀，陸晨漪卻是十分興奮。「不瞞你說，我家以前都用這個牌子的洗衣精，難怪我一直覺得老師身上的味道很熟悉，而且——」

她說得正開心，猛一轉頭，與周誓的目光撞在一起。

只見他帶著柔和的笑意，專注地盯著她。

那一瞬間，世界彷彿停止了運轉。

好安靜。

坐在副駕駛座上的陸晨漪動也不動，看著周誓向自己伸出手，跨越中央，手心捧著她的臉頰，大拇指若有似無地輕輕摩挲，就像是在碰觸世上最珍貴的寶物……

叭——

突來的喇叭聲打破車內的寧靜，燈號不知何時轉綠，他們在同一時間收回視線，周誓踩下油門，一切又恢復到最初的沉默。

直到車子停靠在路邊，他們都沒有再說過一句話。

「……再見，老師。」

「嗯。」

不似以往，這一次的她沒有逗留，而他也沒有挽留。

陸晨渏撐著雨傘，站在雨滴濺起的路邊，目送周誓的車尾燈消失在道路的遠端，落不盡的雨水抹去了滿街燈光的銳角，她的視線似乎也因此跟著模糊不清。

明天，會是怎樣的光景？

此時的她仍一無所知。

❖

上午的數學課結束後，陸晨渏留在座位上整理筆記，犯睏的羅莎拉著范末璇去買麵包，周遭的同學閒聊最新一季的名牌包款、誰週末又要辦派對、下一次旅遊要去哪個國家……

今天是星期五，又是一個平平無奇的聖雅各日常。

沒人知道今天會發生什麼事。

她也是。

陸晨渏並不曉得記者會將在何時舉行，但她知道她一定不會錯過。

——就像現在。

走廊上忽然傳來一陣騷亂，還沒搞清楚狀況，就見羅莎拉著范末璇衝進教室，睜著大大的眼睛，三步併作兩步跑到陸晨渏的桌前。

她面色不改，只有放在身側的拳頭悄悄握緊。

「晨渏！妳早就知道了嗎？」羅莎驚慌地問道，由於太過驚訝，聲音大得全都聽得見，「妳、妳早就知道周誓自請離職了嗎？為什麼？調查結果不是還沒出來嗎？他為什麼要辭職啊？」

……辭職？

聽見意料之外的消息，陸晨渏的腦袋來不及反應。

「妳、妳從哪裡聽來……」

「周誓啊！他親口跟我們說的！而且他還——晨渏！」

下一秒，陸晨渏猛地推開椅子，向著校外飛奔而出。

……不可能。

今天不是要召開記者會嗎？為什麼會突然辭職？

發生了什麼事？

他等了那麼久，不就是為了今天嗎？

為什麼？

正當陸晨漪穿越長廊，急著趕上周誓的離開時，長廊的另一端迎面走來了一隊西裝筆挺的大人，那是校長、副校長，還有——

嚴丹蔓。

陸晨漪杵在原地，不敢置信地望著走在最前方的女人。

……她為什麼會出現在這裡？

❖

寂靜沉默的書房裡，飄著一股清雅的茶香。

嚴丹蔓與陸晨漪分坐在會客區的兩端，前者姿態優雅地喝了口熱茶，雪白的古董瓷杯在放下時發出了格外清脆的聲響。

光阜集團的嚴丹蔓出現在聖雅各一事，在短短幾分鐘之內傳遍了整個上流社會，除此之外，她在眾目睽睽之下帶走了陸晨漪的消息，更讓所有人震驚不已。

此時此刻，每個人都在好奇她倆的關係——是親戚？是友人的小孩？養女？抑或是……隨便外人怎麼揣測，陸晨渏一點都不在乎。

「……夫人，是妳把老師逼走的嗎？」抓緊膝上的裙襬，陸晨渏瞪著坐在自己面前的嚴丹蔓，語氣是從未出現過的冷凜。

自從來到這個「家」以後，陸晨渏一直都對主掌大權的嚴丹蔓十分畏懼，因此，這是她第一次用這種態度和嚴丹蔓說話，而她一點都不感到害怕。

「周老師前幾天有來找過我。」被人當面質問，嚴丹蔓意外地沒有多大反應，她半垂著眼睫，纖長手指在扶手上彈動。「他不曉得從哪裡拿到我的名片，突然跑來跟我談條件。」

「然後呢？」陸晨渏逼問：「就因為妳不肯答應，妳就逼他辭職？」

「妳知道他開了什麼條件？」嚴丹蔓挑眉。

「不管他開了什麼條件，那都是他應得的！」陸晨渏激動地大喊：「這一切全都是余勝丰的錯！老師想討回的不過就是他們應得的公道！若不是余勝丰當年酒後駕車，毀了蕓姐姐和周誓的未來，老師他何必冒著被光阜集團施壓的風險，上演小蝦米對上大鯨魚的戲碼……你們不過就是有幾個臭錢！憑什麼草菅人命！難道你們都不覺得可恥嗎！」

「妳不能否認，這個世界，錢能夠解決許多事。」

「妳——」

「但，妳似乎搞錯了一些事。」嚴丹蔓坐直身軀，雙手放至膝上。「首先，我沒有逼周老師辭職；再來，我答應了他的條件；最後，關於發生在周小姐身上的意外，我感到很抱歉，而且也感到非常可恥。」

霎那間，陸晨渏不知做何反應。

她不懂。

嚴丹蔓看起來並不像在說謊，可是……

「周老師把一切都告訴我了，包括他打算召開的記者會。我本來以為，他來找我是為了威脅我，企圖從我身上要求更大的賠償，但顯然我是誤會他了，周老師最後只跟我提出了一個條件。」嚴丹蔓直視著陸晨渏。「……晨渏，妳知道他說了什麼嗎？」

陸晨渏動也不動。

她不知道。

現在的她什麼都搞不懂……

「他要求我好好對妳，不要讓妳孤單。」嚴丹蔓說道，不禁想起周晢當時的神情。

果斷，決絕，卻又無比真摯。

「周老師並沒有要求我給他多少錢，甚至沒要我處理余勝丰。他說，只要我答應他的條件，他將會把他所知道的祕密、手上的證據全都銷毀，並且不再出現在我的面前。」

「……我、我不懂……老師他……」

「不瞞妳說，我挽留過周老師，他大可不必辭職，之前是我太過放任，我很抱歉，我承諾他會親自處理這件事，只不過周老師還是拒絕我，他堅持要離開聖雅各。」

對他來說，一切都太艱難。

不是余勝手得到了懲罰就會沒事，他的妹妹還沒醒來，他的生活已經被改變，還有……

他不可能若無其事地面對陸晨渏。

至少，現在不行。

那是當晚唯一一次，嚴丹蔓從周誓堅決的表情裡看見了破綻。

「沒錯，是我們對不起他。」嚴丹蔓說道：「所以，即使周老師沒有要求，我仍盡我所能地給予補償，我向他保證，若是他以後有需要，他可以隨時來找我。」

「……太遲了。」陸晨渏喃喃低語：「如果妳早一點這麼做，老師他就不會白白受那麼多苦……」

「對不起，晨渏，我很抱歉。」

錯過時機，再多的道歉又有什麼用？

陸晨渏無話可說。

接著，嚴丹蔓告訴她，她將在不久後解除余勝手在光阜集團的職位，由於這項任務必須經過董事會同意，沒辦法在一夕之間達成，為此，嚴丹蔓請求陸晨渏的諒解。

「……夫人，妳為什麼不跟余勝手離婚？」聞言，陸晨渏只是低著頭，默默問了一句。

儘管嚴丹蔓處理得太遲，但與余勝手這幾年的毫無作為相較，依然好上太多、太多，她不明白，嚴丹蔓明明是那麼理智、有智慧的人，為什麼偏偏要跟余勝手那種人在一起？

尤其是在發生了那麼多事以後。

包括她，陸晨湇的存在。

「這麼說或許很可笑，但……」嚴丹蔓回答，語氣輕巧。「大概是因為我愛他吧。」

因為愛，她放任丈夫在公司尸位素餐；因為愛，她無視丈夫脫序的作為；因為愛，她甚至容忍丈夫在外與鶯鶯燕燕糾纏不清……

她放不下余勝手，便只能和他一起承擔他的過錯。

不管是現在，還是過去。

「……當年，妳媽媽曾偷偷來找過我，為了和余勝手曾有過的一段情跟我道歉，她和我說了她的病情，拜託我能夠不計前嫌地照顧妳，直到妳長大成人。而我之所以會答應，並不是我大度或是同情，而是因為她的眼神──晨湇，妳知道嗎？周老師和妳媽媽有著一樣的眼神。」

那是為了所愛之人，不顧一切的覺悟。

而他們愛的人，都是她。

「我很羨慕妳，晨湇。」嚴丹蔓美麗的臉上覆著一層淡淡的淒楚。「能夠得到這樣的愛，真好。」

飄著茶香的書房裡寧靜依舊。

陸晨湇早已泣不成聲。

❖

周誓離開以後的聖雅各低迷了好一陣子，期間當然免不了各種謠言揣測，尤其是當初的調查未果，不少人把矛頭紛紛指向陸晨漪，暗地裡說她是逼走周誓的罪魁禍首。

好在陸晨漪的身旁有羅莎、范末璇的陪伴，梁之界偶爾也會來她們的小圈圈裡插花，因此除了背後說說閒話，倒也沒出多大的亂子。

只不過，陸晨漪心知肚明，聖雅各的人們之所以不敢太過放肆，主因其實是畏懼她身後的那個人──嚴丹蔓在社交圈裡放出消息，陸晨漪是她去世好友託付的遺孤，膝下無子的她將陸晨漪當作親生女兒一般疼愛，甚至不排除陸晨漪成為集團繼承人的可能性。

此話一出，當初所有謾罵過陸晨漪的人都瑟瑟發抖，就連當初像是像是瘋狗似的緊咬不放的柯劭康都夾緊了尾巴，從此不敢造次。

不知不覺，蒙上一層雨霧的春日隨風而去。

伴著炎熱的陽光，夏日跟著來到。

「小晨漪。」

陸晨漪回過神，就見何子清帶著微笑走來。

「……老師好。」

「妳在這裡幹麼？」何子清問道，方才他遠遠就看見陸晨渏一個人站在天台的欄杆邊，神情縹緲地眺望著遠方。

「沒什麼，只是隨便看看。」她笑說，勾起被風吹亂的髮絲。

「是嗎？」何子清學她靠在欄杆上。「但這裡好像沒什麼好看的啊。」

陸晨渏微笑，沒有回答。

偷偷瞥著身旁的女孩，不得不承認，何子清心裡一直有著疙瘩。

「小晨渏，那個……」他猶豫半天，終於決定開口：「我很好奇，妳為什麼沒來問我，周誓去哪裡了？」

想起周誓辭職不久的那一會兒，何子清走在路上都會被學生攔下來盤問，這也難怪，畢竟他和周誓最為要好，人人都想從他嘴裡挖出小道消息。

唯獨陸晨渏，她一句話都沒過問。

「我還是不要知道比較好。」她說，雲淡風輕。

「啊？為、為什麼？」

「老師他不會想要見我。」

「怎麼會……」何子清說到一半，止住了話。

怎麼不會呢？

周誓選擇離開的原因，不正是因為陸晨渏嗎？

「……抱歉，看來是我多嘴了。」何子清閉閉眼，覺得自己有夠沒神經。

陸晨渏並不在意。

涼風拂來，她的微笑不減。

「老師，你聽得見這裡的聲音嗎？」

「聲音？」何子清皺眉，他們所在的天台平時很少有人經過，附近也沒有其他設施，天台前方則是一排蓊綠大樹。「妳是說……蟬鳴？」

陸晨渏笑了一下。

……果然。

隨風搖動的樹梢沙沙作響，金黃陽光毫不吝惜地灑落，陸晨渏望著眼前的翠綠，清晰想起了他與她的第一次初見——

燠熱難耐的夏日。

大禮堂裡排排坐的人們。

台上倨傲的他。

除此之外，還有回憶裡嘶噪不停的蟬鳴……

如今，她卻再也聽不見了。

『陸晨淯，妳真的很不夠意思耶！』歐洲時間下午三點，羅莎的聲音從手機喳呼傳出。

沒辦法，現在的她實在超級不爽。

『不是啊，難得出國旅行為什麼丟下我們自己去？好啦，我知道了啦，我早就知道妳比較喜歡那個姓徐的！看來我這幾年的付出都白費了！』

「說什麼啊妳。」陸晨淯失笑，替自己倒了杯水。「妳現在不也還待在美國嗎？根本就沒時間陪我，還敢說呢。」

『那妳可以來找我啊，非得去瑞士找姓徐的……』

「哎喲，我又沒來過瑞士。」

『喔所以妳的意思是，妳是因為沒去過瑞士才去瑞士，而不是特地去瑞士找徐黛玩？』羅莎威脅似的問道，頗有一股「妳敢說不是就死定了」的濃濃醋味。

陸晨淯偷笑了幾秒。

像這種時候，只要順著毛摸就行了。

「是是是，誰叫我最喜歡妳呢。」

『哼，這還差不多。對了，晨渏，我跟妳說……』

越洋連線將近一小時，待陸晨渏向羅莎報備完所有行程後，那方總算滿意地結束通話，說來也巧，拿在手裡的手機正好亮起了訊息視窗。

『我訂好車票了，明天見！』

看著徐黛的訊息，陸晨渏不禁一笑。

雖然對羅莎有些不好意思，但她此行的確就是來找徐黛玩的。

話說當年，徐黛並沒有回到聖雅各完成學業。

她在父母的安排之下悄悄休了學，接著便來到瑞士留學、工作，而在這段時間裡，陸晨渏一直都有與徐黛保持聯繫，儘管身在不同國家，兩人感情不減反增。

由於工作上還有一些事必須處理，徐黛晚一天才會抵達兩人約好的山間小鎮，陸晨渏想了想，決定一個人先去鎮上晃晃。

旅遊旺季尚未來臨，旅客不算多，拿著飯店附贈的觀光地圖，陸晨渏淺嘗當地知名的點心，隨意選了幾個景點走馬看花，即使沒人陪伴，悠閒的氛圍也令人感到十分愜意。

「呼……」

沿著長長的石階緩步向上，陸晨渏最後一個目的地是山丘上的教堂。

大概是長途飛行帶來了勞累，也或許是在辦公室待久了，她竟然連這點路都覺得不堪負荷，走沒多久就想休息一下。

停在半途，氣喘吁吁的陸晨漪看向來時路。

涼爽的夏季微風拂面，吐納之間是清新的空氣，放眼望去，入眼所及皆是一幀幀絕美的畫作：繞山而建的鵝卵石路、古老鐘樓與街道，再加上遠處的藍天綠山……

「真美。」陸晨漪不禁讚嘆。

著迷地望著眼前的美景，心情不知不覺隨之開闊。

好像，已經有好久、好久沒有這麼放鬆了……

大學畢業後，陸晨漪找了一份行銷企畫的工作——不在光阜集團，也不在光阜集團旗下的子公司，簡單來說，就是和光阜集團一點關係都沒有——為此，嚴丹蔓甚至和她小小鬧過彆扭。

啊，別誤會，她與嚴丹蔓的感情其實還不錯。

儘管一開始並不熟悉，有時候也會感到尷尬，但在那年之後，嚴丹蔓一點一點學習如何成為她的母親、她的朋友……更正確地說，她們都在學習如何與彼此相處。

而這一晃眼，就過了七年。

七年。

說長不長，說短不短，長到足以讓她從一名十七歲的高中生，成為一名二十四歲的社會人；卻也短得彷彿一瞬間，驀然回首，似乎變成了一個連自己都不太習慣的模樣。

她學會開車。

偶爾喝點小酒。

試著在反覆的平凡生活裡找點樂子。

唯一不變的是，七年來，她一直都是一個人。

身處在一個向右滑就能找到愛情的時代，維持單身是一件很稀奇的事。不知情的同事總是好奇她的身邊為何沒人陪伴；另一方面，陸晨渏的至親好友卻總擔心她是不是仍想著那個人？

那一瞬，熟悉的身影再度閃過腦海。然而，就像過度播放而磨損的膠卷，不知從何時起，那人的臉龐似乎不如當年清晰。

時間是一條殘酷又溫柔的河流，悄聲無息帶走了那些曾經以為不會消失的感受，包括當初的傷痛與眷戀。

如今的她想起他時，已經不會再哭了。

陸晨渏能夠理解好友們的擔憂，畢竟就連嚴丹蔓都不只一次暗示過她，只要陸晨渏一句話，她就有辦法替她找出他的去向。

可是，她並不是為了他才不跟其他人交往的啊。

身在其中，陸晨渏比任何人都清楚，想念是一回事，等待又是另一回事，她長大了，她明白了，有些人只是生命裡的過客，有些回憶終究要過去，她怎麼可能抓著不放手？

……都過去了，不是嗎？

身旁的石階有人走過，拉回已然飛遠的思緒。

閉了閉眼，調整好呼吸，陸晨滈重新打起精神，正要起步走完最後一段路程，恰巧看見一個小小的飾物從方才經過的人身上掉了出來，輕巧落在石階上。

她沒多想，趕緊上前撿起。

「不好意思！妳的東西掉——」

當下，陸晨滈沒把話說完。

她沒辦法。

盯著躺在手上的紅色護身符，陸晨滈的心弦不禁一顫。

「啊，謝謝妳幫我撿起來。」

聽見那道明明從未聽過，卻又莫名熟悉的溫柔嗓音，陸晨滈緩緩抬頭，怔怔看著來人的面容，她說不出話，無聲的淚水就這麼落了下來。

❖

再次睜開眼睛的感覺，就像是做完了一場很長、很長的夢。

周蕓醒來以後，花了很長一段時間才理解自己所在的世界——比如，她已經不是十七、八歲的高中生；比如，現在的她沒辦法行走，說話也不流利；又或者，她不知何時離開了自己出生生長的土地，一覺醒來便來到一個語言不通的西方國家。

儘管對於鏡子裡的臉龐仍感到說不出的陌生，但一連串的復健療程讓周藝很快轉移了注意力。

從頭開始，一切都很艱難。

彷彿初生的嬰兒，周藝必須重新學習吃飯、發聲、走路，沒有經歷過的人不會理解，這些看似理所當然的小事竟會讓人如此無力，頻頻失敗的挫折更是令人沮喪得失去自信。

可不管再苦，周藝都沒有放棄。

不只因為她個性堅強，也因為她很清楚，她之所以能夠奇蹟似的醒來，全是哥哥拚上人生換來的機會。因此，周藝說什麼也不會讓周誓的辛苦白費。

幸好，經過一年半的努力，周藝終於獲准出院。

雖然仍得拄著拐杖行走，但日常生活已無大礙，周藝平時在家中負責整理家務，覺得無聊便會到鎮上圖書館看書，每天的固定行程是沿著石階走上山丘的教堂充當復健，之後則和在教會小學工作的周誓會合，兩人再一起散步回家。

異地他鄉，歲月靜好，兄妹倆過著與世無爭的靜養生活。

唯有午夜夢迴之時，周藝的腦海總會冒出一個模糊的畫面，她分不清那只是一場夢，抑或是實際發生過的現實，似乎曾有個女孩陪在她的身邊，帶著滿滿的笑容，以清脆溫和的嗓音為她念著一段又一段的故事……

由於太過真實，周藝曾經和周誓提過這件事。

說真的，她本來以為他會嘲笑她，就和以前一樣，用他那討人厭的酸言酸語說一些令人牙癢癢的話，故意氣得她直跳腳。

周蕓萬萬沒想到，聽完她的描述以後，周誓的反應卻是一愣，不知想起什麼似的沉默好久、好久，而到了最後，他的回答只是一抹淺淺的微笑。

她沒再追問。

周誓也從不提起。

——直到現在。

「妳、妳不要哭啊，怎麼了？發生什麼事……」

看著面前忽然掉淚的女孩，周蕓不知所措，明明不曉得她的身分，她的心頭卻湧上一股莫名的親切與熟悉，腦海也在同一時間閃過那場似曾相識的夢境，以及，深藏在周誓心中的那一個人……

那一刻，一切終於有了解答。

❖

這個時候，周蕓應該快要到了。

看了一眼腕上的手錶，收拾好隨身物品，周誓帶上辦公室的門，鑰匙在靜寂的空氣中震盪出聲，不過才下午四點多，整個學校已是一座空城。

獨自走在無人的走廊上，周晢十分熟悉這樣的寧靜。

雖然和聖雅各相比，這間鄉村小學的規模小得太多，但或許是學校之間有著類似的氛圍，他時常在不經意間回想起在聖雅各的日子——說來好笑，那本該是他最不願回憶的時光才是。

……七年了。

何子清前陣子才問他什麼時候回台灣，他沒有說話，惹得何子清在另一端哀聲嘆氣，結束通話之前，語氣無奈地問他是不是打算永遠不回來？

周晢閉了閉眼，忘了自己是怎麼回答的。

如今周蕓醒了，恢復狀況也很良好，長途飛行早已不是問題，他不是沒想過回去家鄉，但……

午後的陽光灑進舊式玻璃窗，石板地面顯現出一格格光影，相似的畫面讓周晢想到他在聖雅各走過無數次的長拱廊。

那時的他總是快步走過，不做停留，也不多看，即使學生和他打招呼都不予回應，他無法形容自己有多厭惡那裡的人事物。

直到她的出現。

陸晨漪。

七年了，他偶爾還是會想起她的笑容。

想起她的淚水。

想起她在最脆弱的時候，仍然一心只想著保護他……

她過得好嗎？

有好幾次，他都差點脫口詢問何子清。

「啊，找到你了，周老師。」

只聽身後傳來呼喚，周晢停下腳步，恭敬地看向那名精神奕奕的老者。

「午安，戴文神父。」他點頭致意。

「你要回家了嗎？真不好意思，耽誤你的回家時間。」戴文神父笑臉盈盈。「我只是想確認一下，關於我上次說想邀請你成為正式教師的事，不曉得你考慮得如何？」

年近八旬的戴文神父不只是這間學校的負責人，也是整個小鎮的大家長，自從周晢兄妹搬來這座小鎮後，他一直很關心兩位異鄉人的生活。

周晢能在這間學校擔任臨時教師，同樣也是受了戴文神父的幫助，數年下來，雙方培養了頗為深厚的交情。

「……抱歉，我還沒有決定。」周晢低下頭，有些慚愧。

「喔，這樣啊，沒關係，你可以再考慮一陣子。」戴文神父體諒地說道。只不過，端詳著面前的周晢，神父露出了有所領會的和藹笑容。「……或許我該先問問你，你是不是已經計畫要回台灣了？」

被人戳中了心事，周誓難得慌亂。

「不是的！我只是……」

「你不想回去？」

「也不是，我……」周誓語塞，難以解釋內心的複雜。「老實說，我不知道……」

「周老師，我能問你在害怕什麼嗎？」戴文神父微笑如斯。

害怕？

聞言，周誓一愣。

他……他在害怕嗎？

看見周誓的錯愕與不解，戴文神父不禁想起與周家兄妹初見的那一年，他清楚記得，當時的周誓雖然十分有禮，但在禮貌的態度之外，卻給人一種冷漠的疏離感。

直到兩人日漸相熟，戴文神父才從周誓口中得知他的過去。

那時，周誓充滿了憤怒、不甘。

隨著時間過去，那份戾氣逐漸平息。

接著是現在。

周誓其實很清楚，何子清以為他之所以不回去，是因為他仍心有怨恨，不願意回到那塊傷他極深的故土，然而，感受著此刻平靜的心跳，周誓知道，答案是否定的。

戴文神父比他更早發現這一點。

「周老師，有時候人之所以抗拒，並不是因為厭惡，而是因為害怕。而這樣的恐懼，通常來自於期待、渴望、思念，以及愧疚。」戴文神父說道，和藹地注視著周誓。「如何？你有想起任何人嗎？」

周誓的心海浮現了某個人的身影。

從頭到尾，就只有她。

「我不曉得該怎麼做……」

「去面對吧。」戴文神父對他堅定地點了點頭。「只有親自見到對方，你才能得到真正的答案。」

「可是……」

「去吧！」

宛如一聲當頭棒喝，周誓心頭忽然一熱。

他倏忽轉過身，邁開腳步朝著校門跑去，與此同時，昔日回憶如潮水向他湧來，七年前的時光一幕幕在他的心海清晰浮現——

一切的開端，始於一個眼神。

她在Vulkano Club撞見了他的祕密，無預警闖進了他晦暗的生活，儘管他曾懷疑她別有用心，故意利用話劇比賽找她麻煩，認真不屈的她卻一次次堅持下來。

他不得不正視她的存在。

不是因為她像周蕓，而是因為她就是她。

如同清晨的陽光，她的溫暖與善良逐漸融化他封閉已久的心房。

七年了。

他沒辦法忘記，在那些為了補習而留校的夜晚，他們一前一後走在聖雅各的走廊；他忘不了那一年的寒假，她說想要更了解他的真誠目光；他永遠記得那個雨夜，他將她擁入懷中之時，空洞許久的內心被填滿的悸動。

直到最後，她仍然願意對他露出微笑。

……沒錯，他很害怕。

周蕓醒了，仇恨不再，時間沖淡了當時的憤怒，明明他再也沒有理由逃避，他卻發現自己害怕回去那個有她在的地方。

他不是不想見她。

相反地，他是真的很想知道她過得好不好。

偏偏這樣的心情愈是強烈，周誓愈是感到愧疚，矛盾的情緒在心裡發酵，他無法原諒曾經想要利用她的自己。

……他可以嗎？

他還有資格回去見她，當面和她說一聲對不起嗎？

大步奔出校門，夏日的陽光刺眼，眩亮了視線。

茫亮之間，周誓隱約看見一名少女站在那裡——那是十七歲的陸晨渏，穿著制服，長髮披肩，如一朵小白花一般溫柔清秀。

再眨眼，昔日幻影般的畫面不復存在。

取而代之的，是一名似曾相識的成年女子。

——陸晨渏。

周誓一眼便認出了她。

來不及思考陸晨渏為什麼會出現在這裡，他不在乎，周誓只是遵循本能，大步向前，猛然將她擁入懷中。

緊緊的。

彷彿一輩子都不想放開。

「老、老師……？」陸晨渏嚇了一跳。

「對不起。」靠在她的頸間，周誓的嗓音低沉而緊繃。

「咦？」

「對不起、對不起、對不起……」

愣愣聽著那一聲聲的道歉，陸晨渏的腦海有一瞬空白，儘管如此，她依然能夠清楚感覺到他的雙手微微顫抖。

他……他在害怕嗎？

陸晨湇遲疑地抬起手，安撫他僵硬的背部。

一下。

一下。

又一下。

直到他平靜下來為止。

「……妳為什麼會在這裡？」不知過了多久，周誓低低問道。

「我遇見了蕓姐姐。」陸晨湇回答，嗓音溫柔得宛如雲朵。「我們聊了很多，她告訴我，你在這裡教書。」

「就這樣？」

「嗯？」

「妳不恨我嗎？」

「我為什麼要恨你？」陸晨湇笑了。

不知道。

周誓閉了閉眼，他就是覺得自己應該被討厭。

「老師，我可以看看你嗎？」半晌，陸晨湇輕聲詢問。

他沒有說話。

只是緩緩鬆開緊擁著她的手臂。

……七年了。

時隔七年，他們又一次迎上彼此的眼神。

沐浴於明媚的陽光之下，曾經共度的時光與錯過的年歲悠然重疊，他的臉龐多了成熟的痕跡，她的面容有了更加細緻的風貌，他與她面對面站在一起，好像變了，又好像什麼都沒變。

望著周誓滿是自責的臉龐，陸晨漪情不自禁地伸出手。

「沒事的，一切都過去了。」她微笑，涼涼的手心貼著他。「老師，我們都不要再說對不起了，好嗎？」

周誓目不轉睛地看著她。

下一秒，沒有任何預兆，他再次擁她入懷。

「……我好想妳。」

被溫暖厚實的溫度環抱，聽低沉的聲線與心跳在耳邊響起，陸晨漪忍不住閉上眼，她知道，她再也無法欺騙自己的真心。

「嗯。我也是。」

陸晨漪終究必須承認，她很想他。

……怎麼可能不想？

時間或許能夠帶走那些不該留下的情緒，卻帶不走周誓在她的青春留下深深的痕跡，抹不去，淡不了，不管她和關心她的人們說了多少次謊、逞了多少次強，她的心裡其實一直想著他。

她喜歡他。

以前是，現在也是。

一直都是。

「老師，你還記得剩下的一年半嗎？」

聞言，周誓沉默了一下。

就一下。

「去他的一年半。」周誓悶聲說道，默默加重擁抱的力道。「做好覺悟吧，未來的每一年，我都不會再丟下妳。還有……」

聽見他未完的語句，沉浸在幸福裡的陸晨渏不明所以。

「怎麼了嗎？」她問。

「別再叫我老師了。」

男人輕嘆口氣，溫熱的氣息傾吐在她的頸窩。

啊。

陸晨渏恍然，輕笑出聲。

「……周誓。」她喚。

那一聲，宛如晨間的露水落入了他的心田。

一圈、一圈……

泛起因她而生的漣漪。

「我愛妳，陸晨渏。」

不管是以前，或是現在。

未來亦如是。

每個夏日，每個季節，每個年歲……

他們都會一直、一直在一起。

（全文完）

番外篇一 慶新年：婚約

大年初一，年貨大街人聲鼎沸，攤販熱情吆喝，南北貨、餅乾堅果，乃至於香噴噴的魷魚片、香腸和爆米香，摩肩擦踵的街道上充滿了人間煙火，好不熱鬧。

其中，又以一間糖果店的買氣最佳，絡繹不絕的客人擠滿在攤位前面，開口閉口要的都是好幾斤的糖果，店員來不及補貨，工讀生忙得頭昏眼花，唯有一名俊逸非凡的少年處之泰然。

「周晢！」不顧客人的齊聲抗議，糖果店三代硬是把少年從攤前抓到後場，沒辦法，他要是再不把周晢藏起來，整家店都會被客人搬光！

身為校草周晢的同班同學、糖果店第三代傳人，自從見識過周晢在園遊會上媲美招財貓的吸金功力後，他立刻邀請周晢在年節期間來自家糖果店打工，待遇給得超好，什麼粗活都不用幹，只要和客人聊天講話當吉祥物就好，薪水更不用說，絕對是令人眼睛為之一亮的程度。

高中生嘛，工作輕鬆又有零用錢賺，哪有不答應的呢？

周晢沒多想就同意了。

年輕人終究是年輕人，那時的三代並不知道，他找來的並不只是一尊普通的招財貓，而是一尊金光閃閃的財神爺！

相比高中生的醉翁之意不在酒，出社會的姐姐、阿姨出手闊綽又不囉唆，每個人為了捧花美男的場，買糖果跟不要錢一樣，買到明年過年都吃不完。

「兄弟，感謝你的付出，你可以休息了。」三代按著周誓的肩膀，疲憊的眼神像是工作了三天三夜。「你再繼續站台下去，我們就算賺再多都沒命可以花了。」

「意思是，我被開除了？」周誓傻眼，上工不到一天，被炒魷魚的理由竟然是績效太好，這話講出去也太凡爾賽了吧？

「呃，不不不，我的意思是……」三代想想不對，大過年的，總不能現在就請財神爺回家，這是不好的兆頭，可能會衰一整年的啊。

咦？那是什麼？

三代眼尖，忽然看見閒置一旁的道具服。

定睛一瞧，可不正是財神爺嗎？

「不然這樣好了，你穿上這個去外面走走晃晃，給媽媽發傳單、小孩發糖果，替店裡做做宣傳吧？」三代一邊說，一邊抓起財神爺的帽子戴到周誓頭上，最後不忘替他披上一身喜慶長袍。

三代往後退一步，檢視自己的成果。

「……周誓，你上輩子是衣架嗎？」

周誓扶正戴歪的雙翅紅帽。「什麼意思？」

什、麼、意、思？

意思就是，這身服裝一般人穿起來是好好笑，周誓穿起來是真他媽好看——校草不愧是校草，唉。

三代無奈，拍拍周誓的肩膀。「……人帥真好。」

少了糖果店面做為庇護，穿著一身大紅古裝、手捧金元寶的周誓一走出戶外，果不其然成為路人矚目的焦點，他一面發放傳單糖果，一面和人合影留念，一路上走走停停，不到五十公尺的路走了將近半小時，場面一度失控，造成年貨大街人潮回堵，引來商店街管委會關切。

＃財神降臨

＃財神下凡

＃真正的高富帥

網路上的熱門 Hashtag 不斷更新，點進去全是周誓的路透照，不少人還在底下留言問是不是在拍戲？新戲什麼時候上？哪裡找來這麼帥的新演員？

「同學，我是某某經紀公司，請問你有意願加入演藝圈嗎？」

「同學、同學，我是新聞台的記者，請問可以採訪你嗎？」

「同學——」

「不可以！」周誓嚇都嚇死了，連忙落荒而逃。

好不容易擺脫瘋狂的人群，周誓不知不覺來到一棵安靜的大榕樹下，平時在這兒下棋泡茶的老人家都回家過年了，正好留給他一個休息的空間。

……呼。

他沒想到事情會變成這樣。

脫下帽子和長袍，周誓真的不想再回去了，但也幸好糖果和傳單都發放完畢，他算是對同班同學有個交代。

冬末的陽光驅走了微風帶來的涼意，周誓摸了摸口袋，摸出幾顆三代硬塞給他的糖果，一顆是鹹檸七硬糖、一顆是葡萄味軟糖，另一顆則是……

「哥哥，你是神仙嗎？」

周誓一愣，有人在跟他說話嗎？

他沒多想地抬起頭，不偏不倚與一名小女孩對上視線。

「你是神仙嗎？」見周誓沒回答，小女孩又問了一次。

「呃，不是。」周誓說道。

「騙人。」小女孩指了指周誓脫下的古裝，又指了指周誓身後的某處。「我知道，你一定是神仙吧？」

周誓順著她的手指看了過去，一間小廟正好位在榕樹下。

古裝。

廟宇。

美少年。

眼前的小女孩目測約七、八歲，正值愛看故事書的年紀，大概看了哪個神仙下凡、體驗人間疾苦的民間故事，因此把他誤認了吧？

……算了，神仙就神仙，總比妖魔鬼怪好得多。

周誓懶得解釋，決定不否認了。

「妹妹，妳的家人呢？」

「阿嬤走丟了。」小女孩眨了眨眼睛，一臉無辜地回答。

「不對，是妳走丟了吧。」

「你亂講！」小女孩著急跺腳。「我才沒有走、丟！」

「好好好，沒有就沒有。」周誓連忙安撫，他自己也有一個妹妹，導致他從小就學會不要和女孩子爭辯，不是因為紳士風度，而是因為贏了也沒有好處。「那，妹妹，妳叫什麼名字？」

「媽媽說不可以隨便跟陌生人說話。」

「什麼？」

「不過你是神仙，所以沒關係。」

……喔，好喔。

周誓很有良心地不戳破明明是她先來找他搭話的事實。

「神仙哥哥您好，我的名字是陸晨漪。」小女孩恭恭敬敬地說道，看樣子頗把神仙當一回事。

「今年就讀小學一年級。」

周晢今年高二，看樣子兩人相差大約八、九歲。

雖然和妹妹朝夕相處，求學生涯也不缺女生環繞在側，但面對這個年紀的小女生，周晢仍有些不知所措。

不管怎樣，他得先把她帶回去找家人。

「陸晨漪，哥哥帶妳去找阿嬤，好不好？」

「你、你找我阿嬤幹麼？」陸晨漪突然後退了一步，防備心倏地升起。

……這個小女生話是聽到哪裡去了？

「因為妳阿嬤走丟了，所以我陪妳去找她。」周晢乾脆順著她的話說。

不知為何，聽見這句話的陸晨漪並沒馬上應答，反而沉默好久。

只見她回頭看了看小廟，又看了看周晢，似乎有些不願意說的小心思正在心頭琢磨。

見狀，周晢心裡忽然閃過一些想法。

假如，她不是走丟呢？

有沒有一種可能，是她自己逃出來的？

正當周晢的內心千迴百轉，思考該先報警、還是通報一一三的時候，手心冷不防被一道涼軟的觸感碰上，低頭一看，陸晨漪竟主動牽起他的手。

「哥哥，我肚子餓了。」她仰頭望著他，聲音軟軟糯糯。

有句話是這麼說的：送佛送到西，好人做到底。

當人尚且如此，何況是神仙呢？

周誓認命帶著陸晨旖到附近的小餐館用餐，正好他也餓了，兩人各點一碗麵，配上一、兩盤小菜，菜色不豐，卻是簡單美味。

對高中男生來說，一碗麵不過是三口就能解決的事。

「陸晨旖，妳不想回家嗎？」周誓悠悠地撐著頭，看著坐在對面忙著吃麵的小女生，發現自己方才根本想太多。

瞧，陸晨旖的衣著用料雖然稱不上多昂貴，但起碼乾淨整潔，長髮束成兩揪麻花辮，裸露在外的皮膚白白淨淨，連一點小瘀青都沒有，怎麼看都不像是飽受欺虐的樣子。

果然，對桌的陸晨旖雙頰鼓鼓，搖了搖頭。

「我沒有不想回家呀。」她很有禮貌，嚥下食物後才開口說話。

「那我剛才說要帶妳去找阿嬤，妳為什麼不回答我？」

「哥哥，我阿嬤是很好的人。」

「什麼？」

「阿嬤她會煮飯給我吃、會打掃家裡、會陪我寫作業、帶我上下課，還會帶我和小黃去公園玩，我們每天晚上都會一起看電視、一起睡覺，我最、最、最喜歡我的阿嬤了。」

……所以呢？

陸晨渏似乎一下子看懂周誓眼中的疑惑，整個人激動得傾身向前，撞得滿桌杯盤哐啷作響。

「所、所以，你不要把阿嬤帶走，好不好？」

周誓一怔，大手扶著桌子，腦中忽然明白了什麼。

「……妳的阿嬤，她的身體不好嗎？」

陸晨渏垂著視線，點了點頭。

「……阿嬤騙我。她帶我來拜拜之前，明明約好要請神明治好她的病，卻突然跟我說有一天神明會來帶走她，要我不要害怕。」

倘若周誓沒記錯的話，年貨大街附近的確有一間香火鼎盛的大廟，據說祈求身體健康十分靈驗，不論晴雨都有許多病患和家屬前來參拜，以求疾病早日痊癒。

想來，陸晨渏和她的阿嬤就是在那裡分散的吧？

正因為接受不了阿嬤突如其來的發言，陸晨渏才會賭氣跑離阿嬤身邊，不小心走得太遠，找不到路回去，莫名其妙遇見在大榕樹下休息的周誓，誤以為他是要來帶走阿嬤的神明，所以打算在他見到阿嬤之前，說服他不要把阿嬤帶走？

周誓忍住嘆氣的衝動，不明白一個小女生的心思怎會如此複雜。

但，卻也如此純粹。

「神仙哥哥，拜託，你可以不要帶走我的阿嬤嗎？」

望著陸晨渏滿是祈求的真誠雙眼，周誓難得不知所措。

他又不是真正的神仙，如果他現在貿然答應了，陸晨渏的阿嬤卻在不久後有了不測，那……

「對不起，我沒辦法答應妳。」

「為什——」

「因為我不是掌管生死的神明。我……」周誓絞盡腦汁，只為了編造一個善意的謊言。「我只是一個很小、很小的神仙，我管不了那麼多。」

「那阿嬤怎麼辦？她會被其他神明帶走嗎？」

「話也不是這麼說。」眼看陸晨渏快哭了，周誓靈光一閃。

「不、不然這樣好了，我帶妳回去廟裡，陪妳一起和神明拜託，希望祂們能保佑阿嬤早日康復，健健康康陪妳長大，好不好？」

「這樣……」陸晨渏不是很相信。「有用嗎？」

「好歹我也是神仙啊，我跟妳一起去的話，等於可以讓妳的願望插隊。」周誓並不想畫大餅，但事到如今也沒辦法了。

「嗯！」陸晨渏想了想，終於點頭答應。

重新牽起陸晨渏的手，周誓帶著她回到大廟，替她點燃線香，陪她走過廟裡的各個角落，誠心拜託一尊又一尊的神明。

看著緊閉雙眼、喃喃有詞的陸晨渏，周晢想起自己的白色謊言，忍不住跟著雙手合十，對著慈祥的神像虔誠祈禱——

『拜託，請讓陸晨渏的阿嬤早日康復吧。』

「哥哥，如果你不是下凡來帶走阿嬤的，那你是來做什麼的？」拜完了所有神明，陸晨渏與周晢並坐在服務中心，津津有味地吃著神仙哥哥買給她的糖葫蘆。

周晢剛才已經請服務台廣播，陸晨渏的阿嬤應該再過不久就會來了。

「呃，這個嘛，我……」

「你是不是下凡來找人結婚的啊？」

……這小傢伙看的不是神話故事，而是言情小說吧？

不過，算了，她開心就好。

「對啊。」周晢隨口一答，看她會作何反應。

「那……」陸晨渏抿嘴，舔掉嘴邊的糖漬，下定決心開口說道：「那我長大以後，可以跟哥哥結婚嗎？」

她的表情太認真，逗得周晢忍不住笑。

「你不要笑，好不好嘛！」

「哈哈哈，妳等一下……」周晢突然想到口袋裡的糖果，不是鹹檸七口味，也不是葡萄味，而是一顆草莓味的戒指糖。

陽光之下，戒指糖晶瑩透紅，閃閃發光。

「等妳長大還記得我的話，就帶著這個來找我吧。」他把戒指糖套進陸晨渏小小的無名指。

「約好囉！我們約好囉！」陸晨渏睜大眼睛，牢牢握緊手中的糖果。「長大以後，我一定會去找你……」

「晨渏！」

「阿嬤！」陸晨渏驚喜回頭，下意識跑了過去。

啊，對了，她還沒問哥哥的名字——

然而，茫茫人海之中，已經不見周誓的身影。

果然，他真的是神仙……

……

……

「……晨渏、陸晨渏！」

咦？

這裡是哪裡？

被身旁的羅莎猛然推了一把，霎時，陸晨渏從睡夢中驚醒，茫然看了看左右，後知後覺發現自己身在聖雅各的教室。

「睡得很熟嘛。」講台上的周誓似笑非笑。「下課後來辦公室找我。」

「……是。」陸晨滈垂頭應答，瞥見一顆糖果從她的筆袋裡滾了出來。

那是一顆草莓口味的戒指糖，是羅莎前陣子出遊回來送她的小零食，她小時候有一陣子很愛吃這種糖果，常常拗著性子要阿嬤買給她。

至於是為什麼，她不記得了。

如同方才的那個夢。

她不記得夢裡有誰、發生了什麼事，只記得……

那是一個很美好的夢。

番外篇二 在那之後的我們

他們同居了。

從國外回來以後，陸晨漪便帶著無家可歸的周誓住進了獨居的公寓。

雖然以一對剛交往不久的情侶來說，進展是有那麼一點點快，但他們畢竟都在一起了，非要周誓找飯店或日租套房也很奇怪，倒不如就住在她家，還能省下一筆費用。

只不過……

夜晚，陸晨漪拖著毯子站在臥室門口，無可奈何地看著坐在客廳裡被一堆尚未整理的行李團團包圍的男人。

「……你確定要睡沙發？」她問，心裡仍抱持一絲絲期待。

「確定。」偏偏周誓的答案和語氣一樣肯定。

「我的床是雙人尺寸，加大的。」

「沒關係。」

「晚上很冷。」

「我在歐洲習慣了。」

「你……」

「妳先去睡吧，不用管我。」

……聽聽，他這是什麼語氣？

不、用、管、他？

興許是長途飛行的勞累與時差影響，再加上好心好意希望男友能夠好好休息，卻莫名其妙得到一連串不領情的答覆，脾氣向來好到不行的陸晨渏也受不了，一時理智線斷，一把無名火噌地燒起。

「算了，隨便你！」

管你要睡沙發、還是廁所，半夜會冷死、還是熱死，隨便，周誓愛怎樣就怎樣，她才懶得管他！

氣噗噗地關上房門，陸晨渏撲上鬆軟的被窩，本想抱著怒氣倒頭大睡，但無奈身體累歸累，翻來覆去就是找不到睡意，只好又拿起床頭桌上的手機，點開了亮著紅色數字的好友群組。

『范末璇：晨渏，到台灣了嗎？』

『羅莎：欸欸回來約一下啊，記得帶周誓一起來。』

『范末璇：羅笨蛋，妳根本只是想看周誓吧？』

『羅莎：怎樣？不行嗎？好歹周誓也算是我的初戀……』

『范末璇：居然有臉說初戀，別說初戀，妳的初吻幼稚園就沒了好嗎？』

『羅莎：閉嘴啦！』

大略瀏覽過好友的聊天記錄，時不時被兩人的一搭一唱逗笑，陸晨滂點開鍵入框，一字字敲入報平安的訊息。

『陸晨滂：我到家了，平安抵達。』

『范末璇：歡迎回來！』

『羅莎：太好了，周誓呢？』

『范末璇：……羅笨蛋妳可以再欠揍一點。』

陸晨滂噗嗤一笑。

但一想到客廳裡的男人，她又是一肚子火。

『陸晨滂：他說他今天睡客廳。』

『羅莎：啊？』

『范末璇：你們吵架囉？』

『陸晨滂：沒有啊。』

『羅莎：那他幹麼睡客廳？不是，你們現在不是應該甜甜蜜蜜地睡在一起，趁著夜深人靜做一些亂七八糟的事情嗎？』

『范末璇：……什麼亂七八糟……』

『羅莎：上床啊、打砲啊、做愛啊。』

『范末璇：我知道！我只是要妳閉嘴！晨渏又不是妳，滿腦子的黃色廢料！』

……不是嗎？

雖然有點害羞，但陸晨渏不得不承認，她心裡其實也有一點壞心思。

瑞士旅遊的那一段日子，儘管她和周誓互相表白了心意、確定了彼此的關係，可在告白後的隔天，解決校務的徐黛便來小鎮和她會合，而後再加上周蕓，不知不覺形成了一行人白天一起出遊，晚上分別回飯店和家中休息的情況，兩人單獨相處的時間少之又少。

如今回到台灣，好不容易可以住在同一個空間，某個人卻又不知哪根筋不對，好好的床和女朋友不抱不睡，硬要一個人孤孤單單睡沙發……就算她是個被羅莎稱作一級保育類的良家婦女，心裡有點不是滋味也很正常吧？

思及此，陸晨渏終於忍不住，劈里啪啦地打了一大堆的抱怨，一股腦兒將內心的委屈全都告訴了好友。

『羅莎：……我猜，周誓是不是不行？』

『范末璇：我想，羅莎是不是腦殘？』

『羅莎：妳不要一直罵我！現在問題又不是出在我身上！』

『范末璇：懶得理妳，晨渏妳不要聽羅笨蛋的。』

『羅莎：為什麼！』

『范末璇：我覺得周誓只是太累，他……』

『羅莎：喔喔有道理！畢竟周誓也老了，年紀至少大了我們五六七八歲……』

『陸晨淯：七歲！而且他才不老！』

『羅莎：隨便妳說。反正如果他是因為太累擔心表現不好，那我可以理解，畢竟那可是很傷男人自尊的。』

『范末璇：我說的累不是那個意思……唉，隨便啦……』

不論如何，陸晨淯接受了這個說法。

隔天起床後，忘記昨夜不像吵架的吵架，陸晨淯回到朝九晚五的工作崗位，為了消化休假累積的工作量忙得焦頭爛額。時隔多年回台的周誓也沒閒著，忙著適應家鄉變化的同時，他也為了展開新生活到處面試。

意外開啟同居生活的他們不知不覺找到了新的日常模式，他們會在上班前一起吃飯，下班後一起做飯，配著當下流行的電視劇一起用餐，酒足飯飽後閒聊一天的無聊瑣事，接著，他們會互道晚安，回到各自的位置迎接新的一天……

沒錯，好幾天過去了，周誓依然睡在沙發上。

若非羅莎隔三差五地詢問她進展如何，把自己搞得跟敬事房的公公沒兩樣，老實說，就連陸晨淯自己都差點習慣了如此平平凡凡的恬淡小時光。

……很不妙吧？

距離他們回台灣已經超過兩個星期，時差該調的都調過來了，旅行的疲勞早就代謝完畢，如果再拿累當藉口，似乎也說不太過去。

「……在想什麼？」

「啊？」陸晨渏手裡的筷子一抖，恍如隔世地抬起頭。

「妳已經看著那道花椰菜發呆兩分鐘了。」周誓說著，挾了塊糖醋雞丁到她的碗裡。「別擔心浪費，不想吃就留下來，我都會吃完的。」

「不、不是，我不是擔心那個……」

周誓挑眉。「不然呢？」

——我擔心的是你為什麼不跟我睡！

望著周誓宛如平靜潭水的雙眼，陸晨渏真的好想對他大叫。

但她不行。

她辦不到。

而就在此時，她的腦海忽然閃過昨天羅莎的建議——

「我沒事！我吃飽了！我先去洗澡！」

不等周誓反應過來，陸晨渏匆匆放下碗筷，用最快的速度回到房間，偷偷摸摸地拿著換洗衣物，做賊似的閃身躲進浴室。

半晌，擦去布滿鏡子的氤氳蒸氣，陸晨渏不敢相信地看著鏡中的自己。

只見鏡子裡，宛如星夜的絲質吊帶睡裙輕輕掛在她白裡透紅的身軀上，裙長只及大腿的一半，恰好是最吸引人的絕對領域；深V領口打著粉色的緞帶蝴蝶結，彷彿一份待拆的禮物，輕輕一扯就會鬆掉……

明明浴室裡只有她一個人，陸晨渏依然害羞得燙紅了整片胸口。

這件性感睡衣是去年羅莎送她的生日禮物，說是看不慣陸晨渏單身多年，非得逼她穿上睡衣自拍上傳交友軟體，陸晨渏當時極力抗拒，為此兩人還差點絕交，重演高中的無聊劇碼。

然而，世事難料，陸晨渏萬萬沒想到這件曾令她避之唯恐不及、發下重誓絕不可能穿上的性感睡衣，竟然會成為她久別重逢戀情的祕密武器。

涼颼颼的雙腿不安地交互摩擦，做了不下十個深呼吸後，陸晨渏終於鼓起勇氣走出浴室。放眼看去，客廳沒了人影，桌上殘羹已經整理乾淨，沒意外的話，此時的周誓應該是在廚房清洗碗盤。

想著，陸晨渏踩著赤足，換了方向往廚房走去。

撲通、撲通……

她什麼都聽不見，只聽得見自己心跳的聲音。

「周、周誓，你在洗碗啊？」

這個問題很蠢，她知道。

但見到周誓專注洗碗的寬闊背影，再想像待會可能會發生的一切一切，陸晨渏的舌頭又不禁打結，腦袋更是無法好好運轉。

「嗯，妳洗好了……」周晢不疑有他，轉頭就與陸晨漪對上。

他呆住了，黑眸直盯著她不放。

……這招有用！

陸晨漪雖然害羞，心下仍暗自竊喜。

「需要我幫忙嗎？」她往前走了一步，打算乘勝追擊。

「什……啊？不、不用……」

周晢險些弄掉手中的碗盤，這個男人如此慌張的樣子還是第一次見，滿滿的成就感一下趕跑了陸晨漪的羞怯，備受鼓舞的她不理會周晢的拒絕，逕自湊近他的身旁。

「我來幫你。」陸晨漪說道，嫩白的手貌似無心地擦過他的掌心，製造更直接的肢體接觸。

公寓附設的廚房本就不大，小小的流理台擠了兩個成人，其中一個還是高大健壯的成年男子，陸晨漪半個身子幾乎緊貼在周晢身上。

而且，倘若她猜想得沒錯，以周晢的身高，這個角度正好能看進她鬆垮的睡衣領口，沐浴過後的細嫩肌膚與半抹酥胸一覽無遺。

思及此，方才被趕跑的害羞再次湧了上來，加速的心跳漏了一拍，手一抖，表露在外的肌膚泛著一層薄紅，也因為如此，沉浸在幻想與羞怯裡的陸晨漪並沒發現，周晢已經好一陣子沒有動作。

「周誓，那個，今天……」

「陸晨渏。」

冷冷的嗓音入耳，陸晨渏不由自主地愣了下。

……咦？

她、她有聽錯嗎？

這個語氣是……

陸晨渏緩緩抬起頭，迎上周誓冷冰冰的注視。

「穿好衣服，回去坐好。」

「可、可是……」她不知所措地拿著碗盤，雙手都是泡沫。

「這裡我來就好。」周誓說著，冷靜地拿走她手中的盤子放進水槽。「別待在這裡，回去。」

陸晨渏傻了，任憑周誓抓著她的手沖水，嘩啦啦的水流帶走了泡沫，儘管周誓的手心溫熱，她卻沒有方才小鹿亂撞的緊張，她的熱情已經被這道水流冷冷澆熄。

回到一個人的臥室，陸晨渏沉默地倚著房門。

……為什麼呢？

為什麼只有她一個人在著急呢？

他難道不想跟她親近嗎？

難道她在周誓眼裡一點魅力都沒有嗎？

此刻的陸晨淯感覺自己就像掉入了一潭深不見底的池水，止不住的疑問就像咕嚕嚕湧現的泡泡，不安則是一隻不知從何而來的大手摀住了她的口鼻，她愈是掙扎，愈是無法從水底逃脫。

『陸晨淯：……你們沒聽見他叫我走開的語氣，就好像我還是那個十七歲的高中生，還是個幼稚的孩子，一點都沒長大……』

『范末璇：別想太多啦，周誓可能只是想慢慢來，沒事的，嗯？』

『羅莎：唉，我本來不想這麼說的……』

『范末璇：那妳就不要說。』

『羅莎：欸我很認真好不好？剛才晨淯不是說周誓把她當成高中生嗎？妳沒看出端倪嗎？說不定問題就出在這裡啊！』

『范末璇：什麼意思？妳又在腦補什麼？』

『羅莎：吼，就是——』

後來的幾天，陸晨淯裝成沒事人的樣子，繼續和周誓過著平凡無奇的小日子，其實，她並不是真心覺得這樣的生活不好，每天能看見喜歡的人已經很開心了，除了最親密的那一步，他們也會牽手、擁抱、接吻——普遍級的那種。

好吧，也許這也是造成她不安的原因之一。

陸晨渏想不明白，明明周誓就是喜歡她的，他對她的細心呵護在生活中處處可見，甚至偶爾……就是親親抱抱之後的「偶爾」，她也能看見他眼裡比任何時候都灼亮的光芒。

因此，陸晨渏有百分之八十可以確定：對她，周誓並不是沒有慾望的。

由此可知，問題出在剩下的百分之二十——

❖

周誓一腳才踏進公寓，心裡已經覺得不太對勁。

太安靜了。他想。

現在是深夜十一點半，陸晨渏應該早就到家了，他們今天難得沒有一起吃晚餐，原因是何子清約他到市區的餐酒館喝酒，許久未見，兩人不小心喝得上頭，連帶影響了回家的時間。

「晨渏？」他敲了敲陸晨渏的房門，想確定她是不是在家。

臥室裡沒有回應。

……睡著了嗎？

周誓又敲了一次。「晨渏，妳在裡面嗎？」

房內依然沒有回音。

儘管當下的情況有些奇怪，周晢仍冷靜拿出手機，確認陸晨渏沒有發訊息告訴他要臨時出門後，他想了想，決定再敲一次門，若是再沒有回應，他打算直接闖入——

「……好痛！」

忽然，房裡傳來微乎其微的痛呼。

門外的周晢心下一驚，敲門的力道跟著變大。

「晨渏妳在裡面對嗎？發生什麼事了？要不要我進去看看？」

裡面又沒了聲音。

那一瞬，周晢急了。

不，他甚至有點生氣。

「陸晨渏！」他大力敲門。

隔著一扇門，不曉得臥室裡究竟發生了什麼事，就連裡面的人是病是痛都不知道，他的關心和著急混在了一起，演變成了難以克制的怒氣。

「陸晨渏！」

門內依然一點聲音都沒有。

Fuck！周晢心裡暗罵。

不管了。

他現在就要進去——

「啊！等一下！你先不要進來——」

推開門的那一刻，只見陸晨渏背對著門的方向，驚慌失措地整理身上的衣服，而與此同時，這個房間裡被驚嚇到的人不只有她，還有破門而入的周誓。

周誓緊緊盯著陸晨渏，一句話也不說。

明眼人都看得出來，他很生氣。

非常、非常生氣。

「……妳身上穿的是什麼？」

「我……」陸晨渏嚇壞了，不只因為周誓的突然闖入，還有他現在散發的氛圍……

她不懂，她做錯什麼了嗎？

「妳為什麼要這麼做？」周誓又問，口吻是她不明白的憤怒不解。「妳到底知不知道自己在幹麼？妳以為妳這樣做很有趣嗎？」

「我、沒有，我只是……」陸晨渏說不出話。

此時的她身上穿著不久前從衣櫃深處找出的聖雅各制服，白色襯衫，紅格紋百褶裙，以及打得精緻漂亮的領結，無一不缺——八年過去，長大成人的她看起來仍和十七歲的她一模一樣。

然而，面對這樣的她，周誓一點都沒有高興或驚喜的樣子。

「我以為我的表現已經很明顯了，我不想發展得那麼快，有些事情不需急於一時，我以為妳會懂……結果呢？妳一而再、再而三地做出這些可笑的舉動，妳竟然還——」周誓大手一揮，顯然指的是她穿上制服的行為。「……陸晨渏，妳到底鬧夠沒有？」

……鬧？

聽見周誓忍無可忍的嘆息，陸晨渏忽然好想、好想哭。

直到現在，她才知道原來這陣子她為了促進雙方進展的舉動，周誓全都知曉，他全看在眼裡，而周誓非但沒有說破，也沒有為此找她了解、溝通，更甚至，她的不安、她的主動、她的感情，在他眼中就只是一場可笑的鬧劇？

陸晨渏真心覺得好不值得。

她捏著裙襬，拚命忍住哽在喉頭的酸意。

「……晨渏。」也許是冷靜下來了，周誓嘆了口氣，這才想和陸晨渏好好解釋：「妳聽我說，我不是生氣，我只是……陸晨渏！」

又來了。

他又用當初她還是高中生時的語氣喊她。

過了這麼多年，周誓依然把她當成不懂事的孩子。

陸晨渏頭也不回地逃出臥室，甩上浴室的門，把自己鎖在裡面，眼淚在一瞬間奪眶而出，倚著牆癱軟在地，哭得泣不成聲。

「晨渏……」門外，周誓低低的嗓音跟了過來。

「走開！」這一次，她哭著大喊。

「對不起，我不是那個意思……」

不是那個意思，不然是什麼意思？

陸晨渏聽不進去。

迷濛的視線看見了浴室玻璃反射的自己，看著這一身為他穿上的制服，她覺得自己好蠢、好卑微、好沒有自尊，然而她不過是喜歡他，喜歡得願意拋開一切罷了。

「晨渏……」

不知過了多久，陸晨渏埋在雙膝裡的啜泣停了下來，腦袋一片空白，只剩下止不住的淚水靜靜滑落臉頰。

「……晨渏，我不曉得妳有沒有在聽、或願不願意聽，但我錯了，我不該那樣對妳。」也許是聽哭聲漸歇，始終待在浴室門外的周誓默默開口：「我知道妳一直很想讓我們的關係更進一步，我並不是沒有同樣的想法，可在那麼多年後相遇重逢，有時候，我還是會在妳身上看見高中生的妳。儘管我不是懷念那個時候，但我不想要那樣，於是我希望把一切放慢，試圖讓時間追上我們，希望等妳完全準備好——但我從來沒問過妳的想法，忘了顧及妳的感受，只是一廂情願地把自己的理解套用在妳的身上，甚至也不跟妳好好說明……說到底，我不過把自己放在了一個自以為是的位置上，把自己當成了什麼都懂的愚蠢大人，卻忘了在成年與否的事實上，我們早就已經沒有區別了。」

他停頓了一下。

「對不起，晨渏，我愛妳。」

發自內心地傾訴完自己真實的想法，面對一點動靜都沒有的門扇，周誓安靜地守在門邊，不急著收到回應。

半晌，浴室門緩緩打開。

陸晨渏站在門口，滿臉淚痕地看他。

「……我很受傷。」

「對不起。」周誓心疼地說道，卻不敢冒進將她擁入懷中。「我不該把一切丟給妳。」

「我不知道你在想什麼。」

「是我的錯，都怪我沒有告訴妳。」

「我以為只有我……」陸晨渏深吸口氣，事已至此，她什麼都不管了。「不是只有我，對吧？周誓，你也想和我……」

不行。

她還是沒辦法說出口。

周誓起初還有點迷糊，但他終究是聰明的，很快地懂了陸晨渏話裡的涵義，並且又一次心疼她主動把話說明。

「我想。」他說，她根本不曉得他忍得有多辛苦。

「那……」陸晨淯抬眸，話到嘴邊又吞了回去。

這真的是她的極限了。

她沒辦法再……

「啊！」

下一秒，周誓已經將她擁入懷中。

有那麼一瞬，陸晨淯只聽得見砰砰的心跳聲。

是她的？

還是他的？

「……妳確定妳準備好了？」周誓低低問道。

陸晨淯沒有回答。

欲語還休的盈盈眸光是她當下能給的最好答案。

理智在彈指間潰散，壓抑許久的飢渴不再需要隱藏，微涼的薄唇印上嚶嚀的驚呼，這個吻比以往任何時候都還要熱烈，他輕咬著她柔嫩的唇瓣，品嘗她的甜美，靈活的舌尖邀請她共舞迎合。

「唔……嗯……」

濕熱的氣息與低吟縈繞在彼此鼻間，灼熱的大手從她襯衫底部探入，粗糙的觸感撫著細膩的腰間緩緩向上，異樣的感受讓她忍不住顫抖，唇邊洩漏不成調的呻吟。

愈漸失控的慾火充斥了他們的身體，這樣的碰觸再也滿足不了隱忍的慾望，喉頭滾動，周暫將陸晨漪攔腰抱回臥室，平放在柔軟的床上，他的手指輕輕解開她的襯衫。

……他在發抖。

陸晨漪輕喘，迷濛的目光看見他的長指微顫。

她知道，周暫解開的並不只是鈕扣，而是多年來他對她身分的束縛——如今，她不再是他的學生。

深情的吻再次落下，從她微啟的唇瓣、敏感的耳畔來到頸邊，在她柔軟的胸前停留許久，細吻沿途向下，不放過任何一處暴露在外的肌膚，徘徊在腿部的大手則是一路向上，漸漸來至大腿根部，甚至是更私密的部位。

低沉的喘息與輕吟繚繞，一切都不再需要隱藏，不需懷抱著罪惡感，他與她，不過就是男人與女人的相戀。

當他深深進入她時，他們同時發出呻吟。

一次又一次的律動喚醒了彼此最深處的渴求，每一寸的貼合都令人瘋狂，從未體驗過的快感永無止盡。

「……老師。」情濃之時，陸晨漪在周暫耳邊低喊。

清楚感覺到伏在她身上的男人深深一震，陸晨漪忍不住笑，迎上周暫不認同又無可奈何的目光。

這是她小小的報復。

嘻嘻。

（番外篇完）

後記

嗨嗨，大家好，我是兔子說。

很開心《夏日蟬不鳴》能夠在網路連載完結後，以美好的實體版和大家見面，發自內心感謝編輯育婷和郁晴，非常謝謝妳們的鼓勵和體諒，沒有妳們就沒有這個故事，嗚嗚。

如我先前曾在網路版後記說過，師生戀是一個我原先並不想觸碰的題材，我對師生戀的態度很保守，對我來說，它的存在本身就是一種禁忌，其中必定需要一定的道德觀，並不是「喔，不過就是談個戀愛，有這麼嚴重嗎？」的小事。

說歸說，我最早的企圖只是想寫一個芭樂狗血戀愛劇，但無奈兔子本人我是個無藥可救的理想主義者，寫著寫著就認真起來了（遠目）。

的確，在這個戀愛自由的時代，我理所當然地支持每一種戀愛類型（Team LOVE！），畢竟相愛的原因千千百百種，相愛的方式也是，戀愛有時候不需要考慮那麼多，但不論如何，我真心希望我的男女主角、抑或是每一個你，都能談一場互相尊重、互相守護、平等互愛的雙向奔赴式戀情。

這也是我寫下這個結局的出發點。

甚至就連番外也是，哈哈。

完結後相隔了一段時間才動手寫番外的感覺真的很特別，拋去了身分的禁忌終於可以坦誠相見（？）的戀人的內心變化是故事主軸。

老實說，下筆的時候真真切切感受到晨漪和周誓年紀的差距——欸，不是，周誓不要瞪我啊。

咳，我的意思是，晨漪長大後的變化自然比本來就是成年人的周誓來得大，番外裡的她變得積極主動，早就不在意兩人身分的她，就算覺得害羞得快死了也不顧一切地想誘惑周誓，反之，周誓的適應能力就比較差，還在適應兩人關係的改變，花時間讓自己做好心理建設，從這一點來看，年輕人和老……我是說，年輕人和成年人的差別就在這裡了，嗯嗯，不愧是兔子家出產的好男人，沒錯沒錯（偷瞄）。

周誓與晨漪往後的故事想必也會十分幸福快樂吧，哈哈。

最後，再次感謝KadoKado角角者、台灣角川，以及不管是在網路連載就加入的讀者、或是購買實體書認識我的讀者，從連載開始的第一刻到實體出版的這段路程比想像中要長，謝謝你們陪著我走過這段旅程，共同完成了這個故事，非常感謝！

最後的最後，如果你再問我一次，我會因此相信師生戀嗎？

嗯——

我的回答還是一樣的。

自始至終，我相信的都只有愛情啊。
謝謝大家，我是兔子說，下個故事再見啦！
愛你們。

兔子說

國家圖書館出版品預行編目（CIP）資料

夏日蟬不鳴 / 兔子說作 . -- 初版 . -- 臺北市：臺灣角川股份有限公司, 2023.02
面； 公分
ISBN 978-626-352-279-4(平裝)

863.57 111020903

夏日蟬不鳴

作　　者　兔子說
插　　畫　Say HANa

2023年11月29日　初版第1刷發行

發 行 人　岩崎剛人
總　　監　呂慧君
編　　輯　陳育婷
美術設計　吳乃慧
印　　務　李明修（主任）、張加恩（主任）、張凱棋

台灣角川

發 行 所　台灣角川股份有限公司
地　　址　台北市中山區松江路223號3樓
電　　話　(02) 2515-3000
傳　　真　(02) 2515-0033
網　　址　www.kadokawa.com.tw
劃撥帳戶　台灣角川股份有限公司
劃撥帳號　19487412
法律顧問　有澤法律事務所
製　　版　尚騰印刷事業有限公司
I S B N　978-626-352-279-4